BASTEI
LÜBBE

Taschenbücher aus der Reihe DAS JAHR DES GREIFEN
im BASTEI-LÜBBE-Fantasy-Programm:

20 222 Der Sturm
20 226 Die Entdeckung
20 231 Die Amazone

Wolfgang Hohlbein
Bernhard Hennen

Das Schwarze Auge

Das Jahr des Greifen

DIE ENTDECKUNG

Fantasy-Roman

BASTEI
LÜBBE

BASTEI-LÜBBE-TASCHENBUCH
Band 20 226

Erste Auflage:
März 1994
Zweite Auflage:
November 1994
Dritte Auflage:
August 1996

Dieser Roman basiert auf
der Rollenspielserie
DAS SCHWARZE AUGE,
die von der Schmidt Spiel +
Freizeit GmbH vertrieben wird.

Deutsche Lizenzausgabe 1994
by Bastei-Verlag
Gustav H. Lübbe GmbH & Co.,
Bergisch Gladbach
Titelillustration: Larry Elmore
Umschlaggestaltung:
Quadro Grafik, Bensberg
Satz: Fotosatz Schell, Bad Iburg
Druck und Verarbeitung:
Brodard & Taupin,
La Flèche, Frankreich
Printed in France

ISBN 3-404-20226-0

Karte von
Aventurien
gezeichnet im Jahre 17 Hal
Meilen
Yeti-Land
Ifirns Ozean
Bernstein-Bucht
Golf von Riva
Meer der

Winde
Golf von Perricum
Maraskan
Perlenmeer
Die Wüste Khom
Mysamas
Hulatlos
Pailos
Zyklopen-Inseln
Golf von Tuzak
Tuzak
Zitlaskan
Jilaskan
Selem-Grunds
FiruN
PraioS
Bucht von Al'Anfa
Sorinam
Altoum
Token
H'Rabaal
Aritiken
Ulikkani
Benbukkula

1

Ob Praios, der Gott des Lichtes und der Gerechtigkeit, ihn strafen wollte? Marcian war umgeben von Finsternis. Nicht der kleinste Lichtstrahl gab ihm Orientierung. Doch obwohl es unmöglich war, etwas zu sehen, war sich der Inquisitor sicher, beobachtet zu werden. Er fühlte sich ausgeliefert, spürte intuitiv, daß hier etwas war, das ihn feindlich musterte. Mühsam unterdrückte er einen erlösenden Schrei. Er würde keine Schwäche zeigen! Vorsichtig tastete seine Hand nach dem Schwertgriff. Die Waffe war verschwunden. Wieder mußte er gegen die aufkeimende Panik ankämpfen. Er wollte laufen, doch mochte vor ihm ein Abgrund liegen. Marcian biß die Zähne zusammen und tastete sich Schritt für Schritt vorwärts.

Das Gefühl, beobachtet zu werden, wurde immer stärker. Etwas, das sich kühl, fleischig anfühlte und doch auf entsetzliche Art anders war als alles Fleisch, das er je berührt hatte, streifte sein Gesicht. Noch bevor er es zu fassen bekam, war es schon wieder in die alles verschlingende Dunkelheit verschwunden. Er hatte das Gefühl, daß es nach oben ausgewichen war; irgendwo über ihm waren auch die Augen, die ihn unablässig beobachteten. Langsam tastete er sich weiter. Unter seinen Füßen knirschte es bei jedem Schritt unangenehm. Ein sprödes Geräusch wie von dürren, brechenden Ästen erklang, während er weiter in die Dunkelheit schritt. Dann ertastete er eine Wand. Eine unangenehm riechende, lauwarme Flüssigkeit tröpfelte an ihr herunter. Angeekelt wischte der Inquisitor seine Hand am Umhang ab. Er mußte dieser Wand folgen. So würde er vielleicht zu einem Ausgang gelangen.

Bei dem Gedanken, das schleimige Mauerwerk noch einmal zu berühren, schauderte ihn. Gleichzeitig wurde das Gefühl, beobachtet zu werden, intensiver. Er wußte, daß er nicht mehr viel Zeit hatte. Mit jedem Augenblick, den er verweilte, wurde sein Entkommen von diesem Ort unwahrscheinlicher. Marcian ging in die Knie und tastete nach seinem Stiefel. Etwas huschte leise fiepend um seine Füße. Wenigstens gab es an diesem götterverlassenen Ort noch Mäuse oder Ratten. Nicht, daß er diese Nager schätzte, aber jetzt verschaffte ihm ihre Anwesenheit Erleichterung. Unsicher tastete er nach seinem Stiefelfutter. Mit einem raschen Ruck zog er ein verborgenes Messer. Dann richtete er sich wieder auf und berührte mit der Klinge die Wand. So würde er das schreckliche Gemäuer nicht abtasten müssen. Wieder begann er sich vorsichtig vorwärtszuarbeiten, die Wand zu seiner Rechten als einzige Orientierung.

Er wußte nicht, wie lange er so blindlings vorwärtsgetaumelt war, als er zum ersten Mal einen anderen Geruch als kühlen Modergestank wahrnahm. Es roch nach brennendem Holz, und noch etwas anderes lag in der Luft. Ein Duft, der ihm unangenehm vertraut vorkam.

Der Inquisitor war für einen Augenblick stehengeblieben, als er über sich ein sonderbares Geräusch hörte. Etwas streifte seinen Umhang. Ein namenloses Alptraumgeschöpf, das von der Decke herab nach ihm tastete und dessen Anblick Wahnsinn bedeuten mußte. Marcian schrie auf und rannte vorwärts. Er stolperte über den unebenen Boden, der mit Ästen oder Wurzeln bedeckt war. Er *wollte*, daß hier nur Äste und Wurzeln lagen und nicht *das*, was ihm seine Phantasie vorgaukelte!

Allmählich wurde es heller. Weit vor ihm zeichnete sich ein Lichtpunkt ab. Ganz so, als läge dort der Ausgang dieser Katakomben. Doch das Licht brachte nicht nur Hoffnung. Langsam begann der Inquisitor zu erkennen, was bislang von der Dunkelheit verborgen gehalten worden war: Myriaden bleiche zerborstene Knochen, die den Boden des breiten Gangs bedeckten. Knochen von Menschen und Tieren und von Dingen, die er nicht zu benennen vermochte und auf denen er seinen Blick besser nicht richtete. Merkwürdige Schädel, die um so schrecklicher waren, weil sie entfernt an gräßlich deformierte Menschenköpfe erinnerten.

Marcian heftete seinen Blick fest auf das Licht und rannte schneller. Er strauchelte durch das gewaltige Grab und versuchte verzweifelt zu ignorieren, was die zunehmende Helligkeit enthüllte. Er preßte sich die Hände auf die Ohren, um das unsägliche, schmatzende Geräusch, das ihm an der Decke folgte, nicht mehr hören zu müssen. Dann hatte das Etwas ihn eingeholt, und vor ihm schossen zwei Stränge aus phosphoreszierendem, bleichem Fleisch von der Decke. An ihren Enden öffneten sich zwei grüne Augen, deren Blick ihm unangenehm vertraut vorkam. Immer mehr Fleischstränge mit Augenpaaren stießen von der Decke herab, umringten ihn mit stummen, anklagenden Blicken. Und der Inquisitor erkannte sie, die Augen von Sartassa und Drugon. Den milchigen Blick des Irgan Zaberwitz und das kalte, überlegene Mustern, das er an Eolan so sehr verabscheut hatte. Es waren die Augen der Toten aus Greifenfurt, die ihn anklagend umringten; immer mehr von ihnen stießen mit saugendem Geräusch von der Decke herab und drohten ihn, in einem Gefängnis aus schleimigen Fleisch und zuckenden Augen einzusperren. Für einen Moment überlegte er, das Messer, das er in der Rechten hielt, gegen seinen eigenen Leib zu richten, doch dann stürzte er sich mit einem wilden, an Wahnsinn grenzenden Schrei auf die schrecklichen Augen. Er versuchte, die dünnen Stränge zu durchtrennen und sich einen Weg zum Licht zu bahnen, das schon so greifbar nahe war.

Doch wo er mit Mühen einen Strang durchschnitt, erschienen auf der Stelle zehn neue. Immer dichter wurde das fleischgewordene Gefängnis, und schließlich verlor er den rettenden Lichtstrahl aus den Augen. Er war völlig umgeben von zuckendem Fleisch, das fahl schimmerte und erbärmlich nach Verwesung stank.

Langsam ging ihm die Luft aus. Er schloß die Augen, um dem Starren um ihn herum zu entgehen, und konzentrierte sich auf ein Gebet an seinen Gott. Obwohl er in der Inquisation zu Amt und Würden gelangt war, hatte man ihn nie in die Praios-Geweihtenschaft aufnehmen wollen. Man hatte unterstellt, er sei zu schwach im Glauben und zu sehr der Welt verhaftet, um ein Geweihter zu sein. Sehnsüchtig flehte er um Vergebung für seine Sünden. Dafür, daß er einen Pakt mit Zerwas geschlossen hatte, obwohl er wußte, daß der Henker ein Bote der Finsternis war. »Vergib mir«, schrie er laut heraus, und etwas in seinem Inneren flüsterte: »Öffne deine Augen.«

Marcian zögerte. Er konnte den Anblick dessen, was ihn umgab, nicht mehr ertragen. Nein, er würde die Augen nicht öffnen! Verzweifelt schnappte er nach Luft. Es roch nach Feuer. Unter seinen Knien fühlte er Steine. »Gehorche deinem Herren, öffne die Augen!« erklang majestätisch die Stimme in seinem Inneren.

Widerstrebend gehorchte er dem Befehl. Er kniete auf einer weiten Ebene. Vor ihm loderte das Feuer eines Scheiterhaufens. Vorsichtig wollte er den Blick heben, als hinter ihm wieder die Stimme erklang. »Verschließe deine Augen nicht! Sieh auf und zeige uns, daß du, ohne zu zweifeln, dem Weg der Gerechtigkeit folgst. Strafe alle, die gegen dich gesprochen haben, Lügen, und zeige uns, daß du nur fehlgeleitet warst!«

Ruckartig drehte Marcian sich um. Die Stimme und die Worte kannte er nur zu gut. Unauslöschlich waren sie in seine Erinnerung eingebrannt. Hinter ihm stand der Baron Dexter Nemrod, stützte sich auf seinen eleganten Stock und musterte ihn kalt mit eisgrauen Augen.

»Ich habe mich doch nicht in dir geirrt?« Die Stimme des Großinquisitors ließ Marcian bis ins Mark erzittern. Hier sprach ein Mann, der es gewohnt war, über Leben und Tod zu gebieten. Hinter ihm war eine Gruppe weiterer Inquisitoren versammelt. Da war der feiste Roderick, mit seinen flinken Schweinsäuglein, der bis zuletzt im Prozeß gegen ihn gesprochen hatte, und Magon, den sie ›Flammenhand‹ nannten, weil er Scharfrichter der Inquisition war. Auch er hatte gefordert, daß man Marcian gemeinsam mit der Hexe verbrennen solle. Etwas abseits beobachtete Graf Gumbert amüsiert lächelnd das Geschehen. Er hatte herausgefunden, daß Jorinde eine Hexe war, und die Anklage gegen sie und Marcian vor dem obersten Inquisitionsgericht eingereicht.

»Richte dich auf, und sieh zu, wie die Flammen den Sukkubus vernichten, der dich zu versuchen verstand!« Es war die beherrschte Stimme Dexter Nemrods. Marcian wußte, daß sein Fall noch nicht entschieden war und seine Gegner nur auf eine Schwäche von ihm warteten, um ihn erneut anzuklagen. Langsam stand er auf, starrte in die Flammen und versuchte seinen Geist vor den immer lauter werdenden Schreien Jorindes zu verschließen. Er sah, wie ihr rotes Haar binnen eines Augenblicks zum Fraß des Feuers wurde, wie sie sich in Schmerzen in den eisernen Ketten wand, die sie an dem mächtigen Pfahl inmitten des Scheiterhaufens fesselten. Erst am Morgen hatte ein Magister der Garether Akademie Jorinde all ihre Zauberkraft geraubt, und kurz vor der Verbrennung hatte man sie gezwungen, eine Wurzel zu schlucken, die verhindern würde, daß sie durch den Rauch des Feuers ohnmächtig wurde. Die Inquisition hatte beschlossen, daß sie lange leiden solle – und mit ihr Marcian. Er selbst hatte das Feuer an ihren Scheiterhaufen legen müssen, und nun flehte sie ihn um die Gnade eines schnellen Todes an.

Wie versteinert stand er vor den Flammen, starrte in ihr schmerzverzerrtes Gesicht und hörte ihr Betteln, das immer mehr zu einem tonlosen Winseln wurde. Marcian stand völlig steif, unfähig, sich zu bewegen, doch jedes ihrer Worte stach wie Dolche nach seinem Herzen. Innerlich verfluchte er sich wegen seiner Feigheit. Er hatte die Wahl gehabt, mit ihr zu sterben oder die Fackel an sie zu legen. Er hatte sich für die Inquisition entschieden!

Auf Anraten des Barons war er nicht einmal in Jorindes Zelle gewesen, um mit ihr zu sprechen. Selbst als ein bestochener Wächter ihm einen Brief brachte, in dem sie ihn anflehte, sie noch ein letztes Mal vor ihrem Tod zu besuchen, war er nicht gekommen. Statt dessen hatte er der hochnotpeinlichen Befragung beigewohnt und gesehen, wie die Folterknechte den Körper schändeten, den er so oft liebkosend gestreichelt hatte.

Zum Schluß hatte Jorinde alle Schuld auf sich genommen. Sie hatte behauptet, der Namenlose selbst habe ihr aufgetragen, Marcian zu verführen, und so rettete sie das Leben des jungen Inquisitors. Während des ganzen Geständnisses schaute sie ihn mit ihren grauen Augen an, mit diesem Blick voller Liebe, der ihn schon am ersten Tag ihrer ersten Begegnung in seinen Bann geschlagen hatte, als sich Jorinde auf dem Markt von Gareth bemühte, ihm halbverwelkte Herbstblumen zu verkaufen.

Er hatte damals alle Blumen gekauft und ihr anschließend geschenkt, und noch bevor es Nacht wurde, hatte sie ihm verraten, daß sie in einer kleinen Hütte nahe dem Dorf Silkwiesen vor den Toren der Hauptstadt wohnte. Einen Sommer und zwei Winter hatte Marcian sie regelmäßig in der kleinen Hütte besucht, und die Stunden mit ihr waren die glücklichste Zeit seines Lebens gewesen. Er hatte sogar überlegt, seinen Dienst bei der Inquisition aufzugeben, um jeden Tag mit ihr teilen zu können, doch sie war es gewesen, die ihm davon abriet.

Und dann kam die Nacht, die ihrer beider Leben zerstörte. Während Marcian mit leeren Blicken in die Flammen starrte, erstanden die Bilder jener Schreckensnacht wieder vor seinem geistigen Auge. Der Winter war schon weit fortgeschritten gewesen. Der Schnee hatte angefangen zu tauen, und der Inquisitor trieb seinen Hengst in gnadenloser Hatz über die schlammige Straße, um zu seiner Geliebten zu gelangen.

Als er Jorindes Hütte erreichte, war der Braune schaumbedeckt. Er warf seinen Umhang über das zitternde Tier. Dann stutzte er, denn die Tür des kleinen Hauses, das aus massiven Baumstämmen gezimmert war, stand weit offen. Jorindes Namen auf den Lippen, stürmte er hinein. Das Feuer im Kamin, an dem sie sich nach ihren wilden Spielen so oft gewärmt hatten, war erloschen. Die alten Möbel, die schon Jorindes Großmutter gehört hatten, waren zerschlagen. Und all die kleinen Tiegel, die sie auf schmalen Brettern dicht unter der mit trocknenden Kräutern verhangenen Decke gestapelt hatte, lagen in Scherben. Dann legte sich eine Hand schwer auf Marcians Schulter, und eine ihm bekannte Stimme rief: »Im Namen des Praios seid Ihr, Marcian, Inquisitor im Dienste des Lichtboten, hiermit wegen der Buhlschaft mit einer Hure des Namenlosen verhaftet.«

Als Marcian sich umdrehte, blickte er in das boshafte Gesicht Graf Gumberts. Der alte Mann trug eine schimmernde Rüstung, ganz so, als wolle er in die Schlacht reiten, und ein schwerer Umhang aus Wolfspelz fiel von seinen Schultern.

»Packt ihn!« rief der Graf, und Kriegsknechte griffen nach Marcian und zerrten ihn in einen dunklen Gefängniswagen, indem er heimlich nach Gareth gebracht wurde. Das letzte, was er sah, bevor sich die schwere Tür des Wagens hinter ihm schloß, war, wie Soldaten Fackeln auf das Dach der Hütte warfen, um den Ort, an dem er glücklich gewesen war, für immer zu zerstören.

Daß man ihn in der Kaiserstadt nicht in den Kerker warf, verdankte Marcian der Fürsprache Dexter Nemrods. Ihm war auch zuzuschreiben, daß er in dem Prozeß unter der Bedingung freigesprochen wurde, seine Unschuld zu beweisen, indem er selbst die Fackel an den Scheiterhaufen der Hexe Jorinde legte. Er hatte vor den Augen seiner Geliebten diesen Eid geleistet, doch als man sie an ihm vorbei aus dem Gericht führte, flüsterte sie mit fester Stimme: »Ich weiß, daß man dich dazu gezwungen hat, mein Geliebter, und deshalb vergebe ich dir, selbst wenn ich morgen von deiner Hand sterben muß. Und sei dir gewiß, daß ich auch über den Tod hinaus immer bei dir sein werde, um dich zu ...« Ihre letzten Worte konnte er nicht mehr verstehen, denn die Wächter zerrten sie grausam an ihren Ketten von ihm weg.

Ein böiger Wind war aufgekommen und blies in die Flammen des Scheiterhaufens. »Bitte gib mir einen gnädigeren Tod«, röchelte es aus dem Feuer. Marcian konnte Jorinde hinter der Flammenwand kaum noch sehen. Sie schien in ihren Ketten nach vorne gesunken zu sein und keine Kraft zum Schreien mehr zu haben. Nur ein leises Wimmern war noch zu hören, unterbrochen von einem Flüstern, das klang, als bäte sie Satuaria, die Göttin der Hexen, um Erlösung.

Noch einmal ließ eine Windbö den Scheiterhaufen auflodern, dann war es still, und ein schwerer Regen setzte ein, der die Flammen erstickte und den gräßlich entstellten Körper, der grotesk verrenkt in den Ketten vom Pfahl herabhing, den Blicken der Inquisitoren enthüllte.

Es waren längst alle gegangen, als Marcian noch immer vor dem Scheiterhaufen stand und auf das starrte, was einst seine Geliebte gewesen war. Dann packte ihn der Wind. Wild zerrte er an Marcians Umhang und riß den jungen Inquisitor schließlich vom Boden, um ihn in die Luft zu schleudern, worauf er schließlich die Besinnung verlor.

Als er erwachte, befand er sich noch immer in der Luft. Rund um ihn war es finster, und eine Stimme im Wind flüsterte: *»Ich weine noch immer um dich, Marcian. Wenn du nicht lernst, auf dein Herz zu hören, wird es dein Schicksal sein, immer einsam zu bleiben, denn siehe, welches Unglück dir eine mögliche Zukunft bringt!«*

Und wie aus dem Nichts erstanden vor ihm Flammen, und als sie sich teilten, sah er mitten in dem Feuer Cindira stehen, die verzweifelt nach einem Ausweg sucht, während ihre Haare und ihr Gewand schon Feuer gefangen haben.

Marcian, der schweigend zugesehen hatte, wie vor seinen Augen Jorinde verbrannt war, begann nun zu schreien. Und als er die Götter verfluchte, die solches Unrecht billigten, stürzte er aus dem Himmel.

Als der Inquisitor wieder bei Sinnen war, fand er sich in seinem Zimmer im Bergfried. Er lag in seinem zerwühlten Bett, an seiner Seite Cindira. Er schien nicht wirklich geschrien zu haben, jedenfalls lag seine Geliebte immer noch in tiefem Schlaf. Zärtlich strich er ihr das Haar aus dem Gesicht und betrachtete ihre ebenmäßigen Züge. Wie ein kleines Tier hatte sie sich zusammengerollt, die feine Leinendecke eng um sich geschlungen. Das schwere Wildschweinfell war vom Bett gerutscht. Marcian fröstelte. Obwohl er die hölzernen Läden vor dem Fenster und den Schießscharten geschlossen hatte, zog es unangenehm in dem Zimmer. Die Kohlen in den beiden großen eisernen Becken glimmten nur noch matt und spendeten fast keine Wärme mehr. Das Feuer im Kamin war ganz erloschen. Marcian stand auf, umrundete das Bett und legte vorsichtig das Wildschweinfell über Cindira, die unruhig stöhnte. Sie schien von einem schlechten Traum geplagt zu sein. Einen Moment überlegte er, ob er sie wecken sollte, doch dann ging er zum Fenster hinüber und öffnete den großen hölzernen Laden. Ein Schwall kalter Nachtluft schlug ihm entgegen. Er ging zum Kleiderständer dicht bei dem Kamin und nahm seinen Umhang herunter, um ihn sich um die Schulter zu werfen. Dann ging er zum Fenster zurück und blickte über die schlafende Stadt.

Der Monat Travia hatte begonnen, und die Orks hatten sich immer noch nicht von der schweren Niederlage beim Sturmangriff auf die Stadtmauern erholt. Dennoch hielten sie die Belagerung aufrecht. Sie hatten neue Katapulte gebaut und ihre Verteidigungsanlagen weiter gesichert. Diese Sicherungen waren im Grunde überflüssig. Die wenigen guten Einheiten, über die Marcian verfügt hatte, waren bei dem schweren Gefecht aufgerieben worden. Es hatte mehr als dreihundert Tote in Greifenfurt gegeben und noch einmal so viele Verletzte.

Die Amazone war erst vor wenigen Tagen von dem Wundfieber genesen, das sie sich durch eine schlecht gesäuberte Wunde geholt hatte, und auch Oberst von Blautann hatte seine Verletzungen noch nicht ganz auskuriert. Die Stadt selbst glich einem riesigen verletzten Körper. Nach Osten hin gab es immer weniger intakte Dächer; die Gerippe verkohlter Giebel zeichneten sich wie die Knochen großer Tierkadaver gegen den Himmel ab.

In einer halben Stunde würde die Sonne aufgehen, und schon begann sich das seltsame Zwielicht über den Himmel auszubreiten, in das die Welt getaucht wird, wenn die Nacht noch nicht ganz gewichen ist und das Praiosgestirn noch hinter dem Horizont verborgen liegt. Langsam erhellte das milde, gelbe Licht von Öllampen und Kerzen die ersten Fenster. Viele Häuser waren jetzt überbelegt, denn mit dem Wechsel der Jahreszeiten war es in den Nächten empfindlich kühl geworden. Auch jene, die zunächst noch darauf beharrten, in den Ruinen ihrer ausgebrannten Heime zu wohnen, hatten einsehen müssen, daß ein Leben ohne Dach über dem Kopf auf Dauer nicht möglich war.

Anders als bei den Lebensmittelbeschlagnahmungen vor einigen Wochen verhielten sich die Bürger der Stadt nun vernünftiger. Sie hatten begriffen, daß in dieser Lage ein Überleben nur noch möglich war, wenn man die kleinlichen Familienfehden zumindest für die Dauer der Belagerung begraben konnte. Man war also enger zusammengerückt, um entschlossener den Orks zu trotzen.

Mehr Sorgen bereitete Marcian die Versorgung der Einwohner mit Lebensmitteln. Bei dem Angriff der Orks waren zwei bis unter die Dächer gefüllte Vorratshäuser abgebrannt, und schon vorher hatte die Lage alles andere als günstig ausgesehen. Marcian rechnete nicht mehr damit, daß die kaiserlichen Truppen vor dem nächsten Frühjahr versuchen würden, einen großen Schlag gegen die Orks zu führen. Wahrscheinlich hatten schon im Rondra Hunderte von Bauern die Armee verlassen, um rechtzeitig zu Hause die Ernten einzubringen. Damit wäre das Heer zu klein, um es selbst mit einem geschwächten Sadrak Whassoi aufzunehmen. Wahrscheinlich hatten selbst die regulären Truppen schon längst ihre Winterquartiere bezogen und lieferten sich mit den Orks allenfalls noch kleine Scharmützel.

Sollte dem so sein, dann war Greifenfurt verloren. Mit den Lebensmitteln, die sie jetzt noch hatten, mochten sie selbst bei strengster Rationierung allenfalls noch drei Monate durchhalten. Die Offiziersessen, die zu Anfang der Belagerung üblich gewesen waren, hatte Marcian nun ganz eingestellt. Es wäre schlecht für die Moral der Bürger, wenn sie miterleben müßten, wie sich ihre Anführer jede Nacht den Bauch vollschlugen, während sie selbst am Hungertuch nagten.

Langsam wurde es heller, und Marcian konnte im Morgendunst bis zu den Stallungen der Orks weit vor der Ostmauer blicken. Ob sie wohl auch Probleme mit der Versorgung hatten? Vermutlich würden sie regelmäßig mit Wagenkolonnen aus dem Norden versorgt. Zum Glück hatten sie noch keine weiteren Truppen erhalten. Überhaupt verhielten sie sich in ihrer ganzen Belagerungsstrategie sehr ungewöhnlich.

Der Inquisitor hatte Berichte über den Kampf um Lowangen gelesen, das zu Beginn der Orkkriege ein Jahr lang von den Schwarzpelzen belagert worden war. Damals hatten sie kaum über Geschütze verfügt und sich auch nicht annähernd so geschickt erwiesen wie diesmal. Manchmal hatte er den Eindruck, daß ihr Vorgehen sorgfältig auf dem Reißbrett ausgearbeitet wurde. Selbst jetzt, wo ihre Truppen zu schwach für einen direkten Angriff auf die Mauern waren, verstanden sie es, das Beste aus ihrer Lage zu machen. Sie gruben sich immer weiter ein und machten ihr Lager winterfest. Immer wieder schossen sie mit Katapulten in die Stadt, so daß man nie ganz sicher sein konnte, ob man nicht zum Opfer eines aus dem Himmel stürzenden Felsbrockens wurde, wenn man auch nur eine Straße überquerte. Vermutlich war all das dem Hirn des verräterischen Zwergen entsprungen, der seine Dienste an die Schwarzpelze verkauft hatte und der ihm schon mehrfach die Erdwälle der Orks inspiziert hatte.

Obwohl er sich seinen Umhang um die Schultern geschlungen hatte, war Marcian kalt geworden. Fröstelnd rieb er sich die Arme. Im Moment konnte er ohnehin nichts für die Stadt tun, also würde er sich den Luxus gönnen, noch einmal in sein Bett zurückzukehren. Cindira hatte in ihrem unruhigen Schlaf wieder das Wildschweinfell aus dem Bett geworfen. Noch einmal deckte er sie zu, dann kroch er unter Leinentuch und Fell und schmiegte sich an ihren warmen Körper.

Am liebsten wäre er jetzt weit fort von hier. Vielleicht in einer kleinen Hütte in einem Land, in dem Frieden herrschte. Schmerzhafte Bilder stiegen aus seiner Erinnerung auf. Er mußte einiges in seinem Zusammensein mit Cindira ändern. Er hatte ihr großes Unrecht getan und sie verletzt. Wieder einmal hatte ihm seine eigene Eitelkeit im Weg gestanden, doch diesmal würde er zu der Frau halten, die er liebte. Er würde der Inquisition nie wieder ein Opfer bringen. Wieder dachte er an die glücklichen Tage in der Hütte am Wald und lauschte dabei auf den ruhigen Atem Cindiras.

»Du willst was?« Ungläubig starrte ihn Cindira an. »Sag das noch mal!«

»Ich möchte, daß du dich jetzt anziehst, und dann gehen wir zusammen zum Haus der Therbuniten, um dort Lysandra und von Blautann zu besuchen.«

Marcian war irritiert. Er hatte damit gerechnet, Cindira eine Freude zu machen.

»Seit Wochen streiten wir darüber, daß du nicht wirklich zu mir stehst. Ich muß mich bei Nacht und Nebel hier zum Turm schleichen, um dich zu treffen, oder du besuchst mich in der ›Fuchshöhle‹ und tust so, als sei ich nicht mehr als eine Hure für dich, mit der man sich eine Nacht vergnügt, und jetzt willst du mit mir quer durch die Stadt marschieren. Was steckt dahinter?« Cindira war aus dem Bett gesprungen und stand ihm zitternd vor Wut und Kälte gegenüber.

»Ich hab eingesehen, daß du recht hattest. Machst du mir das jetzt zum Vorwurf? Los, komm zurück ins Bett und laß dieses kindische Gezanke.«

»Nichts werde ich lassen. Wenn du so mit mir redest, beweist du nur, daß du mich immer noch nicht ernst nimmst. Also, was soll dieses Spielchen um traute Zweisamkeit? Ist dir die Meinung der Spießbürger, um die du dich bisher so aufopfernd bemüht hast, auf einmal gleichgültig?«

Marcian musterte die kalten grauen Steine des Fußbodens und vermied es, Cindira anzuschauen. »Weißt du, vielleicht bleibt uns nicht mehr viel Zeit. Wenn ich ehrlich bin, steht es schlecht um die Stadt, und falls die Götter unseren Untergang beschlossen haben, möchte ich nicht mit einer Lüge sterben. Ich möchte endlich mit dir im Arm durch die Straßen gehen. Möchte mit dir die Läden der Goldschmiede und Schneider besuchen, dir etwas schenken und einfach nur glücklich sein. Es ist mir egal, wenn sich einige Bürger das Maul über mich zerreißen. – Ich will aus meiner Liebe zu dir keinen Tag länger mehr ein Geheimnis machen. Wir haben genug Spiele gespielt. Nun liegt Borons Schatten über uns, und die Zeit der Lügen ist vorbei.«

Bei den letzten Worten war Cindira wieder zu ihm ins Bett gestiegen. Sie nahm ihn in den Arm und streichelte ihm den Rücken, und während Marcian sein Gesicht in ihrem schwarzen Haar vergrub, flüsterte sie ihm ins Ohr: »Ich liebe dich, mein trauriger Held. Ich werde nie mehr von deiner Seite weichen.«

Es fiel Marcian nicht ganz leicht, die Blicke der Bürger zu ignorieren, als er am späten Morgen mit Cindira an seiner Seite die Burgstraße hinunter zum Platz der Sonne ging. Einige steckten den Kopf zusammen und tuschelten. Andere taten so, als würden sie das Freudenmädchen aus der ›Fuchshöhle‹ nicht sehen, während sie mit ihm einige Worte über die Aktivitäten der Orks wechselten. Je weiter sie nach Osten kamen, desto erbärmlicher wurde der Zustand der Stadt. Rauchgeschwärzte Häuser säumten die Straßen, und auch die meisten Gebäude, die vom Feuer verschont worden waren, zeigten große, zackige Löcher von den Geschossen der Belagerer in den Dächern.

Entlang des alten Ostwalls, der mittlerweile von Himgis Sappeuren verstärkt worden war, spielten Kinder Krieg. Diejenigen, die die Schwarzpelze verkörperten, hatten sich ihre hohlen eingefallenen Gesichter mit Ruß eingeschmiert. Mit hölzernen Schwertern aus zerbrochenen Dachsparren hieben sie aufeinander ein.

Einer von ihnen trug ein zerrissenes, rotes Handtuch um die Schultern gebunden und stand umringt von Gegnern auf einem Schutthügel. »Kommt nur herauf, ich werde mich euch niemals ergeben«, schrie der sommersprossige Blondschopf. Marcian blieb einen Augenblick stehen, um dem Jungen zuzuschauen. Es war offensichtlich, wen er verkörperte, und der Inquisitor war gespannt, wie der Kampf enden würde. Der Blondschopf stand auf verlorenem Posten. Von allen Seiten berannten ihn die ›Orks‹, während seine Verbündeten in eine Seitengasse geflohen waren, um neuen Mut zu schöpfen. Wenn er sich nicht ergeben wollte, bezog er schreckliche Prügel von den anderen, die sich mit wilden Schreien immer mehr in einen Kampfrausch steigerten. Schließlich lief Marcian über die Straße, zerrte einige der Bengel grob beiseite und half dem Besiegten wieder auf die Beine.

»Du hast dich wacker geschlagen, Junge. Wie heißt du?«

Der Blondschopf wischte sich mit dem Handrücken über die blutende Nase. »Ich bin Marrad, Darrags Sohn, und du hättest mir nicht helfen brauchen, Marcian. Ich ergebe mich niemals, und ich hätte die Schwarzpelze besiegt.«

»Sicher.« Marcian wollte ihm über das Haar streichen, doch dann ließ er es lieber bleiben. Wahrscheinlich wäre der Junge über die Geste verärgert gewesen. »Du hast ungewöhnlichen Mut bewiesen, als du alleine gegen die Übermacht weiter gefochten hast. Wie alt bist du?«

»Fast acht Sommer, Kommandant.«

»Ich habe eine Aufgabe für dich, Marrad. Mutige junge Männer kann ich immer gebrauchen.« Marcian konnte dem Sohn des Schmieds ansehen, wie gut ihm die Worte taten. »Wann immer die Hörner Alarm blasen, finde dich an meiner Seite ein. Du wirst von nun an mein persönlicher Bote sein und den Offizieren im Gefecht Nachrichten von mir überbringen. Und damit dich jeder als meinen Boten erkennt, sollst du einen roten Umhang bekommen, so wie ich ihn trage. Bist du bereit, diese Aufgabe zu übernehmen?«

Marrads Augen funkelten. »Ja, Herr. Ihr könnt auf mich zählen. Vielen Dank, Kommandant.«

Im Gehen drehte sich Marcian noch einmal um. »Melde dich gleich heute nachmittag beim Quartiermeister in der Garnison, und sag ihm, ich hätte befohlen, daß er dir einen prächtigen Umhang heraussucht. Ich möchte keinen Krieger mit einem Küchentuch um den Schultern in meiner Armee haben.«

Statt einer Antwort salutierte Marrad ehrerbietig. Marcian drehte sich schnell um. Er wollte nicht, daß der Junge sah, wie er schmunzelte, doch wie Marrad dort mit seinen zerzausten Haaren, der blutigen Nase und dem Küchentuch dastand, hatte er etwas von den tragikomischen Figuren aus den Stücken des ›alten Reichs‹.

»Bringst du ihn als Boten nicht in Gefahr?« flüsterte Cindira in sein Ohr.

»Jeder Junge in seinem Alter ist in Gefahr, wenn auf den Mauern der Kampf tobt. Sie bringen Munition zu den Katapulten und Pfeile zu den Bogenschützen. Sie sind selbst im schweren Feuer immer auf der Mauer. Er wird nicht mehr in Gefahr sein als vorher auch, aber er hat eine Aufgabe, etwas, worauf er stolz sein kann. Weißt du, seine Mutter ist vor ein paar Wochen gefallen, und sein Vater liegt seit dem letzten Kampf im Lazarett.«

Schweigend gingen die beiden weiter, bis sie das Siechenhaus der Therbuniten erreichten. Dort verabschiedete sich Cindira, denn den Anblick all der verkrüppelten Männer und Frauen, die in dem überfüllten Haus sogar auf den Gängen lagen, konnte sie nicht ertragen.

Lysandra und der Reiteroberst genossen den zweifelhaften Luxus, gemeinsam ein Zimmer zu teilen, während sonst die Zimmer überfüllt waren. Ihre kleine, weißgetünchte Kammer hatte sogar ein Fenster und zwei Schemel, auf denen Besucher Platz nehmen konnten.

Seit es ihnen wieder besser ging, lagen sie fast ständig im Streit. Ihre Ansichten vom Krieg waren ungefähr so unterschiedlich wie die eines Piraten und eines Kapitäns der kaiserlichen Marine. Einig waren sie sich lediglich darin, daß Greifenfurt schnellstens Hilfe brauchte, oder noch vor dem Frühling würden wieder die roten Banner der Orks über der Stadt wehen.

»Ich werde mich zum Prinzen durchschlagen«, erläuterte von Blautann schon zum dritten Mal der Amazone und dem Inquisitor. »Ich kenne das Gelände und werde am kaiserlichen Hof sofort eine Audienz bekommen. Wenn sich irgendein Strauchdieb auf den Weg macht, wird er womöglich niemals bis zum Prinzen vorgelassen.«

Marcian blickte den Obristen mitleidig an, während Lysandra mit drastischen Worten erläuterte, was für ein Narr er sei.

»Kaum hast du die Krücken in die Ecke gestellt, schon glaubst du, wieder den Helden spielen zu müssen. Selbst wenn du unverwundet bist, kannst du dich doch keine Meile ohne ein Pferd bewegen.«

»Und so was wie dich läßt man doch nicht mal das erste Tor des Palastes passieren«, entgegnete der Oberst wutschnaubend. »Dich und deine Halsabschneider würde man in Friedenszeiten an den nächsten Galgen hängen.«

»Mich haben nicht einmal die Orks bekommen, wie sollte mich da ein Kaiserlicher wie du gefangennehmen können ... Entschuldige, ich vergaß natürlich, daß du ein strategisches Genie bist, wie du mit deiner Reiterattacke auf das Hauptlager von Sadrak Whassoi ja bewiesen hast.« Lysandra hatte sich auf einen Arm aufgestützt, um besser zu Alrik von Blautann herüberschauen zu können.

Der Oberst legte sich in die Kissen zurück und schaute zur Decke, als er mit zuckersüßer Stimme sagte: »Weißt du, mein Schatz, im Grunde bist du auch nicht anders als alle anderen Frauen. Sobald ein kaiserlicher Offizier an dir vorbeireitet, bist du unsterblich verliebt. Du hast nur eine etwas ungehobelte Art, mir deine Liebe zu zeigen. Warum hättest du auch sonst mein Leben gerettet, als ich verwundet unter meinem Pferd lag und die Orks schon ihre Messer wetzten, um mir die Kehle durchzuschneiden. Wie du siehst, habe ich dich längst durchschaut.«

Für einen Augenblick herrschte Stille im Zimmer, dann wandte sich Lysandra an Marcian. »Ruf bitte einen Heiler, ich glaube, Alrik redet im Fieberwahn, es scheint schlechter um ihn zu stehen, als man ihm ansieht.«

»Bei den Zwölfgöttern, mir reicht euer kindisches Gezänk. Wenn ich nicht vernünftig mit euch reden kann, werde ich nun gehen.« Wütend stand Marcian von seinem Schemel auf.

»Bleib hier«, murmelte Lysandra zerknirscht.

»Außer über einen Boten an den Prinzen muß ich mit euch noch über etwas anderes reden.« Der Inquisitor war an der Tür stehengeblieben. »Ich glaube, ich habe einen Weg gefunden, herauszubekommen, was die Orks hier wollen.«

2

Drei Tage später hatte sich eine kleine Gruppe mit Fackeln zu mitternächtlicher Stunde im Hafen eingefunden. Arthag, der Amboßzwerg, Nyrilla die Auelfe und Oberst von Blautann standen mit Bündeln auf dem Kai. Vor ihnen im Wasser lagen einige Baumstämme. Ein Soldat gab ein Fackelzeichen an den südlichen Flußturm. Nun würde das Sperrgitter, das den Hafen sicherte, heruntergelassen werden. Marcian wandte sich noch einmal an den Obristen.

»Du wirst dich umbringen, Alrik. Deine Wunden sind kaum ausgeheilt, und nun stürzt du dich in dieses Abenteuer.«

»Statt herumzuunken, solltest du mir lieber Glück wünschen. Mein Entschluß steht fest, und du wirst mich nicht mehr umstimmen. Mein Wort hat bei der Generalität und beim Prinzen mehr Gewicht als das eines dahergelaufenen Söldners. Es ist entscheidend, daß ich gehe.«

Marcian musterte den Offizier. Irgendwie bewunderte er ihn. Er war genau das, was man sich unter einem vorbildlichen Ritter vorstellte. Mutig, edel und gut. Vielleicht fehlte ihm auch einfach nur die Phantasie, sich vorzustellen, daß seine Pläne einmal schieflaufen könnten. Daß er im kalten Wasser ertrinken könne, seine Wunden unter den Strapazen der Reise wieder aufbrechen ...

Wenigstens hatte er sich davon überzeugen lassen, daß sein langes, blondes Haar ihn sofort verraten würde, wenn er den Orks in die Hände fiele. Er hatte es sich abschneiden und schwarz färben lassen. Es war schon erstaunlich, wie sehr eine neue Frisur einen Menschen verändern konnte.

Marcian räusperte sich verlegen. »Du hast recht, Alrik. Ich wünsche dir und auch den anderen Glück. Vergeßt nicht, daß ihr von nun an die Hoffnung dieser Stadt seid. Gelingt es euch nicht, eure Aufgaben zu erfüllen, dann wird es bald kein freies Greifenfurt mehr geben.«

Arthag, der Zwerg, stand immer noch zögernd vor dem Baumstamm, der zu seinen Füßen im dunklen Wasser schaukelte. Nicht genug, daß er den undankbarsten Teil der Aufgabe hatte, dabei ausgerechnet von einer Elfe begleitet wurde und sich auch noch zum Abschied Marcians pathetischen Quatsch anzuhören hatte, nein, dieser Ausflug mußte auch ausgerechnet mit einem Bad beginnen. Er war von Anfang an dagegen gewesen, sich an Baumstämme geklammert den Fluß hinuntertreiben zu lassen, und das auch noch im Travia!

Ihn schauderte. Nicht mal auf seinen Vorschlag, ihm ein Faß zu geben, hatten sie bei den Beratungen eingehen wollen. Das sei zu auffällig, hatte es geheißen. Nun gut, er würde jetzt springen. Die anderen hatten schon die Flußsperre passiert, und Marcian sah ihn aufdringlich an.

Arthag spuckte ins Hafenbecken. Dann schloß er die Augen und ließ sich fallen. Eiskalt schlug das Wasser über ihm zusammen. Einen schrecklichen Augenblick lang dachte er, er käme nicht mehr an die Oberfläche. Dann tauchte er prustend auf und klammerte sich an den Baumstamm. Ungeschickt begann er mit seinen Füßen zu paddeln, so wie es ihm die anderen am Nachmittag vorgemacht hatten. Bei der Generalprobe war er noch nicht dazu zu bewegen gewesen, ins Wasser zu gehen, und er betete inständig zu Angrosch, daß er bald wieder dieses unangenehme Element verlassen könne.

Bislang hatte er allen verschwiegen, daß er nicht schwimmen konnte. Aber was sollte es? Um über Wasser zu bleiben, hatte er schließlich seinen Baumstamm. Nur der durfte ihm auf keinen Fall davontreiben! Wie bei den anderen auch war seine ganze Ausrüstung in einer wasserdichten Persenning unter den Baumstamm genagelt worden. Sein kostbares Kettenhemd, das schon seine Ahnen getragen hatten, die Axt, die seine erste wirklich erstklassige Schmiedearbeit gewesen war, und nicht zu vergessen sein ganzes Gold, das er sorgsam in einen breiten Gürtel eingenäht hatte.

Kaum hatte er das Eisengatter des Hafens passiert, drehte sich sein Baumstamm in die Strömung, und kleine Wellen schlugen ihm ins Gesicht. Wütend prustete er das Wasser heraus, das er geschluckt hatte.

»Sei leise, du Idiot!« zischte es aus der Dunkelheit. »Wir passieren gleich die ersten Wachposten der Orks.«

Natürlich die Elfe! Wer sonst sollte sich auch mit ihm anlegen. Warum mußte ausgerechnet er mit ihr zusammengehen? Erst am Morgen hatte er noch im Ingrimm-Tempel zu Angrosch gebetet und seinen Gott angefleht, ihm diese Prüfung zu erlassen. Sogar die schöne Brosche, mit der er seinen Umhang zu schließen pflegte, hatte er geopfert. Vergebens! Wieder spukte Arthag Wasser. Lange hatte er nachmittags von den Zinnen der Garnison auf diese ekelhafte, graubraune Brühe geschaut, durch die er sich nun treiben lassen sollte. Er würde sehr viel Bier brauchen, um über diese Geschichte einmal lachen zu können.

Nun konnte der Zwerg die ersten Wachfeuer der Orks im Nebel schimmern sehen. Die elenden Schwarzpelze hielten seit der Schlappe, die sie bei ihrem Sturmangriff erlitten hatten, gehörigen Abstand zu den Mauern der Stadt.

Undeutlich konnte er jetzt Wortfetzen hören. Dann übertönte das Rauschen des Flußes wieder alles. Diese Dummköpfe. Ihre Flußüberwachung war sehr uneffektiv. Sicher konnte bei Tag keiner auf diesem Weg aus der Stadt entkommen, aber nachts war es ein Kinderspiel – wenn nur das Wasser nicht so kalt wäre.

Wieder trieb Arthag an Wachfeuer vorbei. Weiter vorne konnte er undeutlich einen anderen Baumstamm im Licht sehen. Er mußte vorsichtig sein. Hier waren die Nebelschleier aufgerissen, und die Sicht auf die Breite war recht gut. Schemenhaft konnte er einige Gestalten vor dem Feuer erkennen, die auf den Fluß blickten. Leise vor sich hin fluchend tauchte er mit dem Kopf unter Wasser und klammerte sich an die eisernen Griffe, die auf der Unterseite in das Holz des Baumstamms getrieben waren, um den Schimmern Halt zu geben.

Arthag blieb unter Wasser, bis seine Lungen zu platzen drohten. Erst war es nur ein leichtes Kribbeln in seinem Brustkorb, doch dann wuchs dieses Gefühl mehr und mehr an, bis er schließlich glaubte, ein Feuersturm tobe in seiner Brust. Der Zwerg gab den Kampf mit sich selber auf und hob den Kopf aus dem Wasser, um tief einzuatmen. Die kalte Nachtluft wirkte wie ein Heiltrank, und es war ihm gleichgültig, ob die Orks ihn vielleicht noch sehen konnten. Ihm war lieber mit einem Pfeil im Rücken zu sterben, als zu ersaufen. Was seine Ahnen wohl von ihm denken würden, wenn sie ihn so sehen könnten?

Erleichtert stellte Arthag fest, daß das Wachfeuer der Orks ein gutes Stück hinter ihm lag. Mühsam versuchte er sich zu orientieren. Eine Meile vor der Stadt wand sich die Breite durch hügeliges Gebiet. An der zweiten Flußwende sollten sie an Land gehen. Die Linien der Orks würden sie dann weit hinter sich gelassen haben. Viel weiter konnten sie sich nicht treiben lassen. Kurz hinter der zweiten Kehre wurde das Flußbett enger und die Strömung stärker. Es würde auf Meilen unmöglich sein, ans Ufer zu kommen, denn die Breite hatte sich dort ein tiefes Bett gegraben, aus dem steile Uferböschungen aufragten. Bei Niedrigwasser gab es zwar Uferstreifen und Sandbänke, aber jetzt war alles überflutet. Auch die Kälte konnte mit der Zeit zur Gefahr werden. Die Flußfischer hatten sie ausdrücklich davor gewarnt, zu lange im Wasser zu bleiben.

Arthag spuckte aufs neue angewidert aus. Warum nur hatte er sich darauf eingelassen? Sein erster Fehler war gewesen, sich damals auf den Silkwiesen für die Sache der Menschen zu schlagen. Sicherlich liebte er die Schlacht, aber wenn er gewußt hätte, daß all dies mit einem Bad in der Breite enden würde, wäre er zu Hause in den Amboßbergen geblieben.

Über das Gerede von Kälte des Flußwassers hatte Arthag

zunächst nur gelacht. Er hatte schon so manchen harten Winter überstanden und dabei oft die Erfahrung gemacht, daß er den Unbillen der Natur wesentlich besser zu trotzen vermochte als seine menschlichen Gefährten, doch jetzt spürte auch er, wie ihm die eisige Kälte langsam in die Knochen kroch. Die erste Flußschleife hatten sie schon passiert. Lange konnte es jetzt nicht mehr dauern.

Angestrengt blinzelte er in die Finsternis. Weiter vorne waren mehrere Feuer zu erkennen. Sie schienen über dem Wasser zu schweben. Was, bei Angrosch, mochte das sein? Im Näherkommen konnte er die Schatten der anderen Baumstämme auf dem Fluß sehen. Der Nebel hatte sich hier völlig gelichtet. Ein leichter Wind zog von Osten über den Strom.

Immer besser konnte Arthag nun erkennen, was vor ihnen lag. Vier kleine Flöße lagen in Abständen von einigen Schritt vor Anker. Die Orks hatten genau in der zweiten Flußkehre einen Posten errichtet. Auf jedem der Flöße stand ein Feuerkorb auf langen Beinen, dessen Flammen sich auf dem Wasser spiegelten. Bogenschützen kauerten auf den Flößen. An den Ufern waren Erdwälle aufgeworfen, und vermutlich waren dort auch einige Rotzen in Stellung gebracht, um Flußschiffe aufzuhalten, falls es noch einmal zu einem Durchbruchsversuch kommen sollte. Wieder fluchte Arthag. Die Schwarzpelze hatten ihre Lektion gelernt. Von dieser Stellung hatte niemand in der Stadt etwas gewußt.

Der Zwerg konnte sehen, wie die Orks auf den Flößen in seine Richtung auf das Wasser deuteten. Einige hantierten mit langen Speeren. Dann erreichte der vorderste Baumstamm die Posten. Mit den Speeren verhinderten die Schwarzpelze, daß der große Stamm gegen eines der Flöße prallte. Unter lauten Rufen bugsierten sie ihn in freies Fahrwasser. Dann trieb der Baum weiter. Von seinen Gefährten konnte Arhag nichts sehen. Sie mußten alle unter die Bäume getaucht sein.

Noch einmal holte der Zwerg tief Luft, dann tauchte er unter und klammerte sich wieder an die eisernen Griffe an der Unterseite des Stammes. Mit rasendem Herzen betete er zu Angrosch, daß sich der Stamm nicht drehen möge, wenn die Orks ihn mit ihren Speeren beiseite schoben. Auf Anraten einiger Schiffer waren mittags noch einige breite Äste an die Stämme genagelt worden, damit sie ruhig in der Strömung des Flusses lagen.

Wieder wurde das Kribbeln in den Lungen stärker. Doch Arthag spürte, wie die Schwarzpelze noch immer an dem Stamm hantierten, um ihn von ihren Flößen fernzuhalten. Er durfte jetzt auf keinen Fall aus dem Wasser tauchen. Er biß sich auf die Lippe. Das reißende Gefühl in seinen Lungen wurde langsam unerträglich. Da traf ihn ein schwerer Schlag an der Schulter. Der Zwerg unterdrückte einen Schmerzensschrei. Würde er jetzt den Mund öffnen, wäre es um ihn geschehen. Sein Baum mußte an einen Felsen unter der Wasseroberfläche gestoßen sein. Noch immer spürte er, wie die Schwarzpelze über ihm versuchten, den Stamm in sicheres Fahrwasser zu stoßen.

Der massige Baum begann sich langsam gegen die Strömung zu drehen. Wieder versetzte es Arthag einen Stoß. Sein Rücken schrammte über einen flachen Felsen, und die rauhe Rinde des Baumstamms drückte auf seine Brust. Er mußte loslassen, sonst würde er zwischen Stamm und Felsen zerdrückt werden. Ein neuer Schlag preßte ihm die Luft aus den Lungen. Arthags Hände glitten kraftlos vom Stamm.

Wirbelnd packte ihn der Fluß. Strampelnd gelang es dem Zwerg, den Kopf kurz über Wasser zu bringen und tief einzuatmen. Die Strömung riß ihn nun zwischen den Flößen hindurch. Noch immer waren die Orks mit dem verkeilten Stamm beschäftigt, und keiner schien ihn gesehen zu haben.

Erneut riß es Arthag unter Wasser. Ohne den Baum, an dem er Halt gefunden hatte, war er ein Spielball der Wellen. Immer öfter, wurde er unter die Wasseroberfläche gedrückt. Er hatte das Gefühl, Stunden um Stunden gegen das Wasser anzukämpfen, doch das konnte nicht sein, denn noch immer war es Nacht. Schließlich erlahmten seine Kräfte.

Sein Widerstand wurde immer schwächer, und schließlich gab er auf zu kämpfen und ließ sich in die Dunkelheit treiben.

Trotz der Gefahr hatte Nyrilla ein kleines Feuer in der Nähe des Ufers entfacht. Von Blautann kauerte neben den Flammen. Während sie noch immer besorgt auf den Fluß hinausschaute, bereitete er ein Frühstück aus Bohnen und Speck.

Ungefähr eine Stunde mochte es nun her sein, daß sie das rettende Ufer erreicht hatten. Bald würde die Sonne aufgehen und noch immer war nichts von Arthag zu sehen. Ihr war ein Rätsel, wo der Zwerg abgeblieben war. Selbst wenn er in der Strömung den Halt verloren hatte und ertrunken war, so hätte doch zumindest sein Baum auf dem Fluß vorbeitreiben müssen.

»Ich glaube, den können wir abschreiben.« Der Oberst hatte sich zu der Elfe umgedreht. »Ich hab doch gleich gesagt, daß es ein Fehler war, einen Zwerg ins Wasser zu werfen.« Geistesabwesend führte er in der Pfanne auf dem Feuer. Dann murmelte er etwas leiser: »Es tut mir ja auch leid um den kleinen Eisenbeißer. Kanntet ihr euch schon lange?«

»Wir haben uns in Greifenfurt kennengelernt«, log Nyrilla. »Wir waren alle fremd in der Stadt, als wir von der Rückeroberung überrascht wurden; so etwas bringt einen näher. Vor allem, nachdem alle Fremden auf die Burg eingeladen wurden, weil sie dort angeblich besser aufgehoben seien.« Die Elfe hatte die letzten Worte voll geheucheltem Sarkasmus ausgesprochen.

Der junge Oberst sollte nicht wissen, daß seine Reisegefährten im Dienst der Kaiserlich Garethischen Informations-Agentur standen. Um dieses Geheimnis zu wahren, war es besser, nicht all zu freundschaftlich miteinander umzugehen. Nyrilla blickte auf den Fluß. Dieses Intrigenspiel gefiel ihr von Tag zu Tag weniger.

Nachdem sie einige warme Bohnen und reichlich feuchtes Brot zu sich genommen hatten, löschte von Blautann das Feuer und machte sich zum Aufbruch bereit. Während er seine Kleider überstreifte, die neben dem Feuer getrocknet waren, stand die Elfe noch immer am Ufer und blickte nach Norden.

Das angeblich wasserdichte Tuch, in das ihre Ausrüstung eingenäht war, hatte sich als nicht annähernd so wasserabweisend erwiesen, wie die Greifenfurter Fischer behauptet hatten. Die ganze Ausrüstung war kalt und feucht gewesen, als der Oberst sie aus den unter die Bäume genagelten Tuchsäcken geholt hatte. Ein Beutel mit Lebensmitteln war verschwunden. Vermutlich hatte ein Fels ihn abgerissen.

Über eine Stunde hatten die beiden sich auf den Rücken der Baumstämme festgeklammert und waren durch das eisige Wasser getrieben, ohne eine Möglichkeit zu finden, an Land zu gelangen. Sie hatten die Hoffnung fast schon aufgegeben, als sie schließlich eine schmale Landzunge entdeckten, die vom Hochwasser noch nicht überflutet war. Mit letzter Kraft hatten sie ihre Baumstämme dort herüber gelenkt und auf den Zwerg gewartet.

Doch nun schien keine Hoffnung mehr zu bestehen, daß er sie noch erreichen würde. Sie konnten es sich nicht leisten, noch länger zu warten. Falls Arthag den Orks in die Hände gefallen sein sollte, mußten sie sich beeilen, denn dann hätten die Schwarzpelze mit Sicherheit schon Späher ausgeschickt, um nach anderen Booten aus Greifenfurt zu suchen.

»Kommst du, Nyrilla?« Der Oberst hatte das Lager abgebrochen und mühte sich bereits die schlammige Uferböschung hinauf.

Mit einem Seufzer folgte ihm die Elfe. Sie wollte einfach nicht glauben, daß der Zwerg tot sei, denn dann wäre ihre Aufgabe bereits gescheitert. Sie hatte mit ihm zu den Ingra-Kuppen ziehen sollen, in jenes Gebirgsmassiv, in dem das geheimnisvolle Xorlosch lag, die älteste Stadt des Zwergenvolks. Allein würde man sie dort niemals hinlassen. War es doch nicht einmal sicher gewesen, ob sie Arthag, der in den Augen der Erzzwerge, die die Geheimnisse dieser uralten

Stadt hüteten, vermutlich nicht mehr als ein Herumtreiber aus dem verräterischen Volk der Amboßzwerge war, Zutritt zu diesem heiligen Ort gewährt hätten.

Mit Händen und Füßen im weichen Schlamm erklomm Nyrilla die Uferböschung. Es hatte angefangen zu regnen. Wie ein Schleier legte sich der Nieselregen über die Landschaft.

Während der Oberst auf ein Waldstück zumarschierte, das sich östlich von ihnen im Regen abzeichnete, blieb Nyrilla stehen.

»Wartet!« rief sie mit gedämpfer Stimme ihrem Gefährten hinterher.

»Was ist los?« Der Oberst wischte sich mit der Hand das Wasser von der Stirn. »Können wir nicht im Schutz des Waldes reden, da werden wir vielleicht etwas weniger naß als hier.«

»Ich werde dich verlassen. Ohne Arthag werde ich nicht in die Zwergenstadt gelangen, also suche ich mir meinen Zwerg, und wenn ich dafür an Borons Pforten klopfen muß.«

Alrik war einigermaßen überrascht, eine Elfe über die Götter reden zu hören, auch wenn ihr Tonfall durchaus typisch für dieses gottlose Volk war. Ihr Vorhaben erschien ihm als blanker Unsinn, und gereizt entgegnete er: »Willst du vielleicht den Fluß wieder hinauflaufen? Einfacher kannst du es den Orks kaum machen ... Vielleicht willst du dich auch gleich stellen?«

»Sollten sie meine Spuren finden, werden sie vielleicht erst gar nicht nach dir suchen.« Der Tonfall der Elfe ließ nicht darauf schließen, was in ihrem Inneren vor sich ging. Kühl musterte sie den Oberst.

Alrik strich sich nachdenklich übers Kinn. Nüchtern betrachtet, hatte Nyrilla recht. Sollte sie den Orks in die Arme laufen, würden die Schwarzpelze vielleicht erst gar nicht nach ihm suchen. Dann käme wenigstens einer durch.

»Im Namen der Zwölfe, geh!« Mit einer Elfe zu diskutieren war ohnehin sinnlos. Alrik wollte ihr noch einmal freundschaftlich auf die Schulter klopfen, doch Nyrilla wich vor ihm zurück. Ohne ein weiteres Wort drehte sich die Elfe um und lief Richtung Norden wieder flußaufwärts.

Alrik hoffte, daß sie Glück haben würde, denn die Aufgabe, die Marcian ihr und Arthag zugedacht hatte, war vielleicht noch wichtiger als seine eigene. Auf den Tempelstelen in Xorlosch war angeblich die Geschichte Deres niedergeschrieben, und das war mit Sicherheit der einzige Ort, wo man herausfinden könnte, warum die Schwarzpelze vor langer Zeit Greifenfurt besetzt hatten und sie immer wieder heimsuchten.

Nyrilla war schon mehr als eine halbe Stunde den Fluß hinauf gelaufen, als sie weit vor sich eine Gestalt auf der Böschung stehen sah, die irgend etwas im Fluß zu beobachten schien.

Vorsichtig duckte sich Nyrilla ins hohe Gras. Dort hinten stand ein Ork, daran bestand kein Zweifel. Vielleicht war das eine Falle; ein Köder, um sie anzulocken. Aufmerksam musterte die Elfe die Umgebung. Nirgends war etwas Verdächtiges zu sehen, und außer dem hohen Gras gab es keine Deckung.

Wenn sie noch etwas näher schlich, könnte sie den Ork mit ihrem Bogen niederschießen. Sie war sich sicher, daß Lysandra in dieser Lage nicht einen Augenblick gezögert hätte, doch ihr widerstrebte es, ein intelligentes Wesen so ohne weiteres zu töten. Jetzt begann der Ork die Böschung hinunterzuklettern. Was er wohl unten am Fluß wollte? Dort gab es doch nicht einmal einen Uferstreifen.

Geduckt schlich Nyrilla bis zu der Stelle, an der eben noch ihr Gegner gestanden hatte. Der Fluß hatte im Laufe der Jahrhunderte einen halben Hügel fortgeschwemmt. Vorsichtig kroch sie an den Rand der Böschung und blickte hinunter. Knapp drei Schritte unter ihr kauerte der Ork auf einem flachen Felsen. Er hatte den Bogen von der Schulter genommen und wollte gerade einen Pfeil auf die Sehne legen. Weiter unter ihm lag eine nackte Gestalt auf einer Klippe, die sich aus dem schäumenden Wasser erhob. Es war Arthag!

Hastig zog Nyrilla ihren Bogen von der Schulter und legte einen Pfeil ein. Der Ork zielte unterdessen auf den bewußtlosen Zwerg.

»Laß das bleiben«, zischte die Elfe in der Sprache der Schwarzpelze. Erschrocken fuhr der haarige Kerl herum. Sofort erkannte er, daß er in der schlechteren Lage war und ließ langsam seinen Bogen sinken. Erst jetzt sah Nyrilla das lange, blonde Haar, mit dem sein Köcher geschmückt war. Dieser Mistkerl hatte in diesem Krieg schon getötet, daran konnte kein Zweifel bestehen.

»Leg den Bogen weg«, stieß sie wütend hervor. »Und jetzt klettere langsam wieder herauf und sieh mich dabei an. – Dein Messer läßt du besser unten!«

Vorsichtig zog der Ork die Klinge aus ihrer bestickten Lederhülle und legte die Waffe neben den Bogen. Dann begann er die Uferböschung heraufzuklettern, ohne dabei den Blick von der Elfe zu lassen, ganz so, wie es Nyrilla befohlen hatte.

Einen Moment lang zögerte die Elfe. Seit sie den Skalp am Köcher des Orks gesehen hatte, war sie sich nicht mehr so sicher, ob sie ihn gefangennehmen wollte. Dann konzentrierte sie sich auf einen Beherrschungszauber und blickte ihm fest in die Augen.

Zunächst einmal brauchte sie seine Hilfe. Töten könnte sie ihn immer noch! Es war leicht, die einfachen Gedankenvorgänge dieses halben Tiers zu beherrschen. Sie spürte die Angst des Orks. Er erwartete, daß sie ihn töten würde. Er spielte mit dem Gedanken, ihr einen Klumpen Erde ins Gesicht zu schleudern und sie dann zu überwältigen.

Doch kraft ihrer Magie nahm sie ihm die Angst. Sie gaukelte ihm vor, wie sie einmal vor langer Zeit einen ganzen Winter zusammen gejagt hatten und schuf ein Bild, wie sie ihn vor einem verletzten Wollnashorn rettete, das ihn in einer Schlucht in die Enge getrieben hatte. Sie entwarf einen ganzen Bilderbogen hübscher Lügen. Sie spürte, wie sich die Gefühle des Orks änderten. Er glaubte sie jetzt wiederzuerkennen, und Nyrilla entdeckte seinen Namen. Garbaz hieß der haarige Krieger mit den furchteinflößenden Hauern im Kiefer.

Die Elfe streckte ihm die Hand entgegen und half ihm das letzte Stück über die Böschung hinauf. Dann umarmte sie den Ork naserümpfend und ließ einen Schwall freudiger Wiedersehensfloskeln über sich ergehen. Wieder musterte sie Garbaz mit stechendem Blick. Diesmal versuchte sie Arthag in die Erinnerungen des Kriegers einzubringen. Bilder, wie sie den Zwergen schon einmal vor dem Ertrinken gerettet hatten. Doch diesmal fiel es ihr schwerer, und Garbaz glaubte ihr erst nach einer ganzen Weile. Schließlich erhob sich die Elfe und schaute über die Uferböschung auf den Fluß. Noch immer lag der verletzte Zwerg auf dem Felsen inmitten des Stroms. Sie rief Garbaz zu sich und wies hinunter.

»Unser Freund sollte das Wasser meiden. Ihm ist schon wieder ein Unglück widerfahren.«

Garbaz knurrte vor sich hin, als sich die Elfe zu ihm umdrehte. »Traust du dir zu, Arthag dort aus dem Fluß zu holen?«

Der Ork schaute sie mit großen, rollenden Augen an. Steile Falten zeigten sich auf seiner Nase, als er verächtlich herausschnaubte: »Willst du mich beleidigen? Bei Ranagh, ich bin ein Mokalash. In meiner Sippe lernt man das Schwimmen noch vor dem Laufen. Wie kannst du mich so etwas fragen?«

Ohne eine Antwort abzuwarten, sprang Garbaz vom Steilufer in den Fluß. Mit einigen kräftigen Stößen schwamm er gegen die Strömung an, erreichte den Felsen, klammerte sich daran fest und zog sich schließlich hoch. Besorgt beobachtete Nyrilla, wie der Ork den leblosen Zwerg untersuchte.

Dann löste Garbaz einen langen Lederriemen von seinem Gürtel, zog ihm dem Zwerg unter den Armen durch und knüpfte einen Knoten. Während er Arthag mit Hilfe der ledernen Schlaufe hinter sich herzog, stieg Garbaz wieder ins Wasser. Mühsam kämpfte er sich mit der schweren Last gegen die Strömung. Doch das Wasser trieb die beiden langsam ab.

Nachdem eine schiere Ewigkeit vergangen war, gelang es dem Ork, sich doch noch bis zum Steilufer vorzukämpfen. Verzweifelt versuchte er in der lehmigen Erde Halt zu finden. Doch vergebens! Wieder riß ihn die Strömung weiter, während Nyrilla am Ufer entlanglief. Ohne ein Seil war es unmöglich, den Schwimmern zu helfen. Immer häufiger wurden der Ork und seine Last unter Wasser gedrückt. Doch Garbaz gab nicht auf. Statt in Todesangst um Hilfe zu schreien, verhielt er sich sehr merkwürdig. Er stieß in hohen Tönen schrille Pfiffe aus.

Währenddessen überlegte Nyrilla fieberhaft, wie sie verhindern konnte, daß die beiden vor ihren Augen ertranken. Vielleicht sollte sie ihren Bogen nutzen. Wenn sie die Sehne von der Waffe zog und den Bogen herunterhielt, konnte es Garbaz vielleicht gelingen, sich daran festzuklammern. Nyrilla bezweifelte allerdings, daß sie stark genug war, um die beiden aus dem Wasser zu ziehen. Plötzlich ließ sie ein Geräusch herumfahren. Über die Wiese hinter der Böschung kam ein kleines struppiges Pony auf sie zugaloppiert. Mißtrauisch musterte Nyrilla das Gelände. Sollten sich doch noch einige Orks verborgen halten? Wie kam es, daß sie das Tier übersehen hatte?

Unmittelbar neben ihr blieb das kleine Pferdchen stehen. Garbaz rief von unten herauf. »Nimm das Seil! Mach es am Sattel fest und zieh uns heraus. Ich halte nicht mehr lange durch.«

Nyrilla nahm das schwere, aus Gras geflochtene Seil und befestigte es an einem der vier Hörner, die die Ecken des unförmigen Sattels markierten. Dann zog sie das Pony ein Stück hinter sich her, denn die Strömung hatte Arthag und Garbaz noch weiter flußabwärts getrieben.

Dann warf sie das Seil dem Ork zu. Beim dritten Versuch bekam Garbaz schließlich das Tauende zu packen und schlang es sich um den Unterarm. Nyrilla schlug dem Pony auf die Flanken. Schritt für Schritt kämpfte sich das kleine Tier vorwärts und zog die beiden langsam die Klippe hinauf.

Für einen Augenblick lag das seltsame Gespann regungslos im nassen Gras. Garbaz spuckte Wasser und rang mühsam nach Atem. Der Zwerg war immer noch ohne Bewußtsein.

Nyrilla untersuchte Arthags Verletzungen. Er hatte eine lange Schürfwunde am Rücken und eine schwere Prellung an der Schulter. Er schien viel Wasser geschluckt zu haben.

Unterdessen erhob sich Garbaz. Der Ork legte den Kopf in den Nacken und schrie seinen Triumph zum Himmel. Dann wandte er sich zum Fluß. »Vergib mir, große Schlange! Vergib mir, Ranagh, du gewundener Gott des Wassers und der Sümpfe. Ich habe dir ein Opfer entrissen. Verzeih mir, und nimm dafür von mir den Zahn, den die Korogai in den Feuern des Garvesh geschmiedet haben.«

Garbaz zog ein kleines gebogenes Messer, das er hinter seinem breiten Gürtel verborgen hatte, und warf es in weitem Bogen in den Fluß. Dann murmelte er noch einige unverständliche Beschwörungen.

Während sich Nyrilla um den Zwerg kümmerte, beobachtete sie den Ork aus den Augenwinkeln. Daß er ein nützliches Messer wegwarf, war ihr völlig unverständlich. Bislang hatte sie gedacht, daß der Götterglaube in erster Linie bei den Menschen die seltsamsten Blüten trieb.

Angestrengt versuchte die Elfe weiter dem Zwerg das Wasser aus den Lungen zu pressen. Arthags Puls ging schwach. Erstaunlich, was dieser kleine, stämmige Kerl alles auszuhalten vermochte. Garbaz hatte sich inzwischen neben sie gehockt und sah ihr zu.

Nyrilla wußte, daß sie den Ork bald loswerden mußte. Lange würde ihr Zauber nicht mehr halten. Bald würde er erkennen, daß sie ihm ihre Freundschaft und gemeinsame Abenteuer nur vorgegaukelt hatte.

Sie blickte Garbaz fest an. »Du hast uns wieder einmal sehr geholfen, mein Freund. Nun brauchen wir dringend Pferde, denn eine wichtige Aufgabe führt uns nach Havena. Glaubst du, daß du uns noch einige Ponys besorgen kannst?«

Garbaz nickte eifrig. »Das wird kein Problem sein. In unserem Lager nördlich von hier sind noch viele. Ich werde losreiten und sie holen.« Der Ork sprang auf die Beine und wollte zu seinem Pferd.

»Nicht so schnell.« Nyrilla hatte ihn gerade noch am Arm packen können. »Wir müssen sehr schnell vorwärts kommen. Wir sollen die Koschberge bei ihren nördlichen Ausläufern durchqueren und uns dann durch die Wälder und das Sumpfland bis nach Havena durchschlagen. Um schon ein Stück des Weges zu schaffen, während du die Pferde holst, brauche ich das Pony. Sonst kann ich meinen Freund nicht mitnehmen.«

Garbaz runzelte die Stirn und malte mit dem Unterkiefer so, daß seine Zähne knirschten. Schließlich willigte er ein.

Erst holte er seinen Bogen, der weiter oben am Fluß noch auf dem Felsvorsprung am Steilufer lag. Dann kehrte er noch einmal zurück, um seinen Proviant vom Sattel zu schnallen.

Als er den noch immer ohnmächtigen Zwerg gemeinsam mit der Elfe auf das Pony gehoben hatte, wollte Garbaz gehen. Doch Nyrilla hielt ihn fest. Sie fühlte sich schuldig, öffnete ihren Gürtel und streifte ihr Jagdmesser ab. Eine kostbare Klinge, die sie vor langer Zeit von ihrem Vater geschenkt bekommen hatte.

»Nimm das«, sagte sie kurz und drehte sich um. Garbaz lief noch ein Stückchen auf seinen kurzen, muskulösen Beinen neben ihr her und bedankte sich überschwenglich. Nyrilla bemühte sich, keine Notiz mehr von ihm zu nehmen. Schließlich blieb sie dann doch stehen und fauchte ihn an. »Geh uns endlich die Pferde holen!«

Garbaz blieb verwundert stehen, während die Elfe mit langen Schritten weitermarschierte. Verständnislos schüttelte er den Kopf und dachte bei sich, was für komische Freunde er doch hatte. Dann machte er kehrt und ging nach Norden.

Konzentriert lauschte Alrik auf die Geräusche des Waldes. Doch nichts Verdächtiges war zu hören. Dann beobachtete er wieder die Lichtung vor sich und den gegenüberliegenden Waldrand. Er hatte sich im dichten Dornengestrüpp versteckt und lag nun schon bestimmt eine Stunde auf der Lauer, obwohl es ihm wie eine halbe Ewigkeit vorkam. Die Zeit genau zu schätzen war unmöglich, da den ganzen Tag schon die Sonne hinter dichten, grauen Regenwolken verborgen war. Alrik hätte bei allen Zwölfgöttern schwören mögen, dort hinten, auf der anderen Seite der Lichtung Stimmen gehört zu haben. Er wußte, daß Orks den Norden des Reichsforstes durchstreifte und daß diese Aufgabe den Jägern vom Stamm der Olochtai überlassen worden war. Schon vor Monaten, als Alrik noch mit seinen Kürassieren den fliehenden Schwarzpelzen nachgesetzt hatte, war ihm das Gerücht zu Ohren gekommen, daß einige Sippen der Olochtai in den Reichsforst gekommen seien, die gehört hatten, daß der Schwarze Marschall, Sadrak Whassoi, gute Jagdgründe verschenkte. Ursprünglich bewohnte dieses Volk die Große Olochtai, ein Gebirge, das seinen Namen von den Sippen der primitiven Orks, die dort hausten, bekommen hatte. Selbst unter ihresgleichen galten die Olochtai als ein Stamm, der sich nur wenig von den Tieren unterschied.

Wieder spähte er über die Lichtung und fluchte, daß er sich so darum gerissen hatte, die mehr als zweihundert Meilen Wald bis nach Wehrheim zu durchqueren. Letzte Nacht hatte er es nicht gewagt, auch nur ein Auge zuzumachen. Nun war er müde, und seine alten Wunden begannen wieder zu schmerzen. Seit er das Feuer verlassen hatte, das die Elfe für ihn entfacht hatte, als sie gemeinsam am Fluß lagerten, war ihm nicht mehr richtig warm gewesen. Fröstelnd zog er seinen Umhang dichter um die Schultern.

Gestern nachmittag hatte er zum ersten Mal das Gefühl gehabt, daß man ihm folgte. Nur eine unsichere Ahnung, und doch hatte sie gereicht, ihn um seinen Schlaf zu bringen. Auch jetzt hatte er wieder das Gefühl, daß ihn etwas irgendwo aus dem dichten Unterholz des Waldes beobachtete.

Auf der Lichtung weideten jetzt einige Rehe, die immer wieder aufmerksam die Köpfe hoben, um mit bebenden Nüstern Witterung zu nehmen. Doch es schien keine

Gefahr in der Luft zu liegen, und nach einer Weile fragte sich Alrik, ob er nicht an Verfolgungswahn litt.

Er war nie ein großer Jäger gewesen. Sicher hatte auch er dem adligen Vergnügen der Jagd gefrönt, doch waren immer Dutzende von Leibeigenen in langen Ketten vor ihm durch den Wald gezogen, um das Wild aufzustöbern. Er würde sein Schwert dafür geben, wenn er jetzt statt im Wald auf einem Schlachtfeld stehen würde. Dort wußte er jedenfalls, wie er sich zu verhalten hatte, kannte die Gefahren und konnte seine eigene Stärke einschätzen. Aber hier im Wald war alles anders.

Gerade wollte er sich aus seinem Versteck erheben, als aus dem gegenüberliegenden Gestrüpp sieben oder acht in verfilzte Felle gehüllte Gestalten auf die Lichtung stürmten. In Panik versuchten die Rehe zu fliehen, doch für zwei war es schon zu spät. Einem hatte einer der Orks einen primitiven Speer in die Seite gerammt, und ein anderes hatte der größte der Jäger von der Seite angesprungen, ganz so wie ein Wolf, der Beute riß. Angewidert und zu Tode erschrocken beobachtete er die Jäger.

Der Anführer hatte einem gestürzten Reh seine Hauer in den Nacken gegraben. Noch wenige Augenblicke zuckten die Läufe des todwunden Tieres, dann lag es still. Der Jäger erhob sich und ließ einen gellenden Schrei ertönen. Um seinen Hals trug er eine Kette aus Raubtierzähnen. Lederriemen mit bunten Federn schmückten seine Arme, und ein zerschlissenes Fell war um seine Lenden gewickelt. Die Jäger erschienen Alrik ein Stück kleiner als die Orks, denen er bislang begegnet war. Sie hatten ein grauschwarzes Fell. Das beeindruckendste an den muskulösen Gestalten waren jedoch die gewaltigen Hauer, die aus ihren Kiefern wuchsen. Fangzähne, die jedem Eber Ehre gemacht hätten.

Der Anführer riß nun seine Beute auseinander. Er benutzte dazu ein stählernes Messer. Alle anderen Jäger waren weitaus primitiver bewaffnet. Sie hatten Speere mit steinernen Spitzen, Äxte, deren Blätter aus Obsidian zu sein schienen, und benutzten auch flache, behauene Steine, um den erlegten Rehen das Fell abzuziehen. Als sie ihre Beute in handliche Stücke zerlegt hatten, verließen sie die Lichtung und verschwanden wieder im Wald.

Alrik blieb noch eine ganze Weile in seinem Dornengestrüpp liegen. Diesen Schlächtern wollte er auf keinen Fall in die Hände geraten. Plötzlich hörte er hinter sich eine spöttische Stimme.

»Die Luft ist jetzt rein, großer Krieger. Kriecht ruhig aus dem Busch heraus.«

Erschrocken fuhr Alrik herum. Durch die dichten Äste konnte er nichts sehen.

Wollte er unbeschadet aus dem Gebüsch heraus, mußte er wohl oder übel kriechen. Als Versteck war es nun, da man ihn entdeckt hatte, nichts mehr wert. Doch alles in ihm sträubte sich dagegen, vor jemandem zu kriechen, der ihm gegenüber einen so spöttischen Ton anschlug. Er war von adliger Geburt und ein Ritter. Wütend überlegte er, wie er aus der mißlichen Lage herauskäme, als die Frauenstimme schon wieder spottete:

»Nun, seid Ihr noch immer vor Angst wie gelähmt, oder habt Ihr beschlossen in diesem gemütlichen Dornbusch den Winter zu verbringen?«

Vor Wut schnaubend brach Alrik durch das Gestrüpp. Äste kratzten ihm das Gesicht blutig, und die Dornen zerrissen seine Gewänder. »Wer seid Ihr?« brüllte er. Auch jetzt, als er sich aus seinem Versteck freigekämpft hatte, konnte er noch immer niemanden sehen.

Da trat eine zierliche Frau hinter einem mächtigen Baumstamm hervor. »Man nennt mich Andra, die Jägerin, und wer seid Ihr?«

Alrik versuchte so etwas wie eine höfische Verbeugung, führte die Galanterie aber nicht bis zu Ende, denn sonst hätte er sich erneut sein Gesicht zerkratzt.

»Gestatten, Oberst Alrik von Blautann und vom Berg. Ritter in Diensten des Prinzen Brin, des einzig rechtmäßigen Regenten im Mittelreich.«

»In der Zeit, die Ihr zu Eurer Vorstellung braucht, könnte ich Euch glatt mit meiner ganzen Sippe bekannt machen«, entgegnete die Fremde schmunzelnd.

Sie trug beinahe kniehohe Stulpenstiefel, eng anliegende Hosen aus einem gelblichen, feingegerbten Leder und ein Lederwams, unter dem eine rote Bluse aus feinem Stoff hervorlugte. Ihre Hände steckten in Handschuhen aus Wildleder. Über ihrem Rücken hing ein mit Stickereien und Fransen verzierter Köcher. Den dazugehörigen Jagdbogen hielt sie in der Hand. Als zweite Waffe führte sie an einem metallverstärkten Gürtel ein Schwert mit auffällig geschwungener Parierstange. Im Haar und an ihren Ohren glitzerte fein gehämmerter Messingschmuck.

So ausstaffiert, machte die Jägerin einen zugleich wilden und verführerischen Eindruck. Obwohl ihr Körper grazil und zerbrechlich wirkte, traute Alrik ihr dennoch zu, es mit jedem Raubtier in dieser Wildnis aufzunehmen.

»Nun, was gafft Ihr so, Ritter des Prinzen? Ihr tätet gut daran, endlich diesen Busch zu verlassen, und wir sollten dann aus der Nähe dieser Lichtung verschwinden.«

Alrik räusperte sich verlegen und tat schließlich, wie ihm geheißen. Einen Augenblick schwieg er verlegen, doch dann überlegte sich der Ritter, daß es höflich sei, ein wenig mit der Fremden zu plaudern. Vielleicht konnte ihm diese Jägerin einen besseren Weg durch den Wald weisen, als er jemals finden würde.

»Sagt, schöne Andra, fürchtet Ihr Euch nicht vor den Orks?« eröffnete er das Gespräch. Alrik war sich durchaus bewußt, wie naiv das klang, doch hatte seine Zunge nicht den Schliff eines geübten Höflings.

Andra lachte laut auf. »Angst vor den Orks? Die Schwarzpelze tun gut daran, sich vor mir zu fürchten. Ich kenne den Wald besser als jeder Olochtai, und ihre ranzigen Pelze rieche ich schon eine Meile gegen den Wind. Aber Ihr habt Glück gehabt, nicht wahr? Daß Ihr dieser Jagdmeute nicht in die Arme gelaufen seid, war doch wohl nur Zufall.«

»Ihr habt mich beobachtet und mich nicht gewarnt?« Alrik blickte die Jägerin verblüfft an. »Ihr hättet mich sterben lassen?«

»Wißt Ihr, wir sind hier im Wald. Hier regiert Firun, Herr der Jagd und des Winters, und nicht Eure Kriegsgöttin Rondra. Ich habe Euer Leben in seine Hände gelegt. Hätte er gewollt, daß Ihr sterbt, wärt Ihr nichtsahnend auf die Lichtung spaziert. Doch so wie Ihr Euch verhalten habt, muß Firun beschlossen haben, daß ich weiter über Euch wache.«

Alrik schwieg. Diese Frau hätte kalblütig zugesehen, wie er abgeschlachtet worden wäre, obwohl ein Wort von ihr genügt hätte, ihn zu warnen. Die Einsamkeit in den Wäldern mußte ihr den Geist verwirrt haben. Es wäre vermutlich das beste, sich schnell wieder von ihr zu trennen.

Eine Weile schritten sie schweigend nebeneinander her. Alrik hatte den Eindruck, daß Andra ihn ständig aus den Augenwinkeln beobachtete. Dann sprach sie ihn wieder an.

»Ihr habt wohl mehr Erfahrung auf dem Schlachtfeld als mit der Jagd im Wald?«

Darauf würde er keine Antwort geben, dachte sich Alrik. Noch immer musterte Andra ihn neugierig.

»Ich folge Euch schon seit gestern. Ihr hinterlaßt eine Spur im Wald wie ein verliebter Keiler. Hätte ich nicht Eure Fährte beseitigt, wären die Olochtai schon längst über Euch hergefallen. Außerdem seid Ihr Ihr noch nicht einmal in der Lage, die Richtung zu halten. Zuerst dachte ich, Ihr wollt geradeaus nach Osten. Doch dann seid Ihr immer mehr nach Süden abgedriftet. Was ist eigentlich Euer Ziel? Seid Ihr ein versprengter Soldat der kaiserlichen Armee oder vielleicht ein Bote?«

Wieder brütete Alrik eine Weile dumpf vor sich hin. Dann kam er zu dem Schluß, daß er diese Wilde am schnellsten wieder loswerden würde, wenn sie ihm den Weg zu einem Lager der Kaiserlichen zeigte.

»Richtig«, begann der Ritter dann, »Ihr verfügt wirklich über einen bemerkenswerten Scharfsinn. Ich bin ein Bote und habe mich in diesem Wald verirrt. Ich suche das nächstgelegene kaiserliche Lager, um von dort mit einer Eskorte zum Quartier des Prinzen aufzubrechen. Vielleicht wäret Ihr so höflich, mir den Weg zu weisen?«

»Ihr habt wahrscheinlich nicht einmal eine Ahnung, wo das nächste Lager liegt?«

Der Tonfall der Fremden machte Alrik mißtrauisch. Vielleicht war die vermeintliche Jägerin nicht verrückt, sondern in Wirklichkeit nichts anderes als ein Strauchdieb, und statt ihm den richtigen Weg zu weisen, plante sie, ihn ins Lager ihrer Spießgesellen zu locken. Der Oberst blieb unvermittelt stehen.

»Wißt Ihr was, meine schöne Jägerin? Wir sollten Firun noch einmal Gelegenheit zu einem Gottesurteil geben. Bislang hat er es ja ganz gut mit mir gemeint, und ich bin sicher, daß sein göttlicher Wille mir auch weiterhin geneigt ist.«

Andra blieb stehen und schaute ihn ungläubig an. »Ihr seid ein mißtrauischer Mann und gottesfürchtiger, als ich erwartet hätte.« Die Frau blickte ihn herablassend an. »Doch eins wüßte ich noch gern, bevor wir uns trennen. Da Ihr es vorzieht, Euch der Obhut Firuns zu übergeben, sagt, was stört Euch an mir?«

Alrik schwieg. Er würde ihr niemals ins Gesicht sagen, was er gedacht hatte. Das verbot ihm der Anstand. Schließlich zuckte die Jägerin mit den Schultern.

»Ich habe es nicht nötig, solchen Ballast wie Euch mit mir durch den Wald zu schleppen. Wenn Ihr meine Gesellschaft nicht wollt, werde ich sie Euch bestimmt nicht aufzwingen. Mögen die Zwölfgötter mit Euch sein!«

Mit diesen Worten schulterte die Jägerin ihren Bogen und lief leichtfüßig ins Dickicht. Schon nach wenigen Augenblikken vermochte Alrik sie nicht mehr zu sehen.

In unbehaglicher Stimmung marschierte der Oberst alleine weiter. Mit Andra an seiner Seite hatte er sich nicht wohl gefühlt, doch ohne sie war es nicht besser. Leise fluchte er auf den Wald und wünschte, er hätte den dunklen Forst schon hinter sich gelassen. Außerdem ärgerte er sich darüber, sie nicht nach dem Weg zu einem der Armeelager gefragt zu haben. Er wußte, daß hier irgendwo Truppen stationiert sein mußten, wenn die Pläne des obersten kaiserlichen Heerführers, Marschall Haffax, in die Tat umgesetzt worden waren.

Mißmutig wanderte Alrik durch den Wald. Der Wind schüttelte Regentropfen von den Bäumen. Tausende goldfarbener Blätter lagen auf dem Waldboden und leuchteten noch einmal auf, während das Praiosgestirn hinter den Wipfeln versank und die Nacht hereinbrach.

Bald hatte der Ritter ein geeignetes Lager gefunden. Er suchte unter den Wurzeln eines umgestürzten Baumriesen Schutz. Könnte er doch nur ein Feuer entfachen und noch einmal seine durchgefrorenen Glieder vor wärmenden Flammen ausstrecken! Doch das war zu gefährlich.

Nicht für alles Gold des Kaiserreichs würde er ein Lagerfeuer entzünden, jetzt, wo er gesehen hatte, welch schrecklicher Feind durch diese Wälder streifte. Während er noch weiter über die Olochtai nachdachte, erklang ein langgezogenes Heulen in der Finsternis. Ein Gruß an das aufgehende Madamal. Jenen fast schon wieder gerundeten, blassen Himmelskörper, der den Wald nun in silbernes Licht tauchte und die schwarzen Silhouetten der Bäume aus der Finsternis löste.

Wieder erklang das Heulen. Jetzt ein wenig näher … Unsicher tastete Alrik nach seinem Dolch. Plötzlich erschien ihm dieser gräßliche Ton nicht mehr wie das Geheul von Wölfen. Nein, es hörte sich eher wie Hunde auf der Jagd an! Ein Schauer lief ihm über den Rücken. Ob Verfolger seine Spur gefunden hatten? Andra hatte behauptet, sie sei nicht zu übersehen gewesen.

Hastig griff er nach seinem Umhang, den er schon an eine trockene Stelle unter den umgestürzten Baum gebettet hatte. Dann begann er zu laufen, ohne sich um die Äste zu kümmern, die in sein Gesicht peitschten. Immer schneller taumelte er durch den finsteren Wald, und doch kam das Heulen immer näher. Schmerzhaft klopfte sein Herz in der Brust. Auch die Wunden an seinen Beinen begannen wieder zu pochen, und doch rannte er weiter, ohne an irgend etwas zu denken, außer daß er diesem Geheul, das von einem grausamen Tod zwischen gierigen Fängen kündete, entkommen mußte.

Mühsam nach Luft hechelnd überquerte Alrik eine Lichtung, deren nasses Gras im Mondlicht glänzte, als wäre es mit tausend funkelnden Edelsteinen bestreut. Wie ein mahnender Zeigefinger schimmerte ein mehr als mannshoher Felsblock in der Mitte der Lichtung, doch Alrik achtete auf keine Details mehr. Mit einem Sprung hechtete er in das Dikkicht des gegenüberliegenden Waldrands. Aus den Augenwinkeln hatte er im selben Moment einen großen Hund auf die Lichtung kommen sehen. Der Oberst mußte schnellstens ein sicheres Versteck finden, oder es war um ihn geschehen. Von Hunden zerfleischt ... Was für ein Tod für einen kaiserlichen Kavallerieobristen!

Nur wenige Schritt vor ihm erhob sich eine mächtige Blutulme, deren ausladende Äste tief herabhingen. Mit ausgestreckten Armen erreichte er gerade den untersten Ast und zog sich daran hoch. Keinen Moment zu spät, denn fast im selben Augenblick hörte er unter sich das Schnappen gieriger Kiefer.

Noch war er nicht in Sicherheit. Er mußte noch höher klettern, denn die Hunde unter ihm sprangen geifernd am Stamm hoch und mochten ihn mit etwas Glück noch erwischen. Erst als er ein gutes Stück höher in den Baum gestiegen war, lehnte er sich mit dem Rücken gegen den Stamm und gönnte sich eine Verschnaufpause. Sein Herz hämmerte wie die Trommel eines Infanterietambors.

Neugierig musterte Alrik die Hunde zu seinen Füßen. Die Bestien hatten aufgehört am Stamm emporzuspringen, ganz so, als ob sie begriffen hätten, daß ihnen ihr Opfer entkommen war. Doch noch immer strichen sie um die große Blutulme.

Offensichtlich hatten sie ihre Beute nicht aufgegeben; ihr Jaulen klang weithin durch die Nacht. Die Hunde hatten ein gelbliches Fell und glichen ansonsten auf erstaunliche Art Wölfen, nur daß sie noch ein wenig größer waren. Und dann machte Alrik eine Entdeckung, die ihm das Blut gefrieren ließ. Die Meute dort unten waren keine verwilderten Hunde, sondern Jagdhunde. Eines der Tiere trug ein zerfranstes Lederhalsband. Mit ihrem unablässigen Geheul würden sie bald ihre Herren angelockt haben. Wieder erinnerte er sich an die Szene auf der Lichtung, als der Anführer der Olochtai ein Reh gerissen hatte.

Alrik musterte die Hunde. Es schienen nicht mehr als drei zu sein. Würde er herunterspringen, mochte er eines der Tiere vielleicht überraschen können und schnell töten. Mit etwas Glück konnte er auch einen zweiten Hund noch erledigen, doch drei waren zuviel. Alrik überlegte, was das kleinere Übel sein mochte. Von den Hunden oder von ihren Herren zerfleischt zu werden.

Plötzlich riß ihn ein Bellen, das unvermittelt in ein klagendes Hecheln überging, aus seinen düsteren Gedanken. Winselnd wand sich eines der Tiere unter dem Baum. Ein langer Pfeil ragte aus seiner Lende. Sofort fielen die beiden anderen über den verletzten Artgenossen her und rissen ihm mit ihren Fängen die Kehle heraus.

Angestrengt blinzelte Alrik in die Nacht, doch niemand war zu sehen. Dann sirrte ein weiterer Pfeil heran und fuhr einem der Hunde durch die Kehle.

Jetzt oder nie, dachte Alrik und sprang mit gezogener Klinge vom Baum. Doch noch bevor er den dritten Hund erreichen konnte, rannte das Tier in die Finsternis.

»Lauf zur Lichtung mit dem Stein zurück!« erscholl eine vertraute Stimme aus der Nacht.

»Andra?« rief Alrik. »Danke ...«

»Spart Euch Euren Atem. Lauft jetzt zur Lichtung zurück. Schnell! Wir sind noch nicht außer Gefahr. Bald werden hier über ein Dutzend blutdürstiger Olochtai auftauchen, und wenn sie erst ihre toten Hunde finden, werden sie geradezu in Raserei verfallen.«

»Aber was soll ich auf der Lichtung? Dort bin ich doch völlig ohne Schutz.«

Noch immer versuchte Alrik vergebens, die Jägerin zwischen den Schatten der Bäume auszumachen.

»Der Stein ist umgeben von einem weiten Pilzkreis. Stellt Euch dort hinein, dreht Euch dreimal um Eure Achse und ruft dabei *Nurti*. Dann springt schnell wieder aus dem Kreis heraus. Ihr seid dann in einem anderen Wald und in Sicherheit.«

Alrik traute seinen Ohren nicht. Das hörte sich ganz nach einem gotteslästerlichen Feenzauber an. »Und was wird aus dir?« rief er in die Nacht.

»Macht, daß Ihr wegkommt, und schert Euch nicht um mich. Ich bin hier großgeworden, und ich habe Euch schon einmal gesagt, daß mich die Olochtai niemals fangen werden. Und nun stellt keine weiteren Fragen. Lauft, oder alles war vergebens. Fragt in der anderen Welt nach dem Sohn Serleens. Bei ihm werden wir uns wiedersehen.«

Nicht weit entfernt war nun das Knacken dürrer Äste zu hören, und wieder sah Alrik das Bild der jagenden Olochtai vor sich. Ohne sich noch einmal nach Andra umzuschauen, rannte er los. Hinter ihm wurden die Geräusche lauter. Ganz so, als hätten auch seine Jäger angefangen zu laufen.

Als Alrik den Rand der Lichtung erreichte, hörte er vielleicht zwanzig Schritt hinter sich einen gräßlichen Aufschrei. Noch ein weiterer Pfeil Andras mußte sein Ziel gefunden haben!

Dann stürmte der Ritter auf die Lichtung. Jetzt, wo er darauf achtete, konnte er im Mondlicht zahlreiche Pilzkappen im Gras erkennen. Mit letzter Kraft rannte er in die Mitte der Lichtung, da meinte er, die ersten Schritte am Rande des Waldes zu erkennen. Und dann erkannte er ihn im Mondlicht. Jenen mächtigen Krieger der Orks, der am Mittag das Reh mit seinen gewaltigen Hauern zerrissen hatte. Diesmal hatte er einen langen Jagdspeer dabei.

Mit gezogenem Schwert begann sich Alrik im Kreise zu drehen und heiser den Namen Nurtis zu flüstern.

Um ihn begann die Luft zu flimmern. Verschwommen konnte er erkennen, wie der mächtige Krieger auf ihn zugerannt kam. Dann sah er, wie der Ork seinen Arm nach hinten riß, um den Speer zu schleudern. Plötzlich wußte Alrik nicht mehr, wie oft er sich schon im Kreis gedreht hatte. Bunte Lichter tanzten vor seinen Augen, und ein Speer schien geradewegs auf seine Brust zuzuschießen. Verschwommen erinnerte er sich daran, daß er noch etwas tun mußte. Aber was? Wie trunken taumelte Alrik nach vorne und versuchte einen Satz über den Pilzkreis zu machen. Dann traf ihn ein Schlag und schleuderte ihn nach hinten. Ihm war, als stürze er in einen Tunnel aus Licht. Dann raubte ihm der pulsierende Schmerz in der Brust die Besinnung.

3

Sharraz Garthai war äußerst unzufrieden. Die Berater, die ihm Sadrak Whassoi, der Schwarze Marschall, zur Seite gestellt hatte, waren auch keine besseren Strategen als er selbst. Den Großangriff auf Greifenfurt hatten die Verteidiger nicht nur abgeschlagen, es war ihnen sogar gelungen, den Kampf bis ins Lager der Orks zu tragen.

Wütend schleuderte der General den silbernen Pokal, aus dem er getrunken hatte, nach einem der menschlichen Sklaven in seinem Zelt. Diesen Tag der Schande würde er niemals vergessen; sein Name war auf immer verunglimpft. Der Marschall hatte ihm einen Schamanen als Boten geschickt, der sich das ganze Ausmaß der Niederlage angesehen hatte.

Sharraz blickte zu seinen Beratern hinüber und konnte nur mühsam seinen Zorn beherrschen. Er durfte sie nicht anrühren, denn beide standen unter dem Schutz des Sadrak Whassoi, doch in seinen Augen waren sie es, die an seiner Niederlage schuld waren. Er grunzte. Trotzdem würde *sein* Kopf in den Staub rollen, wenn es darum ging, für die Konsequenzen der verlorenen Schlacht einzustehen. Schließlich führte er hier das Kommando.

Führte er es wirklich? Manchmal war er sich nicht mehr sicher. Er hatte den Beratern vertraut und war enttäuscht worden. Oder hatten sie die Niederlage vielleicht absichtlich herbeigeführt, um ihn zu vernichten?

Sharraz richtete sich auf seinem mit gewundenen Leibern verzierten Lehnstuhl auf. »Wir brauchen dringend einen Erfolg«, brummte er, ohne dabei jemanden in der Runde anzuschauen.

Alle Stammeshäuptlinge, Schamanen und …n-Priester sowie Kolon der Zwerg und Gamba de… …e waren in seiner großen Jurte versammelt. Vo… …gen hatte sie sein riesiges, rundes Lederz… …nem Wagenzug erreicht, der Lebensmittel u… …g über den Finsterkamm brachte.

Das Zelt gehörte schon seit Generationen den Häuptlingen seines Stammes. Es war aus Mammutfellen gefertigt, und angeblich hatte sein Urahne Gerimmoi dreißig Winter lang jagen müssen, um mit Brazoraghs Hilfe die Felle zusammenzubekommen. Aus den mächtigen Stoßzähnen der Mammuts waren die tragenden Stangen der Zeltkuppel gefertigt worden. Das Zeltdach war so hoch, daß selbst ein Berittener in dieser Jurte seinen Kopf nicht beugen mußte. Ein Gittergeflecht aus federnden Hölzern verlieh dem Zelt Stabilität. Seit Gerimmoi hatte jede Generation diese Jurte um einige Kostbarkeiten bereichert. Es waren wunderbar geschmiedete Feuerpfannen hinzugekommen, die seine Großväter in geplünderten Tempeln erbeutet hatten. Pelze von fast allen Tieren, die man in den Bergen und Steppen des Orkslands erjagen konnte, schmückten den Boden, und sogar Teppiche und Kissen aus der fernen Kohm, die Sharraz vor Jahren in der Nähe von Phexcaer einer Handelskarawane abgenommen hatte, fehlten nicht.

»Wir brauchen einen Erfolg«, brummte Sharraz immer wieder vor sich hin, und dann schrie er es heraus. Alle Unterhaltungen im Zelt verstummten auf der Stelle, und die Sklaven erzitterten. »Wir brauchen schnell einen Erfolg!« brüllte Sharraz erneut. »Sonst werden wir den ganzen Winter vor dieser Stadt sitzen, wenn uns nicht vorher Sadrak Whassoi die Köpfe abschlagen läßt.« Sharraz blickte zu Gamba. Doch den Druiden schienen die Worte nicht sonderlich beeindruckt zu haben. Böse grinste er den General der Orks an.

»Dir werden deine Frechheiten noch vergehen. Sei dir nicht zu sicher, daß dir nichts geschehen kann!«

Doch Gamba lächelte weiterhin. »War es vielleicht meine Schuld, daß der Angriff mißglückte? Ich habe über die
M[illegible]r der Stadt triumphiert. Dein Teil war es, ihre Krieger
zu ver[illegible]
Sharr[illegible]aten.«
bittert an. [illegible]iderte nichts. Er schaute den Menschen ver-
längst erschla[illegible]amba kein Zauberer, hätte er ihn schon
dann geschehen[illegible]r Sharraz fürchtete sich vor dem, was
Gamba selbst Däm[illegible]hatte er doch schon miterlebt, wie

»Diese Streitereien bringen doch nichts«, erhob der Zwerg Kolon sein Wort. »Wir haben immer noch die besseren Karten in diesem Spiel. Die Greifenfurter hatten genauso schwere Verluste in den letzten Gefechten wie wir. Sie werden keinen Ausfall mehr gegen uns wagen. Solange die Straßen aber noch nicht unpassierbar sind, können wir Bauholz für neue Belagerungsmaschinen heranschaffen und unsere Verluste ersetzen. Sie können nichts ersetzen, was sie einmal verloren haben, und die kaiserlichen Truppen, die der Stadt zu Hilfe kommen sollten, haben sich Dutzende Meilen entfernt von hier in ihre Winterquartiere zurückgezogen. Außerdem haben wir in der letzten Schlacht mehrere bis unter die Giebel gefüllte Vorratshäuser in Brand gesetzt. Vielleicht bricht der Hunger noch schneller den Widerstand der Greifenfurter als wir!«

»Du vergißt die Boten, die sie durch unsere Linien gebracht haben«, warf einer der Kriegshäuptlinge ein. »Erinnere dich an den Baumstamm, den unsere Wachen aus dem Fluß gezogen haben? An seiner Unterseite war die Ausrüstung eines Zwergenkriegers festgenagelt. Wer weiß, wie viele solcher Boten unterwegs sind?«

»Na und?« Der Zwerg lachte laut auf. »Glaubt ihr, daß nur ein einziger kaiserlicher Offizier im Winter einen Kriegszug beginnen wird. Ich kenne dieses Pack besser als jeder andere hier, und ihr könnt mir glauben, daß die den ganzen Winter über hinter ihren warmen Feuern hocken bleiben. Selbst wenn Prinz Brin irgendwelche tollkühnen Pläne ausarbeitet, wird ihn sein Marschall Haffax schon zurückhalten.«

»So, wie es aussieht, werden wir aber auch nicht viel anderes tun können«, warf Sharraz zynisch ein.

»Da irrst du!« Kolon hatte sich zu seiner vollen Größe aufgerichtet und war in die Mitte der Jurte geschritten. Mit dem Knauf seiner Axt schob er einige Felle beiseite, so daß der blanke Erdboden freilag. Dort zeichnete er einen großen Kreis. »Das ist Greifenfurt mit seiner Mauer. Und hier sind wir.« Er ergänzte die Zeichnung um einige Kreuze außerhalb des Kreises. »Um die Mauern zu berennen, haben wir wirklich nicht mehr genug Krieger. Aber was ist, wenn wir die Mauern umgehen?«

»Willst du vielleicht fliegen?« rief einer der Orkschamanen höhnisch in die Runde.

»Genau das Gegenteil«, entgegnete der Zwerg ernst. »Wir werden uns einen Weg in die Stadt graben. Ich brauche nur genug Bauholz, um die Tunnel abzustützen, und ausreichend Sklaven.«

»Meine Männer werden nicht wie Maulwürfe durch die Erde kriechen«, schrie einer der Kriegshäuptlinge erbost.

»Dann wird im Frühling eben jeder sagen können, daß deine Krieger feige wie Steppenhasen sind und keinen Anteil an unserem Sieg hatten.«

Ein unruhiges Raunen machte sich im Zelt breit. Der Gedanke, in einem dunklen Tunnel arbeiten zu müssen, machte den meisten ganz offensichtlich angst.

Sharraz beobachtete heimlich Gamba. Der Druide war ihm unheimlich. Während der ganzen Debatte um die Tunnel hatte er ruhig auf seinem Platz gesessen und finster vor sich hin gelächelt, ganz so, als würde er wieder über einem seiner schrecklichen Zauber brüten.

Gerade war das Madamal hinter den Wolken verschwunden, Eugalp schritt unter den Apfelbäumen zwischen den frischen Gräbern. Obwohl der Wind die Äste aneinanderschlagen ließ, konnte er doch den Geruch von Tod und Verwesung wahrnehmen. Immer wieder hörte man das dumpfe Geräusch von Äpfeln, die ins Gras oder auf frisch aufgeworfene Erde fielen. Ein Wächter mit einem Horn war postiert, um die Bäume zu hüten. In der Stadt herrschte Hunger. Es sollte verhindert werden, daß der Apfelhain ausgeplündert wurde. Der Wächter war jetzt am anderen Ende des kleinen Parks und würde Eugalp von dort aus nicht sehen können.

Eugalp griff nach einem der Äpfel, die noch am Baum hingen. Seine dürren Finger umklammerten eine Frucht, ohne sie zu pflücken. Er konnte das Leichengift spüren, das durch den Baum aus den Gräbern aufgenommen wurde und sich schließlich in den Äpfeln konzentrierte. Ärgerlich spuckte er aus, und das Gras erstab unter seinem fauligen Atem. Es war noch nicht genug Gift in den Äpfeln. Sie mochten allenfalls ein leichtes Unwohlsein bewirken.

Stöhnend streckte Eugalp seine Glieder. Jede Faser seines Körpers schmerzte. Er blickte an sich hinab und musterte seine lange, hagere Gestalt, die in ein fleckiges Gewand aus verrottendem Stoff gehüllt war. Die Sterblichen erschraken sich zu Tode, wenn sie ihn sahen. Er fand die Erscheinung, die er annahm, wenn man ihn in diese Welt schickte, nur lächerlich. Schrecklich sah er aus, wenn er seine wahre Gestalt hatte. Aber so ...

Vier bräunliche Hörner stachen aus seinem Rücken. Und dieses Gewimmel in seinem Fleisch kitzelte ihn unangenehm und ließ sich nicht abstellen. Nicht so lange er in dieser Sphäre verweilte, in die ihn sein Herr hineingezwungen hatte.

Eugalp schlich durch den kleinen Park, berührte hier und dort einen Apfel und murmelte jedesmal ein mächtiges Wort des Schutzes, auf daß die Früchte nicht unter seinen Fingern verschrumpelten oder sich ganze Nester von Gewürm in ihrem Gehäuse einnisteten. Wieder fluchte er auf Duglum, den Siebengehörten, dem es gelungen war, ihn zu unterwerfen. Ihn, Eugalp, der seit Äonen niemandem gehorcht hatte.

Der Wind fuhr ihm durch das löchrige Gewand, doch er empfand keine Kälte. Ebensowenig hätte Hitze ihn aufhalten können. Doch es war gut, daß die Jahreszeit schon so weit fortgeschritten war. So würde die Spur welken Grases, die er durch den kleinen Hain zog, nicht weiter auffallen.

Wieder wallte in ihm der Ärger über Duglum auf. Sein ›Meister‹ hatte seine Dienste an einen Menschen verschachert. Allein die Erzdämonen mochten wissen, was er dafür wohl bekommen hatte! Es war eine Demütigung, Handlanger für einen Menschen zu sein! Aber er würde sich diesen Gamba merken. Duglum hatte dieser nichtswürdigen Kreatur seinen Namen genannt, damit dieser Druide ihn beschwören konnte. Dieser sterbliche Wurm ...

Er würde sich auch Gambas Namen merken, und es würde der Tag kommen, an dem er Rache nahm. Der Druide sollte dahinsiechen und bei lebendigem Leib verfaulen. Eugalp grunzte bei dem Gedanken, wie er sich an der jahrelangen Qual dieses vermessenen Sterblichen ergötzen würde.

Wieder dachte er an den übermütigen Tonfall Gambas und die höhnischen Worte, mit denen der Druide ihm befohlen hatte, in diesen Apfelhain zu gehen.

Eugalp machte seiner Wut Luft und trat gegen einen der Baumstämme. Der Stamm zerbarst und stürzte mit dumpfem Schlag auf einige frisch aufgeworfene Gräber. Ein grünlich-brauner Saft quoll aus dem gespaltenen Baum und verschwand in der feuchten Erde. Tausende von Würmern und Asseln purzelten aus dem Holz. Für einen Augenblick musterte er das fahl schimmernde Gewimmel. Morgen würde man denken, der Sturm hätte den offensichtlich morschen Baum stürzen lassen.

»Wer da?« erklang hinter ihm eine Männerstimme. »Im Namen Marcians, ihr seid verhaftet.«

Eugalp hörte, wie der Mann sich unsicheren Schrittes näherte. Licht fiel neben ihm ins Gras. Der Wächter sollte noch ein wenig näher kommen! Dann, als der Mann vielleicht noch zwei Armlängen hinter ihm sein mochte, drehte er sich ruckartig um.

Eugalp genoß, wie dem Soldaten bei seinem Anblick schier die Augen aus dem Kopf quollen. Der junge Bursche riß seinen Mund auf, doch brachte er keinen Ton hervor. Eugalp blinzelte, weil ihn der Lichtstrahl der Blendlaterne genau ins Gesicht traf. Dann ließ der Mann die Laterne fallen.

Eugalp wußte, daß er nun schnell handeln mußte. Der Kerl durfte seine Fassung nicht zurückgewinnen. Er machte einen schnellen Schritt nach vorne und legte ihm seine Hand auf den Mund.

Alles Blut war aus dem Gesicht des jungen Wächters gewichen, und noch bevor er ihn nur gestreift hatte, braach er ohnmächtig zusammen.

Eugalp zögerte. Sollte er ihn zeichnen? Gamba hatte ihm das nicht verboten. Vielleicht mochte auf diese Weise der

Plan des Druiden fehlschlagen. Eugalp feixte vor Vergnügen. Alles, was ihm nicht ausdrücklich verboten war, konnte er tun. Er wischte dem Ohnmächtigen mit der Hand übers Gesicht. Einige weißliche Würmer stürzten aus seinem Fleisch und krochen dem Jüngling schnell in Mund und Nase. Eugalp fluchte. Das hätte nicht passieren dürfen. Dieser unvollkommene Körper! Er beherrschte ihn nicht.

Er würde jetzt seinen Auftrag zu Ende bringen. Noch zehn oder zwanzig der Äpfel streifen. Das mußte genügen! Würde er noch mehr mit seiner fauligen Hand vergiften, mochte es vielleicht auffallen. Ließ man die Äpfel noch ein oder zwei Wochen am Baum, wäre sein Auftritt ohnehin unnötig gewesen, denn dann hätte sich genug Leichengift in ihnen gesammelt, um jeden zu vergiften, der davon aß.

»... Glaub mir, Marcian, es besteht kein Anlaß zur Sorge, was die Orks angeht.« Himgi blickte zum Inquisitor hinüber, der nervös auf der Plattform des Burgfrieds umherschritt. »Sie haben nicht mehr genug Krieger, um sich einen Angriff auf unsere Mauern erlauben zu können. Selbst wenn sie wieder beginnen, die Stadt zu beschießen, und es ihnen gelingt, die eine oder andere Bresche in die Mauer zu schlagen, können sie sich keinen Sturmangriff leisten, bevor sie keine Verstärkung bekommen haben.« Marcian antwortete ihm mit Schweigen. Er konnte sich nicht vorstellen, daß das schon alles gewesen sein sollte. Schaudernd dachte er an die Alpträume, die ihn fast jede Nacht heimsuchten.

»Kommandant?« Die Frauenstimme ließ Marcian herumfahren. Ein schlankes, junges Mädchen in langen grünen Gewändern stieg durch die Bodenluke auf die Plattform des Turms. Sie gehörte zum Orden der Therbuniten, der sich aufopfernd um die Verwundeten der Schlachten kümmerten und der seit dem Beginn der Belagerung großen Zulauf hatte.

»Meister Gordunius schickt mich, Herr«, riß ihn die Stimme des Mädchens aus seinen Gedanken.

»Warum kommt er nicht selbst?« entgegnete der Inquisitor gereizt. »Was ist denn los?«

Das Mädchen zuckte zusammen.

»Ein Kranker will Euch sprechen. Meister Gordonius glaubt, daß er nicht mehr lange zu leben hat.«

»Gut, ich werde kommen. Aber vor Mittag habe ich keine Zeit.«

»Aber ...«, setzte das Mädchen an.

»Richte Meister Gordonius aus, daß ich noch ein oder zwei andere Probleme habe, wenn ich mich nicht gerade um die Wünsche seiner Kranken kümmere.«

Scheu wich das Mädchen zurück. »Ich werde es ihm sagen«, flüsterte sie ängstlich.

Die Mittagsstunde war schon lange verstrichen, als Marcian das Siechenhaus der Therbuniten besuchte. Der Inquisitor hatte sich auf einer steinernen Bank im Kreuzgang niedergelassen und blickte auf die Blätter, die zum Spiel des Herbstwindes wurden und in tollkühnen Kapriolen von den Bäumen hinwegtanzten. Firuns Atem zieht übers Land, dachte Marcian. Dann sandte er ein Stoßgebet zum Gott des Winters, auf daß er in diesem Jahr nicht allzu viele Tage bitteren Frostes bringen möge.

»Peraine sei gepriesen, daß Ihr doch noch gekommen seid.« Gordonius kam mit eiligen Schritten den Säulengang entlanggelaufen. Er war ein massiger Mann, mit braunem Haar und einem kurzgeschorenen Bart, durch den die ersten weißen Strähnen schossen. Der Therbunit trug ein schlichtes Gewand aus grünem Leinen, und eine schmucklose Brosche hielt einen wollenen, grünen Umhang zusammen, unter dem muskulöse Arme hervorragten.

Das sind die Arme eines Kriegers, dachte Marcian. Doch die Hände standen in eigentümlichem Mißverhältnis zu den klobigen Unterarmen. Sie wirkten zwar durchaus kräftig, doch waren sie lang und schlank. Ganz so, wie die Hände eines Künstlers.

»Laßt uns schnell zu dem Mann hinaufgehen. Vielleicht schenken die Götter ihm noch einmal genug Kraft, um mit Euch zu sprechen.« Gordonius sprach beinahe vorwurfsvoll. Marcian entschloß sich diesen unterschwelligen Ton zu ignorieren.

Gemeinsam stiegen sie die Treppe zu den Krankenzimmern hinauf. Auch im ersten Stock führte ein Kreuzgang um das Geviert des Hofes, und viele Verletze saßen in Dekken gehüllt im Freien. Wohl zwanzig Türen mochten auf die Galerie führen. Der Inquisitor dachte erschauernd daran, welche Schrecken und welches Leid sie wohl verbargen.

Gordonius schritt voran, stieg über die Stümpfe Amputierter, die auf dem steinernen Boden hockten und schob zwei junge Therbuniten beiseite, die Marcian mit einem mißfälligen Blick bedachte, weil sie seiner Meinung nach besser in der Bürgerwehr aufgehoben wären.

Dann standen sie vor einer grün gestrichenen Tür, auf die mit weißer Kreide ein Symbol der Peraine und eines des Sonnengottes Praios gemalt war.

»Was sollen diese Schutzzeichen?« fragte Marcian irritiert.

»Das wirst du gleich sehen«, entgegnete Gordonius knapp und schloß die Tür auf. Dann huschte er ins Zimmer und zog Marcian hinter sich her. Ein atemberaubender Gestank schlug den beiden entgegen, und an Stelle eines Grußes war ein schwaches Stöhnen zu vernehmen. Die Vorhänge verdunkelten die kleine Kammer. Es gab gerade genug Platz für ein schmales Bett, einen Tisch und einen Schemel. Dicht neben dem Bett flackerte eine fast herabgebrannte Kerze.

Der Therbunit hob den Stummel auf und entzündete daran einen fünfarmigen Leuchter, der auf dem Tisch stand. Die Gestalt im Bett hatte sich die Decke über den Kopf gezogen und wimmerte leise.

Marcian atmete nur flach und zog die Luft durch den Mund ein. Je länger er in dem Raum war, desto beklommener fühlte er sich. Er bewunderte Gordonius, dem dieser Geruch scheinbar nichts ausmachte.

»Ich bitte Euch, beherrscht Euch«, flüsterte ihm der Therbunit ins Ohr. »Ich werde nun die Decke lüften, denn sonst können wir nicht verstehen, was er sagt, falls er überhaupt noch in der Lage ist, ein Wort von sich zu geben.«

Marcian mußte würgen, als er das Gesicht des Mannes erblickte. Sein Schädel war kahl; büschelweise lagen Haare im Bett, so als seien sie ihm erst in den letzten Stunden ausgefallen. Der Kopf wirkte seltsam deformiert. Große Beulen wölbten sich unter der Haut. Ein breiter Streifen von eitrigen Entzündungen zog sich in einem vielleicht handbreiten Streifen quer über das Gesicht. Den schrecklichsten Anblick bot allerdings die Nase. Sie war in den Schädel eingefallen, so daß in der Mitte des Gesichts ein rot entzündetes großes Loch klaffte.

In unregelmäßigen Abständen hustete der Mann.

Angeekelt wich Marcian zurück. Als Gordonius die Decke zurückgezogen hatte, war ein neuer Schwall übelsten Gestanks ins Zimmer gezogen.

»Wer ist das?« flüsterte Marcian.

»Armand, der Sohn des Schusters in der Webergasse. Er hat in der letzten Nacht im Apfelhain Wache gehalten. Heute morgen hat man ihn dort bewußtlos gefunden. Zu dem Zeitpunkt hatte er nur einige Entzündungen im Gesicht. Doch seit er hier ist, verfällt er zusehends.«

»Was ist das für eine Krankheit?« Marcian zitterten die Hände. Lieber den grausamsten Schlachttod erleiden, als wie dieser Kerl bei lebendigem Leib verrotten. »Ist das ansteckend?«

Der Therbunit zuckte mit den Schultern. »Ich weiß es nicht. So etwas habe ich in meinem Leben noch nicht gesehen. Was mich allerdings am meisten beunruhigt, ist der Geruch. Es riecht wie auf einem Totenfeld. Es stinkt nach Verwesung!« Gordonius' Stimme war zu einem Flüstern abgesunken, damit der Kranke nicht hören konnte, was sie besprachen.

Der Mann im Bett röchelte. Er schien bei Bewußtsein zu sein. Seine Lippen erzitterten, ganz so, als wolle er etwas sagen.

»Eigentlich müßte der Mann schlafen. Vor einigen Stunden hat er angefangen, wie wahnsinnig zu schreien und seine Hände auf die Schläfen gepreßt. Er schien unerträgliche Schmerzen zu haben. Doch obwohl ich ihm ein hochwirksames Schlafmittel gegeben habe, ist er nicht wirklich eingeschlafen. Er bleibt halbwach.«

Armand wurde von einem Hustenkrampf geschüttelt und richtete sich ein wenig auf. Seine Augen waren glasig, so als könne er nicht mehr sehen. Würgend spie er aus. Marcian mußte sich abwenden. Er konnte den Anblick dieses entstellten Gesichts nicht mehr ertragen.

Armand röchelte.

»Er flüstert Euren Namen.« Der Therbunit blickte Marcian erwartungsvoll an. »Hört Ihr es nicht?«

Der Inquisitor konnte dem Blick des Therbuniten kaum standhalten.

Es war ihm unmöglich, noch näher an das Bett heranzugehen. Es kostete ihn schon alle Kraft, überhaupt noch in diesem Zimmer zu bleiben. Doch sein Ohr dicht an den Mund des Sterbenden zu bringen, seinen fauligen Atem auf dem Gesicht zu spüren, das war mehr, als er ertragen konnte. Er blickte zu Boden. Dann sagte er leise. »Ich kann nicht. Bitte geht an meiner Stelle ans Bett.«

Gordonius lief rot an. »Ihr werdet einem Sterbenden doch nicht den letzten Wunsch abschlagen? Was seid Ihr für ein Mann?« Er packte ihn am Arm und zerrte ihn zum Bett.

Marcian fühlte sich wie gelähmt. Es war ihm unmöglich, sich zu wehren. In Gedanken sah er sich selber schon in einem Krankenbett liegen und bei lebendigem Leib verfaulen.

»... der dünne Mann ...«, flüsterte Armand.

Marcian versuchte nicht zu atmen. Er wollte diesen unheimlich verfärbten Lippen nicht zu nahe kommen.

»Kommandant, sein Gesicht ...« Wieder schüttelte den Mann ein Hustenkrampf. Zitternd richtete er sich im Bett auf, starrte mit leeren Augen den Inquisitor an. »Der Apfelhain ... Tod ...«

Armand klammerte sich an den Umhang des Inquisitors.

Dann begann sich der Soldat zu erbrechen, und Marcian warf ihn zurück in die Kissen und sprang in blinder Panik auf. In zwei Schritten war er an der Tür. Gordonius machte erst gar keinen Versuch, ihn aufzuhalten.

Der Inquisitor klammerte sich an das Geländer des Kreuzgangs und blickte auf den kleinen Garten hinab. Er wußte, daß die Kranken auf dem Gang ihn beobachteten, doch im Moment war ihm alles egal. Er brauchte frische Luft und bat die Götter um Vergessen. Er wollte sich nicht mehr an dieses schrecklich entstellte Gesicht erinnern. Nicht an den gräßlichen Gestank und am allerwenigsten an das, was er zuletzt gesehen hatte. Dieses gräßliche, sich windende Gewürm, das Armand erbrochen hatte, als Eiter und Blut ihm aus Mund und Nase schossen.

Marcian hatte schon viel in seinem Leben gesehen. Er hatte miterlebt, wie starke Männer am Schlachtfeldfieber verreckten, doch das hier übertraf alles.

Nach einer Weile hörte er, wie sich hinter ihm die Tür zu diesem verfluchten Krankenzimmer schloß.

»Er ist tot.« Gordonius stellte sich neben ihm an die Brüstung und sog begierig die frische Luft ein.

»Was hat er gehabt?« fragte Marcian mit tonloser Stimme.

»Ich weiß es nicht.« Der Therbunit schwieg.

»Wir sollten diesen Fall geheimhalten und seinen Leichnam noch in dieser Nacht verbrennen. Wenn bekannt wird, wie Armand gestorben ist, haben wir eine Panik in der Stadt.« Marcian hatte Gordonius gepackt. Wieder spürte er die Panik in sich aufsteigen.

Der Therbunit murmelte etwas Unverständliches und schüttelte ihn ab. Dann drehte er sich um und malte ein weiteres Bannzeichen auf die grüne Tür des Krankenzimmers und ein Boronsrad, das Symbol des Todes.

»Fällt das den anderen Kranken nicht auf«, raunte ihm Marcian zu.

»Der Tod ist bei uns beinahe täglich zu Gast. Niemand wird sich wundern, wenn solche Zeichen auf einer Tür sind, und es wird auch niemand Fragen stellen, wenn wir heute nacht einen Unbekannten in einem Leichtentuch heruntertragen. Besorgt mir genügend Brennholz, und wir werden ihn im Keller eines der zerstörten Häuser verbrennen.«

»Ihr werdet bekommen, was Ihr benötigt. Aber sagt, Gordonius, hat er Euch noch etwas über seinen Tod verraten?«

»Nein, sein letztes Wort war *Apfelhain*, doch wen wundert das, war dies doch offensichtlich der Ort, an dem er diesem *dünnen Mann* begegnet ist, von dem er faselte. Vielleicht hatten die Krankheit und das Fieber aber auch nur seine Sinne verwirrt.«

»Ja, vielleicht.« Marcian rieb sich nachdenklich das Kinn. An diesem Morgen war er nicht einmal dazu gekommen, sich zu rasieren. Dann wandte er sich zu Gordonius um. »Bis Sonnenuntergang werde ich einen Karren mit Holz schikken.« Der Therbunit nickte ihm zu und ging dann.

Marcian blieb noch einen Augenblick stehen. Er blickte an seinen Kleidern herab. Überall waren eingetrocknete Flekken vom Auswurf des Toten. Er würde die Sachen verbrennen, sich baden und zu Peraine beten, auf daß sie ihn und die Stadt vor dem Übel, das Armand befallen hatte, bewahren würde.

4

Obwohl sie nun schon eine ganze Weile zusammen mit Arthag unterwegs war, hatte Nyrilla sich noch immer nicht an das Aufsehen gewöhnt, daß sie beide in friedlicheren Landstrichen erregten. Kinder zeigten mit Fingern auf sie, und die Erwachsenen steckten die Köpfe zusammen.

Den Grund für dieses Gerede hatte ihr bislang aber noch niemand genannt. Schließlich schob es die Elfe einfach darauf ab, daß die Menschen halt *badoc* seien, was heißt, daß sie zu einfach im Geiste sind, um die wirklich wichtigen Dinge zu begreifen und sich dafür um so intensiver mit Unwichtigem beschäftigen.

Zum ersten Mal war ihr das versteckte Getuschel der Rosenohren – wie man unter Elfen die Menschen wegen ihrer verkümmerten, runden Ohren nannte – in Ferdok aufgefallen. Die kleine Stadt war einer der bedeutendsten Umschlagplätze für den Handel entlang des Großen Flusses.

Arthag hatte darauf bestanden, hier einen Tag Rast einzulegen. Vermochte der Zwerg auf seinen kurzen Beinen sonst kaum Schritt mit ihr zu halten, so war er an diesem Tag stundenlang marschiert. Den Grund dafür erfuhr Nyrilla erst am Abend.

Arthag hatte sie überredet, ihm in cines der Gasthäuser zu folgen, um ihr dort die berühmteste Spezialität der Stadt zu kredenzen. Einen fürchterlich bitteren, hellbraunen Trunk. Sie hatte den ganzen Abend gebraucht, auch nur einen Krug dieses widerlichen Gebräus herunterzuwürgen. Nicht so Arthag. Er bestellte munter einen Krug nach dem anderen und lobte das ›köstliche‹ Ferdoker Gerstenbräu in den höchsten Tönen. Zu vorgerückter Stunde fing der Zwerg dann auch noch an zu singen und forderte sie ständig auf, mit ihm gemeinsam diese unmelodischen, zwergischen Heldenlieder anzustimmen.

Schließlich hatte sie sich von ihrem Platz erhoben und sich auf den Heimweg gemacht. Arthag aber war geblieben. Selbst am nächsten Morgen war er noch nicht in ihre Herberge zurückgekehrt, und als sie ihn besorgt suchte, fand die Elfe ihn unter dem Tisch, an dem er in der vergangenen Nacht gezecht hatte.

Alle Versuche, den Zwergen zu wecken, mißlangen. Schließlich erklärte ihr die Wirtin, daß Arthag nichts fehle, aber er dringend einen Tag der Ruhe in einer dunklen Kammer brauche. Nyrilla hatte dieses unmäßige Trinken nicht begriffen. Sicher hatte sie schon davon gehört, daß Zwerge ein ganz besonderes Vergnügen daran fanden, ihre Sinne mit Alkohol zu benebeln, doch verstehen konnte sie das nicht. Wie konnte man sich nur freiwillig in einen so erbärmlichen Zustand versetzen, daß man bewußtlos unter den Tisch einer Schenke fiel? Das grenzte ja schon an Selbstverstümmelung. Wahrscheinlich steckte doch ein anderer Grund dahinter. Vielleicht war die Trinkerei ein ganz besonderes Opfer für den Gott der Schmiede, den Arthag wie alle Zwerge unerschütterlich verehrte. Einen anderen Grund konnte sie sich einfach nicht vorstellen.

Doch was nutzte all das Philosophieren. Es galt, den

Zwerg in eine dunkle Kammer zu schaffen. Nyrilla lieh sich bei der Wirtin einen kleinen Handkarren und brachte den Zwerg, gefolgt von einer johlenden Kinderschar, zurück in das Gasthaus, indem sie am Vorabend abgestiegen waren.

Dort legte sie den gewichtigen Zwerg in sein Bett und beobachtete ihn noch eine Weile. Eigentlich hatte sich Arthag gut von den Wunden erholt, die er sich bei seiner unglücklichen Flußfahrt zugezogen hatte. Schon kurz nachdem der Ork Garbaz sie verlassen hatte, war der Zwerg erwacht und bestand darauf, lieber zu Fuß zu gehen, als noch weiter auf dem ›verlausten Pony‹ zu liegen.

Nyrilla hatte darauf mit einem Seil zwei schwere Steine auf dem Sattel des Ponys festgebunden, und das Tier in Richtung Kosch-Berge davongejagt. Durch die Last der Steine würde auch ein kundiger Fährtensucher glauben, daß das Pony noch immer einen Reiter trug.

Die List schien gelungen zu sein, jedenfalls wurden sie während ihrer weiteren Reise nicht mehr von den Schwarzpelzen behelligt. In einem kleinen Dorf handelten sie einige Kleidungsstücke für den Zwerg ein, was sich als überraschend einfach erwies, da es in dieser Region sehr viele Zwerge gab.

Über eine Woche waren sie dann durch die Wälder westlich des großen Flusses, nahe der Kosch-Berge gewandert und eine Zeit lang dem Ufer eines großen, kristallklaren Sees gefolgt. Arthag blickte, wann immer eine weitgestreckte Lichtung die Sicht auf das mächtige Kosch-Gebirge freigab, wehmutsvoll zu den weit entfernten Gipfeln.

Häufig verlangte er dann nach Pausen, um noch ein wenig länger die Berge betrachten zu können, bevor sie wieder hinter den Wipfeln des dichten Waldes verschwanden. Bei diesen Gelegenheiten erzählte er gerne von der Geschichte seines Volkes.

Stunden um Stunden berichtete er der Elfe von dem jahrhundertealten Kampf der Zwerge gegen die Drachen. Von den kühnen Geschlechtern, die ihre Tunnel in den Granit der Kosch-Berge getrieben hatten und von Helden mit unaussprechlichen Namen, die alle bekriegt hatten, was sich den Bergfreiheiten – wie die Zwerge ihre Königreiche nannten – näherte.

Als sie schließlich bei einer Rast eine schneebedeckte Felsnadel zwischen den Bergen entdeckten, war Arthag immer nervöser geworden. Er hatte darauf bestanden, daß sie ›einen kleinen Umweg nach Osten‹ machten und Nyrilla sogar dazu überredet, eine Flußfähre zu besteigen, um nach Ferdok überzusetzen.

Und alles nur wegen des sinnlosen Besäufnisses, nach dem er den ganzen Tag schnarchend in seinem Bett gelegen hatte. Noch immer begriff die Elfe nicht den seltsamen kultischen Zwang, der den Zwerg in diese kleine Stadt getrieben hatte, um sein eigenartiges Trinkopfer zu vollziehen. Oder hatte er sich doch nur animalischer Trinksucht hingegeben?

Nach diesem Zwischenfall waren sie einige Tage auf einem Flußschiff nach Süden gereist. Für Nyrilla war dies der anstrengenste Abschnitt der Reise. Es regnete die ganze Zeit. Sie hatte die Wahl, entweder in einer stickigen großen Kabine mit stinkenden Rosenohren oder im Regen an der Reling zu hocken.

Dem Zwerg schien die Fahrt allerdings noch schlechter zu bekommen. Wohl infolge seines großen Trinkrituals hatte er sich eine eigentümliche Krankheit zugezogen. Wann immer das plumpe Flußschiff von der Strömung geschüttelt wurde, stürzte er aus der Kabine, um sich an der Reling seines Essens zu entledigen, was die ungehobelten Rosenohren mit schallendem Gelächter quittierten.

Als das Flußboot schließlich an den Kais von Albenhus anlegte, war Arthag einer der ersten, der über ein wackeliges Brett von Bord ging. Kaum an Land vollführte er wieder eines seiner eigentümlichen Rituale. Er warf sich auf den Boden und schien den Schlamm der Straßen zu küssen. Daß er dabei seine neue Kleidung ruinierte, war ihm völlig gleichgültig. Anschließend schwor Arthag feierlich bei Angrosch, niemals wieder das Schiff zu betreten, mit dem sie in die Stadt gekommen waren, und Nyrilla ließ sich auch gerne davon überzeugen, daß es besser sei, den Rest der Reise zu Fuß fortzusetzen.

Trotzdem mußten sie noch ein letztes Mal ihr Leben einem Boot anvertrauen, weil Arthag darauf bestand, nach Alben, dem Stadtteil am nördlichen Flußufer, überzusetzen, wo man seiner Meinung nach viel freundlicher behandelt würde.

Die Häuser in diesem Stadtteil sahen merkwürdig aus, fast so, als seien sie im Laufe der Jahrhunderte in die Erde eingesunken. Alle Eingangstüren lagen einen Schritt unter dem Niveau der Straßen, und die Türen waren so niedrig, daß sich die Elfe tief bücken mußte, um sie zu passieren.

Und dann hatte Nyrilla auch begriffen, warum der Zwerg der Meinung war, hier so viel freundlicher aufgenommen zu werden. Der ganze Stadtteil war eine einzige große Zwergensiedlung, und Arthag hatte die Gelegenheit wahrgenommen, einen alten Freund am Platz der Feueröfen nahe des Ingerimm-Tempels zu besuchen.

Arthag feierte dieses Wiedersehen erneut mit einem seiner rituellen Trinkopfer. Im Laufe der Nacht fanden sich noch mehr als ein halbes Dutzend Zwerge ein, die ihren Gefährten lauthals begrüßten und an der Zeremonie teilnahmen.

Diesmal wurde Nyrilla erst gar nicht aufgefordert, an dem Fest teilzunehmen. Es war offensichtlich, daß die Zwerge es vorzogen, unter sich zu bleiben, und sie zog sich zeitig in die enge Dachkammer zurück, die man ihr als Schlafplatz zugewiesen hatte. Dort nächtigte sie auf einem Sack voller Stroh, den der Gastgeber unter vielen Entschuldigungen heraufgetragen hatte, denn im ganzen Haus fand sich kein Bett, in das sie hineingepaßt hätte.

Am nächsten Morgen war Arthag zum Glück nicht so krank wie nach seinem Opferdienst in Ferdok, und sie konnten in Alben ihre Ausrüstung ergänzen, bevor sie nachmittags aufbrachen, um weiter dem Lauf des großen Flusses zu folgen.

Eine Woche dauerte es, bis sie die Ebene westlich der Kosch-Berge durchquert hatten und die ersten Ausläufer der Ingra-Kuppen erreichten. Dieses Gebiet war ein wildes Land, in dem man selbst zu Friedenszeiten auf Banden räuberischer Orks treffen konnte. Zahlreiche Burgruinen entlang des Großen Flusses kündeten von den jahrhundertalten Fehden unter den Menschen.

Nyrilla hatte durchgesetzt, daß sie stets in der Nähe des Wassers blieben. Wenn sie abends ihr Lager im hohen Schilf des Flusses aufschlugen, fing sie einige Fische, und einmal gelang es ihr sogar, einen Riesenlöffler zu erjagen, eine Kaninchenart, die normalerweise nur in felsigem Terrain zu finden war.

Auf Menschen trafen sie während der Reise nicht. Der Treidelpfad entlang des Großen Flusses lag auf der anderen Seite des Ufers. Nur wenige Schiffe waren noch unterwegs, denn mit dem Herbstregen war der Strom angeschwollen, und es war mühselig, die schweren Lastkähne noch flußaufwärts zu bewegen.

Als sie die Ingra-Kuppen erreichten, wurde Arthag immer aufgeregter. Es war das erste Mal, daß er Xorlosch besuchte. Die Stadt galt den Zwergen als heilig, war sie doch die Geburtsstätte des kleinen Volkes. Jeder Zwerg, der etwas auf sich hielt, sollte einmal in seinem Leben zum Angrosch-Tempel von Xorlosch gepilgert sein. Arthag hatte Nyrilla davon erzählt, doch über solchen Aberglauben konnte sie nur mitleidig lächeln. Überhaupt verstand die Elfe die Ehrfurcht nicht, die Arthag, wann immer die Rede auf Xorlosch kam, an den Tag legte.

Am Mittag des zweiten Tages, den sie sich durch das Bergland kämpften, erreichten sie die Stelle, wo der Hardelbach in die Breite floß. Arthag machte einen regelrechten Freudensprung, als er an der Mündung des kleinen Seitenflusses einen verborgenen Stein fand, in den einige Runen gemeißelt waren.

»Hier sind wir richtig«, verkündete er freudig. »Wir müssen nur noch anderthalb Tage diesem Bächlein folgen, dann haben wir das heilige Xorlosch erreicht.«

»Was steht denn da auf dem Stein?« wollte Nyrilla wissen.

»Nichts Besonderes«, druckste Arthag herum. »Im wesentlichen bedeutet es, daß alle, die diese Schrift lesen können und darauf dem Bach folgen, ein freundlicher Empfang erwartet.«

Die Elfe hielt inne. Sie konnte diese Schrift nicht lesen! Doch wollte sie Arthag nicht seine gute Laune nehmen. Man würde ja noch früh genug sehen, ob sich vor ihnen die Tore der altehrwürdigen Stadt öffneten.

Am Abend fand das ungleiche Gespann Unterkunft in einer verlassenen Jagdhütte. Es war ungewöhnlich kalt geworden, und Nyrilla war froh, als sie vor einem lodernden Kaminfeuer saß.

»Wie es jetzt wohl um Greifenfurt stehen mag?« Die Elfe blickte zu Arthag herüber, der mit einem langen Stock in der Glut stocherte.

»Ich bin sicher, daß sie sich noch ganz gut gegen die Orks behaupten! Wahrscheinlich liegen die Schwarzpelze noch immer in ihren Lederzelten und lecken ihre Wunden.«

»Was macht dich so sicher?«

Der Zwerg drehte einen halbverkohlten Holzklotz um und starrte in die Flammen. Erst nach einer ganzen Weile antwortete er mit gespielter Zuversicht. »Ich weiß es so sicher, weil noch viele Zwerge in der Stadt stehen. Solange Hauptmann Himgi noch eine Handvoll wackere Angroschim um sich hat, wird er die Mauern halten.«

Nyrilla lag eine zynische Frage auf der Zunge, doch sie behielt sie für sich. Lebhaft erinnerte sie sich an den großen Sturmangriff der Schwarzröcke. Damals waren auch Hauptmann Himgi und seine Recken nicht mehr in der Lage gewesen, die Orks zurückzuschlagen.

Als die Stadt dann doch noch gerettet wurde, hatten die Bürger von einem Wunder geredet. Die ahnungslosen Rosenohren glaubten, Boron selbst sei ihnen zu Hilfe geeilt und habe eine Schar auserwählter Kämpfer in schwarzen Umhängen geschickt, um die blutrünstigen Angreifer zurückzuschlagen. Nyrilla lächelte bitter. Sie wußte nur zu gut, was in Wirklichkeit hinter diesem Wunder gesteckt hatte, und das bestätigte sie erneut in ihrem Glauben, daß es keine Götter geben konnte.

Arthag hatte sich in seinen Umhang eingerollt und war neben dem Feuer eingeschlafen. Die Elfe stand noch einmal auf und prüfte die Tür und die hölzernen Fensterländen. Als sie sich davon überzeugt hatte, daß alles gut verriegelt war, legte auch sie sich zum Schlafen.

Am nächsten Morgen machten sich die zwei auf den Weg. Nahe der Hütte überquerten sie den Hardelbach an einer umgestürzten Tanne. Auf der anderen Seite des Flußes fanden sie Radspuren, die sich tief ins Erdreich gegraben hatten. Mit einem Blick wußte Nyrilla, daß der Weg, obwohl er schon seit einigen Tagen nicht mehr befahren worden war, regelmäßig von schweren Fuhrwerken benutzt wurde.

Hier ließ es sich wesentlich bequemer wandern. An einigen Stellen waren Schneisen in den dunklen Tannenwald geschlagen. Arthag erklärte der Elfe, daß sehr viel Holz benötigt wurde, um das Erz, daß von Menschen nach Xorlosch geliefert wurde, sachgerecht zu verhütten.

Am späten Nachmittag zeichnete sich hinter den lichter werdenden Tannenwäldern eine Felswand ab, hinter der sich ein gewaltiger, schneebedeckter Wipfel erhob.

»Wir sind da!« jubelte Arthag. »Der Berg dort ist der Weißkegel; genaugenommen ist es kein Berg, sondern ein erloschener Vulkan. Im Inneren des Kraters liegt der oberirdische Teil von Xorlosch. Die Bergwände hier ringsherum sind so steil, daß es so gut wie unmöglich ist, sie zu erklimmen und die Stadt dadurch über einen schier unüberwindlichen, natürlichen Festungsring verfügt. Die Zwerge von Xorlosch nennen die Kraterwände den Inneren Ring. Der Teil der Ingra-Kuppen, durch die wir gestern und heute marschiert sind, bilden den Eisenring. Der Weg entlang des Hardelsbachs ist der einzige, der zum Inneren Ring führt. Alle anderen Wege verlieren sich irgendwo in der Wildnis oder enden vor Felswänden. Du siehst, die Heimat meines Volkes ist eine beinahe uneinnehmbare natürliche Festung.«

Nyrilla hatte in den letzten Wochen viel Übung darin

bekommen, die weitschweifigen Erklärungen des Zwerges zu ertragen, die im Grunde alle darauf hinausliefen, daß alles, was sein Volk erschaffen hatte, größer, schöner oder besser als alles Vergleichbare war.

Als sie den Wald verließen und wieder entlang des Hardelsbaches wanderten, konnte man deutlich einen breiten Riß erkennen, der in der steilen Bergwand klaffte. Durch diese Spalte schien auch der Bach zu strömen. Genau ließ sich das aber nicht erkennen, denn eine Mauer mit zwei Türmen, die ein prächtiges Tor flankierten, versperrte die Sicht. Der Bach wurde in einem Tunnel unter der Mauer durchgeleitet, den dicke Eisenstäbe vor unerwünschten Eindringlingen sicherten.

Kaum waren sie aus dem Wald getreten, als auf einem der Türme ein Horn erklang. Krieger waren jedoch nicht zu sehen.

Bei näherer Betrachtung der Toranlage verschlug es Nyrilla schier den Atem. Eine Befestigungsanlage aus prächtig verziertem Marmor war etwas, wovon sie zumindest in alten Elfenliedern schon gehört hatte, doch das Tor nach Xorlosch übertraf selbst die goldbeschlagenen Pforten von Tie'-shianna. Dieses hohe, zweiflügelige Tor war aus schwarzem Basalt gefertigt, und die Elfe konnte sich nicht vorstellen, wie diese Pforten ohne die helfende Hand eines Riesen geöffnet werden mochten.

Als sie noch etwa fünfzig Schritt von der Toranlage entfernt waren, rief sie ein hinter den Zinnen verborgener Wächter an und fragte, wer sie seien und was sie wollten.

»Vor dir stehen Arthag Armbeißer aus dem Volke der Amboßzwerge und Nyrilla die Auelfe. Wir bitten um Audienz bei der Priesterschaft und beim König«, entgegnete der Zwerg mit tönender Stimme.

»So höre denn, Arthag, daß wir hier in Xorlosch nicht vergessen haben, wie das Volk vom Amboß seine Tore für uns nicht geöffnet hat, als wir es in Zeiten der Not um Hilfe baten. Auch vergaßen wir nicht, wie ihr die Söhne Brogars mit Feuer und Schwert verfolgtet, weil sie sich gegen diesen Entschluß auflehnten.«

»Was meint der damit?« flüsterte Nyrilla verwundert.

Arthag brummte etwas vor sich hin, bevor er ihr leise antwortete: »Weißt du, die Zwerge von Xorlosch sind sehr dickköpfig und nachtragend. Die Geschichte, auf die er anspielt, liegt mehr als 4000 Jahre zurück. Damals sind die Erzzwerge für ihre Vermessenheit mit einem großen Unglück gestraft worden. Hunderte haben Xorlosch verlassen, und viele suchten bei uns Schutz, doch da sie von Angrosch selbst bestraft wurden, haben wir sie nicht in unsere Städte und Stollen gelassen, um den Zorn des Gottes nicht auf uns zu lenken. Das kannst du doch wohl verstehen, oder?«

Mit lauter Stimme wandte sich Arthag wieder an den Wächter. »Höre, du Ausgeburt sprödesten Sandsteins. Wir sind Boten und haben dringende Nachricht für deinen König und die Priesterschaft. Verschließt du uns das Tor, verstößt du gegen altes Recht, das besagt, das jedem Boten Gehör geschenkt werden muß.«

»Ich höre Euch gerne zu«, erscholl es hinter den Zinnen. »Und ich werde Eure Botschaft auch weiterleiten, wie es das Recht gebietet, doch ist das noch lange kein Grund, einen Landstreicher, wie Ihr es seid, hereinzubeten.«

Artlag lief langsam rot an und schnaubte bereits vor Wut. Nyrilla wußte, daß nun von ihm keine vernünftigen Argumente mehr zu erwarten waren und der Disput zwischen den Zwergen womöglich mit einem Duell enden mochte. Noch bevor Arthag Gelegenheit zu einer Antwort fand, rief sie deshalb dem Torwächter zu: »Höre, erhabener und geschichtsgelehrter Krieger. Wir sind im Dienste des Kaiserreichs hier und haben wichtige Nachrichten zu bringen. Jeder von uns trägt einen Ring, der ihn als einen Diener des Prinzen ausweist. Prüft die Ringe und gewährt uns Einlaß, denn Ihr könnt gewiß sein, daß sich eine Elfe niemals vor das Tor von Xorlosch verirrt hätte, wenn es dafür nicht einen wirklich triftigen Grund gäbe.«

Eine Weile war es still auf dem Wachtturm. Nyrilla überlegte bereits, ob sie vieleicht etwas Falsches gesagt hatte, da erklang erneut die Stimme vom Turm.

»Ich laß Euch nun einen Korb herab. Legt Eure Ringe hinein. Ich werde sie zum Tempel schicken, wo sie geprüft werden. Seid Ihr beide wirklich Boten im Dienst des Prinzen, so wird Euch Einlaß gewährt werden.«

Nyrilla zog ihren Köcher von der Schulter und machte sich an seinem Boden zu schaffen. Dort war in einem verborgenen Fach der Siegelring mit dem Greifenkopf versteckt, der sie als Agentin im Dienste der Kaiserlich Garethischen Informations-Agentur auswies.

Der Zwerg trat unterdessen verlegen von einem Bein auf das andere. Schließlich murmelte er: »Kannst du dich vielleicht einmal umdrehen? Mein Siegelring ist in dem einzigen Kleidungsstück verborgen, daß ich im Fluß nicht verloren habe. Ich muß erst einiges ablegen, um an das Versteck zu gelangen.«

Schmunzelnd drehte sich die Elfe zur Seite. Bisher hatte sie gar nicht gewußt, daß Arthag so prüde war.

Als er sein Siegel endlich herausgeholt hatte, packte Nyrilla die beiden Ringe, lief zum Tor hinüber und legte sie in den Korb, der von den Zinnen des Turms herabgelassen worden war. Dann wurde der Korb hastig heraufgezogen.

Danach geschah lange Zeit nichts. Die Sonne war schon fast hinter den Bergen verschwunden, als sie schließlich wieder die vertraute Stimme hörten.

»Gramosch, Sohn des Gorro und Meister des Tempels am Seegrund, hat mich beauftragt, Euch Einlaß zu gewähren. Er wird Euch zuhören und entscheiden, ob Ihr beim Bergkönig Tschubax oder den Priestern der heiligen Halle vorsprechen könnt. Da selbst zu Zeiten, als Ramoxosch von Lorgolosch mit dem Elfenkönig Tasilla Abendglanz einen Pakt zur Vernichtung der Schwarzpelze schloß, dieses Tor nicht für Elfen geöffnet wurde und seitdem auch kein Elfe an diesem Ort mehr vorgesprochen hat, wird sich auch heute dieses Tor nicht für Euch öffnen.«

Nyrilla verschlug es schier die Sprache. Noch nie hatte sie erlebt, daß Gastfreundschaft auf solche Art mit Füßen getreten wurde.

»Hatte ich dir schon erzählt, daß die Erzzwerge von Xorlosch bis zum blanken Aberwitz traditionsbewußt sind?«

raunte Arthag mit zynischer Stimme. »Ich hoffe doch sehr, daß sie uns wenigstens ein Zelt oder eine andere angemessene Unterkunft anbieten.«

Kaum hatte Arthag ausgesprochen, da wurde der hölzerne Arm eines Krans über die Zinnen geschwenkt, um langsam ein großes Faß herabzulassen. »Steigt in das Faß!« erklang es vom Turm.

Die Elfe und der Zwerg gehorchten und wurden in dem hin- und herpendelnden Faß nach oben gezogen. Während Nyrilla diese ungewöhnliche Art des Transportes interessant fand, konnte sie beobachten, wie Arthag verkrampfte und es tunlichst vermied, nach unten zu schauen.

Als sie über der Mauerkrone schwebten, wurde der Kran zur Seite geschwenkt und das Faß vorsichtig auf der anderen Seite des Tores heruntergelassen. Dicht neben dem Kran, den einige schwitzende Zwerge mit nacktem Oberkörper bedienten, stand ein Krieger in schimmerndem Kettenhemd.

»Folgt mir«, sagte er schlicht. Der Stimme nach zu urteilen, mußte es der Wächter des Turmes sein, mit dem sie debattiert hatten. Der kleine Mann trug einen weißen Bart, der bis weit über seinen Gürtel herabreichte. Ein kostbar geschmiedeter Helm mit silbernen Schwingen krönte sein Haupt, und in der Rechten führte er eine große zweihändige Axt, die er im Augenblick wie einen Zeremonienstab handhabte. Ohne ein weiteres Wort drehte der Zwerg sich um und marschierte auf den Riß zu, der die Felswand zerteilte.

Ein einfacher hölzerner Steg führte zwischen den mächtigen Granitwänden hindurch. Tief unter sich konnte Nyrilla den Hardelbach rauschen hören. Hinter der Klamm öffnete sich ihrem Blick ein weites, von fast senkrechten Felswänden umgebenes Tal. Dicht beim Ausgang der Klamm lagen Dutzende von Schmelzöfen, deren schwarzer Rauch den Himmel verdunkelte. Etliche vom Ruß geschwärze Hütten erhoben sich im Talgrund.

So weit das Auge reichte, konnte man nur zwei Bäume sehen. Diese Bäume standen vor einem düsteren Palast aus Basalt, der mit goldenen Hochreliefs geschmückt war, die von der Geschichte des Kampfes gegen die Drachen erzählten. Beim Anblick des finsteren Gebäudes liefen Nyrilla Schauer über den Rücken. Dies war ein Ort der Steine. Ein toter Ort, den das Leben verlassen hatte. Einmal mehr erinnerte sich die Elfe an Arthags Geschichten. Immer wieder waren diese Felsen vom Feuer der Drachen verbrannt worden, und das Blut des Zwergenvolkes hatte jeden Fußbreit dieses unfruchtbaren Bodens getränkt.

In der Mitte des trostlosen Vulkankraters erhob sich ein Tempel, der aus Marmor, Eisen, Granit, Stahl und Silber gefertigt war. Einen so reichlichen Schmuck aus Metallen hatte Nyrilla noch an keinem anderen Gebäude in Aventurien gesehen. Es schien, als wären Steinmetze und Schmiede in einen Wettbewerb getreten, um sich in Prachtentfaltung und handwerklicher Vollendung beim Bau des Gotteshauses zu überbieten.

Das prächtige Gebäude wurde auch Jahrhunderte nachdem dieser fromme Wettkampf ausgetragen worden war, sorgfältig gepflegt. Im Gegensatz zu den Hütten strahlte es im Licht der schwindenden Sonne, so als hätte das Zwergenvolk diesen Tempel erst vor wenigen Stunden vollendet.

Der Wächter, der ihnen voranmarschierte, steuerte geradewegs auf den Tempel zu. Kleine Gruppen von Zwergen standen am Weg und musterten sie neugierig, doch keiner sprach sie an.

»Das ist das Haus unseres Gottes Angrosch«, flüsterte Arthag. »Benimm dich jetzt und untersteh dich, wieder davon anzufangen, daß es keine Götter gibt.«

Am Tor des Tempels erwartete sie ein Zwerg, der in weite Gewänder aus rotem und schwarzem Leder gekleidet war. Er war Nyrilla auf Anhieb unsympathisch. Sein gepflegter stahlgrauer Bart war zu Zöpfen geflochten, die ihm weit auf die Brust hinabreichten, und sein langes, glattes Haar wurde von einem ledernen Stirnband gehalten.

»Seid willkommen in Xorlosch, der Heimat aller Zwergengeschlechter. Folgt mir in den Tempel, und erzählt, warum es Euch danach verlangt, König und Priesterschaft zu sehen.«

Der Wächter, der sie bislang begleitet hatte, blieb am Fuß

der Treppe stehen, stieß mit dem Knauf seiner Axt dreimal auf den Boden und rief: »Erhöret den Tempelmeister Gramosch, Sohn des Gorro, und seid ohne Arg in Eurem Tun, denn wisset, das Auge des Gottes ruht auf Euch in diesen Hallen.«

Noch bevor der Wächter mit seiner Litanei fertig war, hatte Gramosch sich bereits umgewandt und war gemessenen Schrittes in den Tempel getreten. Dort durchmaß er eine gewaltige Halle, die von Basaltsäulen getragen wurde. Riesige Feuerschalen aus Erz und Kupfer warfen ein flackerndes Licht in die Halle, deren Fußboden mit Mosaiken aus Achaten, Porphyren, Türkisen, Jade und vielen anderen Halbedelsteinen ausgelegt war. Alle Bilder auf dem Boden stellten einen mächtigen, bärtigen Schmied dar; im unsteten Licht der Feuerschalen wirkten sie auf beängstigende Art lebendig. Nyrilla ängstigten die Götterbilder, und sie wünschte sich, dieses Tal niemals betreten zu haben, während sie widerstrebend dem Tempelmeister tiefer in die Hallen des Angrosch folgte.

5

Als Alrik erwachte, konnte er sich verschwommen an Frauengesichter erinnern. Das Spiel einer Flöte hatte ihn geweckt. Ungläubig schaute er sich um. Er lag in einem hellen Raum mit hoher, geschwungener Decke. Das Zimmer schien zu einem Palast zu gehören. Beunruhigt blickte er auf seine Decke. Sie war aus roter Seide, und die weichen Kissen waren mit weißem Satin bezogen. Die Wände des Raumes waren mit Gemälden von ausgelassenen Jagdszenen geschmückt. Ungewöhnliche Bilder, dachte er. Der Künstler hatte Geschmack am Extravaganten. Einhörner, Mantikore und Pegasi tummelten sich auf den Wänden, und prächtig gewandete Jäger waren samt und sonders Elfen. Wahrscheinlich sollte irgendein Feenmärchen illustriert werden, doch für diese Kindergeschichten hatte sich Alrik nie sonderlich interessiert; so fiel ihm auch nicht ein, um welche Geschichte es sich hier wohl handeln mochte.

Dann dachte er wieder darüber nach, wie er wohl in diesen Palast gekommen war. Er erinnerte sich nur noch daran, daß er vor dem Häuptling der Olochtai durch den Wald flüchtete. Ob ihn die Kaiserlichen gefunden hatten? Die Pracht rund um ihn herum mochte zum Palast in Gareth passen.

Über einem Stuhl nahe dem Bett hingen Gewänder, die man wohl ihm zugedacht hatte. Der Oberst richtete sich auf, um sein Lager zu verlassen, doch kaum saß er aufrecht, da wurde ihm schwindelig. Ein stechender Schmerz meldete sich in seiner linken Seite. Stöhnend sank er in die Kissen zurück.

Zum Flötenspiel hatte sich inzwischen eine wunderschöne Frauenstimme gesellt, die ein trauriges Lied sang; jedenfalls klang es so, denn die Worte konnte Alrik nicht verstehen. Während er lauschte, wurde er immer müder. Und noch bevor das Lied geendet hatte, schlief der junge Ritter wieder.

Das nächste Mal erwachte der Oberst vom Duft einer Fleischbrühe. An seinem Bett saß eine schöne Frau, mit schlankem, blassem Gesicht, aus dem ihn zwei dunkle Mandelaugen anblitzten. Ihre Haare waren zu einer kunstvollen Frisur aufgetürmt. Alrik wünschte sich, den Rest seines Lebens nichts anderes mehr zu tun zu haben, als ihre Schönheit zu bewundern.

»Ihr müßt essen, edler Ritter.« Die Stimme der Frau war melancholisch, aber irgendwie fremd. Nicht, daß sie die Worte falsch betonte, doch klangen sie auf eigentümliche Art anders als gewohnt. Alrik versuchte sich aufzurichten, die Fremde drückte ihn jedoch sanft wieder in die Kissen zurück.

»Bleibt liegen. Eure Wunde ist noch nicht ganz verheilt. Wenn Ihr jetzt aufsteht, könnte sie wieder aufbrechen, und all meine Mühe wäre vergebens gewesen.«

»Was für eine Wunde?« fragte Alrik verstört.

»Nun, es sieht ganz so aus, als hättet Ihr Euch dem Jagdspeer eines Orks in den Weg gestellt. Ganz zu schweigen von Euren alten Verletzungen. Ich möchte Euch ja nicht zu nahe treten, Ritter, aber mir scheint, als seien Eure Wunden von einem Stümper behandelt worden.«

Alrik schwieg und ließ sich fallen, wie die Frau ihn mit der Fleischbrühe fütterte. Doch schon nach wenigen Löffeln siegte erneut seine Neugier.

»Wie bin ich hierhergekommen, und was ist das für ein Ort?«

»Meine Diener haben Euch aus Eurer Welt geholt«, sagte die Frau mit zuckersüßer Stimme. Alrik schluckte. Plötzlich hatte er einen dicken Kloß im Hals. *Eine andere Welt?* Das erklärte alles? Er war tot! Was sonst konnten ihre Worte bedeuten?

Unsicher blickte sich der Ritter um. Das kostbar eingerichtete Zimmer, die wunderschöne Frau. Das alles paßte zusammen. Und doch war er enttäuscht. Insgeheim hatte er immer gehofft, an Rondras Ehrentafel aufgenommen zu werden. Sein ganzes Leben war der Göttin des Krieges geweiht gewesen. Immer hatte er versucht, sich tugendhaft und ritterlich zu verhalten. Aber jetzt war er an einem Ort, von dem er nicht einmal wußte, welchem der Zwölfgötter er diesen Platz zuordnen sollte.

»Wo bin ich hier?« fragte er seine hübsche Krankenpflegerin.

»In Sicherheit vor Euren Verfolgern«, antwortete die Frau und lächelte hintersinnig, wie es Alrik schien.

Die Unbekannte stellte die halbleere Suppenschüssel auf den Boden und strich ihm über die Brust. Dann wanderten ihre schlanken Hände langsam tiefer.

»Bald werdet Ihr wieder gesund sein. Ich freue mich, Euch hier zu haben. Ihr ahnt gar nicht, wie langweilig ein schier ewiges Leben sein kann. – Übrigens, habe ich Euch schon gesagt, daß Ihr ein außerordentlich schöner Mensch seid?«

Alrik schluckte wieder. Die Liebkosungen der Fremden waren aufreizend und erregend. Der junge Oberst überlegte. Bislang hatte er sich Rahja, die Göttin der Liebe, immer ganz anders vorgestellt.

Die Frau stand auf und blickte ihn auf eine Art an, daß er sich wie berauscht fühlte. Dann griff sie nach etwas, das auf dem Boden stehen mußte. Sie hob einen schwarzen Pokal.

»Trink, mein Ritter.«

Und gierig leerte Alrik den Kelch.

»Ihr werdet jetzt schlafen. Wenn Ihr wieder erwacht, werden Eure Wunden verheilt sein, und Ihr habt genug Kraft, um dieses Gefängnis aus Seide und Satin zu verlassen.«

Die Stimme klang jetzt wie von fern. Alrik sah der schönen Fremden nach. Er wollte, daß sie an seiner Seite blieb, doch noch bevor sie das Zimmer verlassen hatte, war der junge Ritter schon wieder eingeschlafen.

Alrik war völlig geheilt. Er fühlte sich so stark und unbesiegbar wie nie zuvor in seinem Leben. Jeden Abend labte er sich am kraftspendenden Nektar des schwarzen Kelches. Er gab ihm Kraft und verschönerte die Nächte, die er mit der geheimnisvollen Fremden verbrachte. Zuerst hatte er sich noch über die vielen Elfen an ihrem Hof gewundert. Nicht ein Mensch war ihm in all den Tagen begegnet, obwohl er mit seiner Geliebten weite Ausritte unternommen hatte. Doch eine Göttin zu fragen, war eines Sterblichen nicht würdig. Mit jedem Tag wurden seine Zweifel geringer. Erlittene Qualen erschienen ihm so fern, daß er sich ihrer kaum noch erinnerte.

Ständig neue Wunder hielten ihn gefangen, wobei er so begeistert und verblüfft war, daß er nichts von allem hinterfragte. Es wunderte ihn nicht, daß es in dieser Welt keine Sonne und weder das Madamal noch Sterne gab. Statt dessen erhellte der Himmel ein gleichmäßiges, blaues Licht, das in einem Tag- und Nachtrhythmus von einem tiefen, samtigen Blau bis hin zu einem blendend hellen Ton reichte.

Die Pflanzen trieben üppige Blüten in allen nur erdenklichen Farben, doch waren ihre Blätter dafür von einem fahlen, silbrigen Grün.

Höhepunkte des Tages waren die großen Bankette in den frühen Abendstunden. Sie wurden in einer Halle abgehalten, deren Abmessungen so gewaltig waren, daß Alrik in dem blauen Licht, das hier noch intensiver als draußen war, die Decke des gewaltigen Saales nicht erkennen konnte. An den Wänden bewegten sich in leichtem Wind Gobelins, die so hoch hinauf reichten, daß man die höchsten Türme Gareths hinter ihnen hätte verstecken können.

Die Gesellschaft, die sich hier versammelte, war ein bunter Reigen aus eleganten Rittern und schönen, grazilen Damen. Unablässig wurde Musik gespielt. Beeindruckt war der Oberst auch von den Reden, die bei Tisch geführt wurden. Es herrschte ein leicht ironischer Ton, und selbst die Späße enthielten stets einen Hauch von Boshaftigkeit. Doch zu ihm war man freundlich. Alrik thronte am Kopf der Tafel, gleich neben der schönen Unbekannten, die ihn gepflegt und geheilt hatte. Sie schien die Herrin dieses Schlosses zu sein.

Auf der langen, mit weißem Tuch gedeckten Tafel liefen emsige Wichtel umher, halb Mensch halb Tier und kaum größer als eine Hand und servierten auf silbernen Tabletts erlesene Speisen. Manche, denen Gräser und Blumen aus dem Rücken wuchsen, bildeten lebende Tafelbouquets und tanzten in nie enden wollendem Reigen. Andere Geschöpfe hatten die Körper von schönen Jungfern, doch wuchsen ihnen Schmetterlings- oder Libellenflügel aus dem Rücken. Auch sie waren nicht größer als die Elle eines Zwergs. Mit durchscheinenden Amphoren flogen sie über die Köpfe der Tafelnden und trugen Sorge dafür, daß sich niemals einer der Weinbecher leerte. Wieder andere schwenkten silberne Ampeln, aus denen der Duft kostbaren Räucherwerks zur Decke der Festhalle emporstieg.

Erschöpft von einem stundenlagen Gelage und doch nicht müde genug, um Schlaf finden zu können, streckte sich Alrik in seinem weichen Bett. Ein solches Schloß konnten nur Götter geschaffen haben. Alles hier war vollkommener als das Beste, das er jemals in seinen Träumen gesehen hatte, und bald würde ihn die Herrin über all diese Pracht wieder besuchen, so wie sie es in jeder Nacht tat.

Wieder bestaunte der junge Ritter die Rüstung, die ihm

seine Göttin geschenkt hatte. Ein wunderbarer, vergoldeter Plattenpanzer, geschmückt mit Rosen aus schwarzem Stahl, dazu ein Schwert, so leicht wie eine Feder und doch so stark, daß es durch Eisen fuhr wie durch Daunen. Und der Bogen, der dort an der Wand lehnte. Sooft er mit ihm auch geschossen hatte, nicht einmal verfehlte sein Pfeil das Ziel.

Ein Geräusch riß Alrik aus seinen Träumen. Ein Schatten war durch das Fenster geflogen. Er erhob sich vom Bett und fand unter einem Tisch einen Pfeil. Ein Stück Birkenrinde war um den Schaft gewickelt und mit einem Lederbändchen festgezurrt. Was mochte das sein? Wieder einer der Scherze seiner Geliebten?

Neugierig löste er das Band. Fahrige Buchstaben waren mit Ruß auf die Rinde gemalt.

»Habt Ihr Euch vergessen?
Wie konnte die Fee Euch so blenden?
Ihr suchtet Euren Prinzen
und Eure Freunde bangen um Euch.
Und was tut Ihr?
Vertändelt kostbare Zeit
und vergeßt, was Euch einst lieb und teuer war!
Verlaßt das Schloß,
solange Ihr noch könnt,
denn wenn die Fee Eurer überdrüssig ist,
werdet Ihr nur mehr ein gebrochener,
alter Mann sein.
Lebt Euer Leben
und nicht den Traum einer anderen!
Ich erwarte Euch am Waldrand.
ANDRA

Die Botschaft erinnerte Alrik an einen Tettet. ... vor lan-
ger Zeit geträumt und fast v... ...ort gab es eine
Andra. Sie hatte ih... Achtlos warf
er die Bi... ...zum Fenster, um in die

Nacht zu spähen. Der Waldrand war mehr als eine Meile entfernt. Er würde Andra suchen. Alrik drehte sich zu seinen Waffen um. Sollte er etwas mitnehmen? Das meiste würde ihn nur beim Klettern behindern. So steckte er nur einen Dolch in seinen Gürtel. Die leichte Kleidung, die er trug, war für diesen Ausflug ideal. Ein dünnes Seidenhemd und eine dunkle Lederhose, dazu Stiefel aus fein gegerbtem Wildleder. Wieder drehte er sich zum Fenster.

Der Ritter hatte das unbestimmte Gefühl, daß er nicht durch das Tor des Schlosses gehen sollte, um Andra zu besuchen. Seine Göttin würde es ihm verwehren. Er blickte am Efeu hinunter, das bis zu den Zinnen des Turmes wuchs, in dem sich sein Schlafgemach befand. Ob es ihn tragen würde? Falls nicht, konnte er schlimmstenfalls in den Wassergraben stürzen. Vorsichtig kletterte er über den Sims aus dem Fenster und tastete mit dem Fuß nach Halt.

Wie eine Ewigkeit kam es ihm vor, bis er endlich wieder festen Boden unter den Füßen verspürte. Manchmal war es ihm während des Kletterns so erschienen, als würde der Turm in den Himmel wachsen und er könne niemals sicheren Grund erreichen.

Dann tauchte er lautlos ins Wasser ein und durchschwamm mit kräftigen Zügen den breiten Schloßgraben. Wieder war ihm so, als würde ihn etwas zurückhalten. Sollte es tatsächlich eine unsichtbare Macht geben, die ihn im Bann hielt? Etwas anderes als die Liebe zur Schloßherrin?

Die Botschaft hatte ihn verunsichert. Doch das würde sich schnell klären. Wahrscheinlich wäre er schon in weniger als einer Stunde zurück und würde den Rest der Nacht mit seiner göttlichen Geliebten verbringen.

Auf den Zinnen sah er das Leuchten einer Fackel. Ein Wächter drehte seine Runde auf dem Wehrgang. Alrik hielt die Luft an und tauchte. Warum war er nur so sicher, daß man ihm zürnen würde, wenn die Wachen seinen kurzen Ausflug zu Andra bemerkten?

Aber ... lange vor Sonnenaufgang zurück!

Als Alrik ... deren Seite des Grabens aus dem Wasser tauchte und ... te, war der Wächter verschwunden.

Er hatte den Waldrand schon fast erreicht, als im Schloß ein Horn geblasen wurde. Nur Augenblicke später löste sich eine Reiterin vom Waldrand. Eine junge Frau mit braunem Haar. Es war jene Andra, die ihm einst im Traum begegnet war und nun auf unerklärliche Weise Gestalt angenommen hatte, um ihm diese rätselhafte Botschaft zu schicken. Sie ritt einen braunen Hengst, dessen Zaumzeug Flammenzungen aus gelbem Satin schmückten.

»Muß ich Euch eigentlich immer retten, Ritter? Los, schwingt Euch hinter mir in den Sattel. Wir werden einen guten Vorsprung brauchen, wenn wir zu zweit auf meinem Braunen ein Rennen gegen Elfenpferde gewinnen wollen.«

Als sie in den Wald hineinritten, hörte Alrik, wie die schwere Zugbrücke des Schlosses heruntergelassen wurde und wenig später den dumpfen Donnerschlag der Hufe galoppierender Pferde.

»Der Vater meines Braunen war ein Centaur, von ihm hat er Kraft und Ausdauer geerbt«, schrie Andra und duckte sich mit ihrem Kopf in die dichte Mähne des Pferdes.

Alrik war verunsichert, ob das alles Traum oder Wirklichkeit war. Der scharfe Wind im Gesicht, die wilde Jagd durch den nachtschwarzen Wald, das alles erschien ihm so real, und doch konnte es nicht sein. Centauren gab es nur im Märchen. Und wie hatte Andra die schöne Fremde genannt? Eine Fee?

Zumindest war es keine böse Fee, schließlich hatte sie ihm das Leben gerettet. Das alles verwirrte den Ritter zutiefst. Er wünschte sich ins belagerte Greifenfurt zurück. Dort waren die Dinge klar und einfach gewesen. Oder war auch das ein Traum?

Sie mußten schon Stunden durch den Wald geritten sein und waren in ein Gebirge gekommen, als Andra ihren Braunen endlich zügelte.

»Ich glaube, wir haben sie abgehängt«, sagte sie und schwang sich aus dem Sattel. Dann musterte sie Alrik kritisch.

»Ich will Euch ja nicht zu nahe treten, Herr Ritter, aber in dem, was Ihr tragt, seht Ihr aus wie ein höfischer Lustknabe.«

Alrik wurde zornig. »Was bildet Ihr Euch eigentlich ein? Entreißt mich meinen Gastgebern, reitet wie besessen mit mir durch die Nacht ... Seit ich Euch das erste Mal getroffen habe, jagt ein Problem das andere. Besteht Euer Leben eigentlich nur aus Fluchten.«

»Das alles wäre nicht nötig gewesen, Ritter, wenn Ihr Wort gehalten hättet. Wir waren verabredet. Wollten wir uns nicht bei Ornaval, dem Sohn Serleens treffen? Dort habe ich über eine Woche auf Euch gewartet.«

Alrik konnte sich dunkel an eine Verabredung erinnern. Immer mehr Dinge, die er vergessen oder für Träume gehalten hatte, kehrten in seine Erinnerung zurück. Deutlich standen die Tage in Greifenfurt wieder vor seinem Auge. Er hatte eine Aufgabe! Und plötzlich konnte er sich wieder an die nächtliche Szene im Hafen erinnern. Marcian wollte ihn zurückhalten, doch er bestand darauf, zum Prinzen zu gehen und ihn um Hilfe für die Stadt zu bitten.

»Bei allen Dämonen der Niederhölle, was mache ich hier!« schrie Alrik auf. »Ich habe meine Freunde verraten! Wie lange bin ich schon hier? Eine Woche? Einen Monat? Ein Jahr?«

»Ihr seid sechs Wochen im Schloß von Leriella gewesen.«

Alrik erbleichte. Sechs Wochen. Vielleicht war Greifenfurt schon längst gefallen. Sie brauchten dringend Hilfe, und er vertändelte seine Zeit mit schönen Frauen.

»Regt Euch nicht auf, Ritter. Sechs Wochen hier sind nicht mehr als drei Tage in Eurer Welt.« Andra nahm ihren Braunen am Zügel und führte das Pferd einen Berghang hinauf.

»Vielleicht hättet Ihr die Güte, mir zu erklären, wohin mich Eure Rettungsversuche gebracht haben.« Alrik wollte vom Pferd herunter, aber auf dem schmalen Weg war ein Absteigen unmöglich.

»Habt Ihr das wirklich immer noch nicht begriffen?« Die Jägerin brach in schallendes Gelächter aus. »Man hört doch schon als kleines Kind von der Anderswelt. Dem Reich der Feen und anderer Wesen. Kennt Ihr das alles denn nicht?«

»Das sind doch nur Märchen! Das Schloß meines Vaters lag nahe dem Blautann in Almada, und ich bin hunderte Male dort zur Jagd geritten. Als Kind habe ich sogar das Feenreich gesucht, das in diesem Wald verborgen sein soll, aber gefunden habe ich nie etwas. In meinen Ohren hört sich Eure Rede nach dem Gewäsch alter Weiber an, das kleinen Kindern an langen Winterabenden erzählt wird.«

»Und für was haltet Ihr das Schloß Madalla, wo Ihr die letzten Wochen verbracht habt? Ein Ort, an dem Wurzelbolde und Waldschrate Leriella und ihre Gäste bewirten.«

Alrik schwieg eine Weile. Gemeinsam stiegen sie immer höher in den grauen Berg. Tief unter ihnen kreuzte eine Gruppe Rehe einen rauschenden Wildbach. Schließlich sagte der Ritter zerknirscht: »Ich glaubte, tot zu sein und im Haus einer Göttin zu weilen. Die Fee, wie Ihr meine Gastgeberin nennt, hat mich auch in diesem Glauben belassen.«

Wieder lachte Andra laut auf, und ihr Gelächter brach sich in Echos an den Bergwänden. »Das paßt zu Leriella. Und natürlich habt Ihr auch gegessen und getrunken, was sie Euch angeboten hat.«

»Natürlich«, entgegnete Alrik störrisch. »Sie hat mich gesundgepflegt und ...«

»Und mehr ..., ich kann mir das schon vorstellen«, fiel ihm die Jägerin ins Wort. »Sicher habt Ihr Euch in Leriellas Obhut mehr als wohl gefühlt, und hätte ich Euch nicht die Botschaft geschickt, hättet Ihr das Schloß sicher nicht mehr ohne Eure Gastgeberin verlassen.«

Alrik schwieg betreten.

»Ihr solltet nicht zu zerknirscht darüber sein. Ich kann mir keinen sterblichen Mann vorstellen, der nicht wie Ihr gehandelt hätte. Das liegt an der Magie der Fee. Selbst Elfen erliegen ihrem Bann. Alle Fremden, die in die Nähe ihres Schlosses gelangen und ihr gefallen, macht sie zu Gespielen. So lange, bis sie die Lust an ihnen verliert. Doch das kann lange dauern. Manch einer, der das Reich der Fee verlassen hat, fand sich als alter Mann in seiner Welt wieder.«

»Ja. Ist ja schon gut«, knurrte Alrik unwillig. »Ich kenne diese Geschichten. Verratet mir lieber, wie wir von hier fortkommen.«

»Nun, das liegt ganz an Euch. Bitte antwortet mir ehrlich, denn wenn Ihr nicht aufrichtig zu mir seid, kann uns das in eine schlimme Lage bringen. Seid Ihr ein guter Ritter? Versteht Ihr Euch auf das Lanzenreiten? Ich meine, beherrscht Ihr es nicht nur, sondern habt Ihr auch schon Turniere gewonnen?«

Die Jägerin war stehengeblieben und blickte zu Alrik auf.

»Was soll das denn schon wieder? Ich bin ein Obrist bei der kaiserlichen Kavallerie und gehöre dem Stand der Ritter an. Natürlich verstehe ich mich auf das Lanzenreiten!«

»Ist ja schon gut. Ich wollte es nur wissen, denn vielleicht wird das einmal sehr wichtig für uns.«

»Ich finde, da wir schon zusammen reisen, solltet Ihr mich etwas mehr in Eure Pläne einweihen.«

»Nun, manchmal ist es besser, nichts zu wissen. Im Augenblick sind wir auf dem Weg zu Linosch dem Schmied. Ein alter Zwerg, den es selbst nach der Zeitrechnung der Menschen schon vor ein paar Jahrhunderten in diese Feenwelt verschlagen hat. Dort sollt Ihr ein paar Waffen bekommen, damit Ihr wieder wie ein Ritter und nicht wie ein Lustknabe ausseht.«

Alrik schwieg beleidigt. Zwar war er Andra dankbar, daß sie ihn aus dem Schloß der Fee geholt hatte, doch die Späße, die sie mit ihm trieb, gingen entschieden über das hinaus, was sich eine Frau aus dem Volk mit einem jungen Adligen erlauben durfte. Der Oberst bedauerte, nicht so gewandt mit der Zunge zu sein wie mit dem Schwert, doch vielleicht würde sich schon bald eine Gelegenheit ergeben, die Jägerin zu beeindrucken.

Bis zum Einbruch der Dunkelheit kletterten sie den Berg hinauf. Als sie die Baumgrenze hinter sich ließen, stieg Alrik vom Pferd. Den ganzen Nachmittag kämpften sie sich über kahle Felsabhänge höher und überquerten schließlich eine gewaltige, geschwungene Brücke aus schierem Eis. Wie mit kalten Händen griff der Wind dort nach ihnen, und einmal wäre Andra beinahe abgestürzt, hätte Alrik sie nicht im letzten Moment festgehalten.

Nun überquerten sie eine steile, verschneite Ebene, die bis in den Himmel hinaufzuragen schien. Alrik klapperten die Zähne. Seine dünnen Kleider waren steif gefroren, und wäre er nackt durch den Schnee marschiert, so glaubte er, hätte ihm auch nicht mehr kälter sein können. Das Licht des Tages wich langsam einem diffusen Zwielicht. Einmal ging einige hundert Schritt hinter ihnen donnernd eine Lawine zu Tal. Der junge Ritter wünschte sich insgeheim in die Arme Leriellas zurück. So schlecht war sein Leben am Feenhof schließlich nicht gewesen, und doch schritt er unverdrossen hinter Andra durch den Schnee.

Seit ihren Belehrungen über das Feenreich hatte die Jägerin nicht mehr viel geredet. Jetzt hob sie den Arm und zeigte auf einen Riß in der Gletscherwand, die sich wie ein Berg aus Glas am Ende der verschneiten Ebene erhob. Dort müssen wir durch, dann erreichen wir Linosch.

Das letzte Licht des Tages ließ den Gletscher rötlich schimmern. Vorsichtig folgte Alrik seiner Begleiterin in den Spalt aus Eis. Bizarre Zerrbilder der beiden spiegelten sich auf den glatten Wänden. Schnaufend sog Alrik Luft durch die Nase. Es roch eigenartig, wie in der Höhle eines Raubtiers. Der Ritter tastete nach seinem Dolch.

»Hör, Andra, kann es sein, daß Euer Zwerg eine noch strengere Duftnote pflegt als die anderen seiner Art. Hier riecht es ja wie ...«

Weiter kam Alrik nicht mehr. Ein tiefes Knurren brach sich in Echos an den kalten Wänden. Der Ritter zog seinen Dolch, drängte sich am Pferd vorbei und wollte Andra zurückreißen. Vor ihnen versperrte ein riesiger Höhlenbär den Weg.

»Ganz ruhig«, flüsterte der Ritter Andra zu. »Zieht Euch zurück, ich werde die Bestie schon aufhalten. Es sieht ganz so aus, als hätte Meister Petz Euren Zwerg zu Mittag verputzt.«

Der Bär richtete sich auf seine Hinterbeine auf. Die Bestie mußte mehr als drei Schritt groß sein.

»Steckt den Dolch weg, oder es ist um Euch geschehen«, zischte Andra. »Der Bär ist Linoschs Haustier, und selbst wenn Ihr gegen ihn bestehen solltet, wird Euch der Schmied hinterher den Schädel einschlagen.«

Die Jägerin zerrte den Ritter zurück. Trotz der Kälte perlte ihr Schweiß von der Stirn. »Ganz ruhig, Barka«, redete sie auf das Tier ein. »Kennst du mich denn nicht mehr?« Vorsichtig machte sie einen Schritt auf den Bären zu.

Diese Wahnsinnige, dachte Alrik. Noch immer hielt er das Heft seines Dolches umklammert. Dann ließ sich das mächtige Tier auf alle viere nieder, und Andra streichelte ihm den Pelz.

»Komm«, rief sie verschmitzt lächelnd. »Barka wird uns zu seinem Herrn führen.«

»Kennst du eigentlich keine Angst?« Der Ritter stand immer noch still und starrte die Jägerin an.

»Natürlich. Aber ich fürchte nicht die Tiere, sondern die Menschen und alle anderen, die nicht nach ihren Instinkten, sondern nach ihrem Unverstand handeln.«

Linoschs Höhle wurde von einem tosenden Feuer erwärmt und lag hinter dem Gletscher im Granit der Bergspitze verborgen. Als Andra in die enge Felskammer trat, war der Zwerg mit einem Freudenschrei auf sie zugestürmt, hatte seine Arme um ihre Hüften geschlungen und sein bärtiges Gesicht gegen den Bauch der Jägerin gepreßt. Alrik hingegen spürte, daß der Schmied ihm nicht traute. Der Zwerg hatte ihm zwar die Hand geschüttelt, doch gleichzeitig fühlte sich der Ritter mißtrauisch gemustert.

Das Pferd hatte man in eine angrenzende Höhle gebracht und mit reichlich Heu von einer Alm versorgt. Linosch und Andra saßen schon über eine Stunde am Feuer und redeten über vergangene Zeiten. Alrik fühlte sich hier fehl am Platz. Er wollte in seine Welt zurück und Feen und Bären und Zauberwälder hinter sich lassen.

Schließlich erhob sich der Zwerg und kam auf ihn zu. »So, mein Junge. Du bist also Alrik von Blautann und vom Berg. Die Geschichte, wie du deinen Prinzen gerettet hast, hat man sogar in dieser Welt schon zu hören bekommen. Mir scheint, du bist ein Ritter vom rechten Schlag. Nicht so ein eitler Höfling, wie man sie immer öfter trifft. Glaube mir, nur deshalb tue ich dir den Gefallen, um den Andra mich gebeten hat. Du weißt ja wohl, daß es nicht die Art der Zwerge ist, etwas zu verschenken.«

Alrik war verlegen, als Linosch ihm auf die Schulter klopfte.

»Du brauchst jetzt nichts zu sagen. Komm, steh auf. Andra hat mir erzählt, wie du den Orks bei Greifenfurt das Fell gegerbt hast. Du sollst ein gutes Schwert von mir bekommen, damit du diese Arbeit fortsetzen kannst.«

Der Zwerg packte Alrik bei der Hand und führte ihn in eine angrenzende Höhle, in der prächtige Waffen und Rüstungen gehortet waren.

»Schau dich ruhig um, Junge. Hier findest du alles, was man im Kriege brauchen kann. Mustere die Waffen, und ich werde dich bei deiner Wahl beraten.« Dann drehte sich der Zwerg zu Andra um. »Du weißt gar nicht, was du mir für eine Freude gemacht hast. Endlich kann ich eine alte Familientradition fortführen. Schon mein Urahn Olbar Steinhauer hat bei Greifenfurt gegen die Orks gekämpft. Damals nannten die Menschen ihre Stadt aber noch Saljeth. Olbar zog mit Ramoxosch III., dem ersten und bislang einzigen Zwergenkönig, der ein Kriegsbündnis mit Elfen einging, um den Menschen im Norden der Koschberge zu helfen, die aus eigener Kraft das Joch der Orks nicht mehr abwerfen konnten. Aber ich erzähle zuviel. So ist das, wenn ein einsamer alter Zwerg mal Besuch bekommt.«

Linosch schnäuzte sich und drehte sich um.

Alrik hatte inzwischen die Waffen gemustert. Mit dem, was der Zwerg hier hortete, hätte man mit Leichtigkeit eine ganze Schwadron ausrüsten können. Prüfend wog der Ritter ein Schwert in der Hand.

»Schöne Waffe, nicht wahr. Komm, nimm sie dir, und schau dich jetzt nach einer Rüstung um.« Die Stimme Linoschs klang ein wenig gepreßt, fast so, als fiele es ihm doch nicht so leicht, seine Schmiedearbeiten zu verschenken, wie er zunächst beteuert hatte.

Alrik brauchte nicht lange zu suchen. In einer Ecke stand ein prächtiger, stahlschimmernder Plattenpanzer. Der Panzer war hervorragend gearbeitet. Zwei sich aufbäumende Einhörner schmückten seine Brustplatte. Arm- und Beinzeug waren mit stilisierten Blumen geschmückt. Der Ritter hörte, wie Andra und der Zwerg miteinander tuschelten.

Alrik wollte gerade dic Rüstung anprobieren, als der Zwerg meinte: »Nein, mein Junge. Laß das da mal stehen. Nicht, daß ich dir das gute Stück nicht gönnen würde, aber Andra meint, die würde euch auf eurer weiten Reise nur behindern.«

»Na schön.« Der Ritter blickte finster zu der Jägerin hinüber. »Und was schwebt Euch vor. Sucht Ihr doch was aus. Seit ich Euch kenne, maßt Ihr Euch an, meine Entscheidungen zu fällen. Mit mir vorher mal ein Wort zu reden liegt Euch fern. Also, sucht aus!«

»Seht, wir müssen von diesem Berg auch wieder herunterkommen. In einer Ritterrüstung wäre das unmöglich. Außerdem würde eine schwere Rüstung uns auf der weiteren Reise behindern. Mein Brauner hat schon genug an uns zweien zu tragen. Da brauchen wir nicht noch all das Blech.«

Der Zwerg räusperte sich leise und murmelte: »Blech ... das werd' ich mir merken. Kein Respekt vor solidem Handwerk.« Dann fügte er lauter hinzu. »Sucht Euch aus, was Ihr braucht. Ich geh nach nebenan ans Feuer.«

»Nun, ich warte auf Eure Entscheidung.« Alrik hatte die Hände in die Hüften gestemmt und sich breitbeinig vor der Rüstung aufgebaut.

»Ihr seid mir doch nicht etwa böse?« Andra lächelte kokett. Alrik antwortete nicht.

»Findet Ihr nicht auch, daß wir die Förmlichkeiten bleiben lassen sollten?« Die Jägerin stand nun unmittelbar vor dem Ritter. »Habe ich dir eigentlich schon gesagt, daß du außerordentlich gut aussiehst ...«

Das kam Alrik vertraut vor. Langsam begann er dem Glauben zu schenken.

»... wenn ich daran denke, wie Leriella dich verführt hat, kommt mir die kalte Wut.« Andra strich ihm über die Schultern. »Du gehörst nicht in die Hände einer Frau, die kein wirkliches Feuer hat.«

Alrik war ernsthaft irritiert. Andra verhielt sich im Augenblick nicht sehr viel anders als die Fee, die sie so sehr verdammt hatte. Außerdem mißfiel ihm die Art, wie sie die Dinge in die Hand nahm. Er war es gewohnt, seine Entscheidungen selber zu treffen, und bislang hatte immer er die Frauen verführt und nicht umgekehrt. Selbst Leriella hatte sich an diese einfachen Anstandsregeln gehalten. Sie hatte ihm zwar gezeigt, daß sie ihn wollte, doch er war letztlich derjenige gewesen, der Zeit und Ort bestimmte.

»Du solltest diesen Flitterkram ablegen.« Andra nestelte an seinem Seidenhemd herum. Alrik ergriff ihren Arm. »Nicht so schnell, meine Schöne. Was stellst du dir eigentlich vor? Hinten in der Ecke liegen Felle. Dort haben wir es gemütlicher.«

»Fang jetzt keine Minnespiele an. Ich bin nicht die Frau, die endlos angebetet werden möchte, bevor irgend etwas passiert.«

»Und was ist mit Linosch?«

Andra hatte ihn zu den Fellen herübergezogen und sein Hemd endgültig abgestreift.

»Vergiß den Zwerg. Er denkt, daß wir uns erst einmal ausgiebig zanken. Der schaut hier so schnell nicht wieder herein … und deine Stiefel zieh dir gefälligst selber aus! Ich bin nicht dein Knecht!«

Alrik war noch immer verwirrt, aber dann entschloß er sich dazu, erst morgen darüber nachzudenken, ob er jetzt einen Fehler machte.

6

Alrik war hellwach. Warum mußte ihm das passieren? Andra lag neben ihm. Verschlafen öffnete sie die Augen und blinzelte ihn an. Was für eine Frau, dachte der Ritter und liebkoste sie sanft. Wenn sie nur nicht so …

Andra sprang von ihrem gemeinsamen Lager auf. Was für ein Körper! Im flackernd gelben Licht der Öllampe, die die Höhle beleuchtete, erschien ihr Körper wie aus rotem Gold modelliert.

Wäre sie nur nicht so kühl. Und jetzt ... Ohne ein Wort war sie aus dem ›Bett‹ gesprungen und kleidete sich an. Wo waren ihr Feuer und ihre Leidenschaft? Stahl konnte nicht kälter sein als sie.

Erst als Andra sich vollständig angekleidet hatte, wandte sie sich um, und ihre ersten Worte waren so nüchtern und emotionslos, als habe die letzte Nacht gar nicht stattgefunden. »Nun, Alrik, ich glaube, du brauchst eine Rüstung, in der man gut laufen kann. – Das hier ist mir schon gestern abend ins Auge gestochen.«

Mit Schwung warf sie ihm ein feinmaschiges Kettenhemd herüber. »Vielleicht solltest du dir dazu noch ein paar Arm- oder Beinschienen suchen. Das müßte reichen. Frag doch Linosch, ob er vielleicht noch ein paar alte Kleider von meinem Vater hat. Du solltest wirklich nicht mehr in diesem Fummel herumlaufen.«

Was für romantischer Unsinn die Minne doch war. Langsam setzte Alrik sich auf. Ein Ritter und ein schönes Mädchen in einer einsamen Höhle. Was hätte ein Bänkelsänger aus dieser Situation nicht alles machen können ... Und was geschah? Kein Wort der Liebe. Kein Kuß. Kein ...

»Träum nicht herum, Alrik! Wir sollten hier schnellstens verschwinden. Ich geh schon mal nach nebenan und frag Linosch, ob er uns noch was zu essen mitgeben kann.« Noch bevor er etwas erwidern konnte, war die Jägerin durch einen engen Durchschlupf in die Nachbarhöhle verschwunden.

Alrik wühlte in dem Fellhaufen herum, in dem sie übernachtet hatten. Dunkel erinnerte er sich dort am Vorabend einige Kleidungsstücke gesehen zu haben. Schließlich fand er einen braunen Waffenrock und eine lederne Hose. Beides war sehr eng. Was für ein Mann wohl Andras Vaters gewesen war? Jedenfalls konnte er nicht sehr muskulös gewesen sein, denn die Lederhose kniff erbärmlich.

3

Sharraz Garthai war äußerst unzufrieden. Die Berater, die ihm Sadrak Whassoi, der Schwarze Marschall, zur Seite gestellt hatte, waren auch keine besseren Strategen als er selbst. Den Großangriff auf Greifenfurt hatten die Verteidiger nicht nur abgeschlagen, es war ihnen sogar gelungen, den Kampf bis ins Lager der Orks zu tragen.

Wütend schleuderte der General den silbernen Pokal, aus dem er getrunken hatte, nach einem der menschlichen Sklaven in seinem Zelt. Diesen Tag der Schande würde er niemals vergessen; sein Name war auf immer verunglimpft. Der Marschall hatte ihm einen Schamanen als Boten geschickt, der sich das ganze Ausmaß der Niederlage angesehen hatte.

Sharraz blickte zu seinen Beratern hinüber und konnte nur mühsam seinen Zorn beherrschen. Er durfte sie nicht anrühren, denn beide standen unter dem Schutz des Sadrak Whassoi, doch in seinen Augen waren sie es, die an seiner Niederlage schuld waren. Er grunzte. Trotzdem würde *sein* Kopf in den Staub rollen, wenn es darum ging, für die Konsequenzen der verlorenen Schlacht einzustehen. Schließlich führte er hier das Kommando.

Führte er es wirklich? Manchmal war er sich nicht mehr sicher. Er hatte den Beratern vertraut und war enttäuscht worden. Oder hatten sie die Niederlage vielleicht absichtlich herbeigeführt, um ihn zu vernichten?

Sharraz richtete sich auf seinem mit gewundenen Leibern verzierten Lehnstuhl auf. »Wir brauchen dringend einen Erfolg«, brummte er, ohne dabei jemanden in der Runde anzuschauen.

Alle Stammeshäuptlinge, Schamanen und Tairach-Priester sowie Kolon der Zwerg und Gamba der Druide waren in seiner großen Jurte versammelt. Vor zwei Tagen hatte sie sein riesiges, rundes Lederzelt mit einem Wagenzug erreicht, der Lebensmittel und Ausrüstung über den Finsterkamm brachte.

Das Zelt gehörte schon seit Generationen den Häuptlingen seines Stammes. Es war aus Mammutfellen gefertigt, und angeblich hatte sein Urahne Gerimmoi dreißig Winter lang jagen müssen, um mit Brazoraghs Hilfe die Felle zusammenzubekommen. Aus den mächtigen Stoßzähnen der Mammuts waren die tragenden Stangen der Zeltkuppel gefertigt worden. Das Zeltdach war so hoch, daß selbst ein Berittener in dieser Jurte seinen Kopf nicht beugen mußte. Ein Gittergeflecht aus federnden Hölzern verlieh dem Zelt Stabilität. Seit Gerimmoi hatte jede Generation diese Jurte um einige Kostbarkeiten bereichert. Es waren wunderbar geschmiedete Feuerpfannen hinzugekommen, die seine Großväter in geplünderten Tempeln erbeutet hatten. Pelze von fast allen Tieren, die man in den Bergen und Steppen des Orkslands erjagen konnte, schmückten den Boden, und sogar Teppiche und Kissen aus der fernen Kohm, die Sharraz vor Jahren in der Nähe von Phexcaer einer Handelskarawane abgenommen hatte, fehlten nicht.

»Wir brauchen einen Erfolg«, brummte Sharraz immer wieder vor sich hin, und dann schrie er es heraus. Alle Unterhaltungen im Zelt verstummten auf der Stelle, und die Sklaven erzitterten. »Wir brauchen schnell einen Erfolg!« brüllte Sharraz erneut. »Sonst werden wir den ganzen Winter vor dieser Stadt sitzen, wenn uns nicht vorher Sadrak Whassoi die Köpfe abschlagen läßt.« Sharraz blickte zu Gamba. Doch den Druiden schienen die Worte nicht sonderlich beeindruckt zu haben. Böse grinste er den General der Orks an.

»Dir werden deine Frechheiten noch vergehen. Sei dir nicht zu sicher, daß dir nichts geschehen kann!«

Doch Gamba lächelte weiterhin. »War es vielleicht meine Schuld, daß der Angriff mißglückte? Ich habe über die Magier der Stadt triumphiert. Dein Teil war es, ihre Krieger zu vernichten.«

Sharraz erwiderte nichts. Er schaute den Menschen verbittert an. Wäre Gamba kein Zauberer, hätte er ihn schon längst erschlagen. Aber Sharraz fürchtete sich vor dem, was dann geschehen mochte, hatte er doch schon miterlebt, wie Gamba selbst Dämonen gebot.

Unter dem Kettenhemd behielt Alrik Leriellas Seidenhemd an. Der Ritter lächelte versonnen. Wenn die Jägerin wüßte, daß die Fee dieses Hemd einst getragen hatte. Schade, daß das schwere Kettenhemd es vermutlich schnell zerreißen würde.

Der Zwerg Linosch war ziemlich aufgeregt. Er wollte auf keinen Fall, daß die Fee sie bei ihm fand, und bemühte sich, sie so schnell wie möglich aus der Höhle zu komplimentieren.

»Nichts für ungut, Kinder, aber wer hier lebt, kann es sich nicht leisten, sich schlecht mit Leriella zu stellen ...«

Durch die Höhle hüpfte ein großer schwarzer Rabe und tat sich an den Resten des Frühstücks gütlich.

»Kroah wird euch begleiten und warnen, wenn die Fee und ihre Häscher euch zu nahe kommen. Sobald ihr den Berg verlaßt, wird er allerdings zu mir zurückkehren.«

Alrik wollte nach einigen Resten vom Frühstück greifen, doch Linosch packte ihn am Ärmel und zerrte ihn in die Eishöhle. Auf seinen Rücken geschnallt hatte der Zwerg einen großen, runenverzierten Rundschild dabei.

Draußen erwartete sie ein klarer Himmel. Ihr Atem bildete kleine Dampfwölkchen; es war schneidend kalt.

»Ihr müßt über die Eisbrücke kommen, bevor Leriellas Häscher sie erreichen. Von dort gibt es viele Abstiege in die Seitentäler. Am besten haltet ihr euch in nördlicher Richtung. Entschuldigt, wenn ich das Gastrecht so grob mißachte, aber ich weiß nur zu gut, was denjenigen erwartet, den der Zorn der Fee trifft.«

Linosch trat verlegen von einem Fuß auf den anderen, während Andra schon den Braunen am Zügel gepackt hatte und das Schneefeld hinabstieg. »Warte noch einen Moment, Ritter.« Der Zwerg hatte Alrik am Arm gepackt.

»Paßt mir gut auf die Kleine auf, hörst du? Sie ist manchmal etwas übermütig und unbedacht. Seid vorsichtig, wenn ihr Leriellas Elfenfreunden begegnet. Sie sind zwar miserable Schwertkämpfer, aber dafür tödliche Bogenschützen. Kroah hat mir erzählt, daß es nicht mehr lange dauern wird, bis die ersten das Schneefeld erreichen. Nimm diesen Schild mit, und reite du das Pferd.«

Linosch schnallte sich den großen Rundschild vom Rükken. »Er ist ein kostbares Erbstück aus der Zeit, als wir Zwerge noch mit dem Elfenvolk und deiner Welt im Krieg lagen. Seine magische Kraft ist fast erschöpft, aber für dieses eine Mal wird er hoffentlich noch nutzen. Wann immer Bogenschützen auf dich anlegen, hebe den Schild und rufe laut ›Schütze mich‹, dann wird er alle Pfeile abfangen, die auf dich, dein Reittier und jeden, der hinter dir im Sattel sitzt, abgeschossen werden ...«

»Kommst du endlich!« rief Andra, die mit dem Pferd am Zügel schon ein ganzes Stück ins Schneefeld abgestiegen war. »Oder hast du beschlossen, dort oben auf deine Fee zu warten?«

»Mach dich auf den Weg, Ritter, und viel Glück! Ihr werdet es brauchen.« Der Zwerg schnäuzte sich. »Na los, steh hier nicht weiter rum, und glotz mich nicht an wie ein Kalb. Verdammt kalt hier draußen.«

»Vielen Dank!« Alrik hob den Schild, den er sich um den Arm geschnallt hatte zum Gruß und rannte dann hinter Andra den verschneiten Hang hinab.

Kroah war die Bergflanke hinabgelogen, um Ausschau nach den Häschern der Fee zu halten. Jetzt zog er enge Kreise über ihren Köpfen.

Vor Alrik und Andra lag bläulich schimmernd die Eisbrücke.

»Es kommen mehr Krieger, als ich Krallen habe«, krächzte der Rabe vom Himmel.

»Und wie weit sind sie noch entfernt?« rief die Jägerin.

»Bis zum Eis, das den Himmel durchspannt, haben sie noch zwei Flügelschläge, und sie tragen Äste mit Federn bei sich ...«

»Sprich mit einem Vogel, und du erhältst immer eine klare Antwort«, lamentierte Alrik.

»Jedenfalls können sie nicht mehr weit fort sein.« Die Jägerin war aus dem Sattel gesprungen und musterte die andere Seite der Schlucht. Alles schien ruhig, doch konnten sich zwischen den Felsbrocken und mannshohen Schneeverwehungen auf der anderen Seite leicht ein paar Dutzend Krieger verborgen haben.

»Vielleicht solltest du mir einfach mal die Führung überlassen?« Alrik saß immer noch im Sattel und blickte zu Andra herab. »Schließlich bin ich ein Krieger, und wir sind jetzt in einer Lage, die einen Krieger erfordert. Vertrau mir, ich hole uns schon hier raus.« Der Ritter streckte die Hand nach ihr aus.

Andra blickte ihn zweifelnd an.

»Komm schon, uns bleibt nicht mehr viel Zeit.« Der Hengst begann unruhig zu tänzeln. Schließlich ergriff die Jägerin seine Hand und schwang sich hinter ihm in den Sattel.

»Vertrau mir«, rief Alrik noch einmal und gab dem Pferd die Sporen. Wie von Dämonen getrieben, preschte der Braune auf die Brücke, so daß das Eis bedenklich unter seinen Hufen knirschte.

»Bist du wahnsinnig?« kreischte Andra. »Laß mich sofort runter! Du bringst uns noch um.«

»Klammer dich an meine Hüfte, ich werde gleich beide Hände brauchen«, erwiderte der Ritter kühl. Dann zog er den Schild vom Rücken auf den Arm, nahm die Zügel zwischen die Zähne und zog mit der Rechten sein Schwert.

Als sie die Mitte der Brücke passiert hatten, begann der Braune auf dem Eis zu rutschen. Starke Windböen drohten ihn aus der Balance zu bringen, und der Hengst stieg wild wiehernd auf seine Hinterbeine. Alrik hörte, wie Andra hinter ihm angefangen hatte, leise zu den Göttern zu beten. Krampfhaft hielt sie sich mit beiden Armen an ihm fest.

Mit beruhigenden Worten und leichtem Schenkeldruck versuchte der Ritter das scheuende Pferd unter Kontrolle zu halten. Der Hengst hatte wieder Halt gefunden.

Unmittelbar vor ihnen lag die schmalste Stelle der Brücke. Dort war ein großes Stück aus dem Eisbogen herausgebrochen. Wenn sie das erst hinter sich hatten, dann wäre es geschafft, dachte Alrik. Dort war die Gefahr am größten, daß die Brücke brach.

»Komm, mein Brauner, bringen wir es hinter uns«, flüsterte er dem Pferd ins Ohr.

»Das kannst du dir sparen. Schau mal ans Ende der Brücke«, erklang Andras Stimme hinter ihm. »Dort marschieren die Krieger deiner Freundin auf.«

Alrik hob den Kopf. Eine Handvoll Elfen blockierte das vor ihnen liegende Ende der Brücke.

»Mach dir keine Sorgen, daß ist kein wirkliches Problem«, brüllte Alrik, um das Getöse des Windes zu übertönen.

»Wie kommt es nur, daß ich immer bei diesen Worten anfange, mir Sorgen zu machen?«

Statt einer Antwort gab der Ritter dem Pferd die Sporen. »Für den Prinzen!« schrie er aus vollem Halse, während der Hengst mit einem gewaltigen Satz über die Engstelle hinwegsetzte. Unter ihnen krachte und knirschte das Eis. Große Stücke brachen aus der Brücke und stürzten in den bodenlosen Abgrund. Ein Netzwerk feiner Risse durchzog das Eis. Alrik schloß die Augen und trieb das Pferd gnadenlos vorwärts.

Dann hatten sie es geschafft. Das gefährlichste Stück der Brücke lag hinter ihnen. Alrik öffnete die Augen und vermied es, in den Abgrund zu blicken. Bis zu den Kriegern am anderen Ende mochten es jetzt vielleicht noch zwanzig Schritt sein. Sie schienen damit zu rechnen, daß er sich ergeben würde. Dumm ...

»Attacke!« brüllte der junge Oberst aus vollem Halse und ließ sein Schwert über dem Kopf kreisen.

Die Elfenkrieger vor ihm rissen eilige Bögen von der Schulter und legten auf ihn an.

Für gut gezielte Schüsse würde ihnen keine Zeit mehr bleiben. »Schütze mich«, murmelte der Ritter und schob den Schild vor seine Brust.

Krachend schlugen zwei Pfeile in den Runenschild.

Dann hatten Alrik die Elfen erreicht. Den vordersten zerschmetterten die Hufe des gewaltigen Hengstes. Einen anderen traf Alrik mit dem Schwert. Doch statt in alle Richtungen davonzustieben, versuchten die Krieger ihn und Andra vom Pferd zu zerren.

»Folge der Felsspalte nach Westen«, schrie die Jägerin, während sie den Schwerthieb eines Elfen parierte.

Alrik ließ den Hengst steigen, so daß ihre Widersacher ängstlich vor den Hufen zurückwichen. Dann brach er durch die Linie der Feinde und galoppierte nach Norden.

Zischend flogen ihnen Pfeile um die Ohren. Doch schon nach wenigen Augenblicken hatte das kräftige Pferd sie aus der Reichweite der Bogenschützen getragen. Rund um sie spritzte der Schnee in weißen Fontänen auf, während sich der kräftige Hengst unermüdlich vorwärts arbeitete.

Als keine Gefahr mehr bestand, noch von einem Pfeil getroffen zu werden, stieß Lonoschs Rabe wieder zu ihnen. »Pferdemänner kommen. Mehr als gestern Wolken am Himmel waren. Sie sind schnell.«

»Zügel das Pferd«, rief Andra.

»Vergiß es«, schrie der Ritter. »Wir können uns nicht leisten, unseren Vorsprung aufzugeben.«

»Halt an, oder ich spring herunter.«

Widerwillig brachte Alrik den Braunen zum Stehen. »Was hast du vor? Wir haben jetzt wirklich keine Zeit für deine Spielchen.«

»Darum geht es, du Ignorant. Ich werde die Felsspalte hinabsteigen. Es kann nicht mehr lange dauern, bis du aus dem Schnee heraus bist, und auf felsigen Grund werden uns die Elfenpferde einholen. Zu zweit sind wir zu schwer für meinen Braunen.«

»Du willst die vereisten Felsen herunterklettern? Bist du von allen guten Geistern verlassen?«

»Das ist mit Sicherheit nicht gefährlicher, als mit dir zu reiten. Und jetzt schau, daß du weiterkommst, sonst erwischen uns Leriellas Häscher noch beim Diskutieren.« Mit diesen Worten ging Andra auf die klaffende Schlucht zu und begann vorsichtig, den eisschimmernden Abhang hinabzuklettern. Ungläubig starrte Alrik ihn hinterher.

Kopfschüttelnd schwang sich der Ritter auf sein Pferd. Um keinen Preis der Welt würde er diese Bergwand herunterklettern, aber Andra wußte sicher, was sie tat.

Zu seiner Linken konnte er die ersten Reiter erkennen. Sie waren einige hundert Schritt entfernt und erreichten gerade die Schneegrenze. Alrik gab dem Braunen die Sporen.

Schon fast eine Stunde mußte vergangen sein, seit Andra ihn verlassen hatte. Der Ritter hatte die Schneegrenze schon lange hinter sich gelassen. Doch obwohl Andras Pferd mehr Kraft und Ausdauer bewies als jedes andere Pferd, das er jemals geritten war, gelang es seinen Verfolgern stetig aufzuholen.

Jetzt konnte er schon deutlich die Wappen der vorderen Feenritter erkennen. Ein roter Falke auf weißem Grund. Gierig hatte der Raubvogel die Fänge vorgestreckt, so als wolle er gleich im Sturzflug seine Beute schlagen. Alrik kannte das Wappen nur zu gut. Das waren die Leibwachen Leriellas.

Noch einmal blickte er über die Schulter. Wieder waren sie ein Stück näher gekommen. Jede Einzelheit war jetzt deutlich zu erkennen. Die Reiter trugen hohe federgeschmückte Helme und unter ihren weißen Waffenröcken Schuppenpanzer, die im Sonnenlicht silbrig schimmerten. Alle waren mit langen Reiterlanzen bewaffnet.

Alrik schwitzte. Er durfte sie nicht zu nahe herankommen lassen. Gegen die Lanzen konnte er nicht bestehen. Sie würden ihn vom Pferd gestochen haben, noch bevor er den ersten Schwerthieb landen könnte. Mit einem von ihnen mochte er vielleicht noch fertig werden, aber es waren mehr als zehn, die ihn jagten.

Der Hengst zeigte langsam die ersten Anzeichen von Erschöpfung. Immer häufiger stolperte er in dem unebenen Gelände, daß er anfangs mit beinahe übernatürlicher Sicherheit passiert hatte. Andras Brauner war wirklich etwas Besonderes. Doch auch über Feen- und Elfenpferde erzählte man sich die unglaublichsten Geschichten. Ängstlich blickte Alrik zurück. Seine Verfolger hatten schon wieder um mindestens eine Pferdelänge aufgeholt.

Das unebene Gelände war kein Vorteil gegen sie, soviel war sicher, und wenn kein Wunder geschah, dann würden sie ihn bald haben.

Vor sich konnte Alrik jetzt die Ruine eines alten Wachtturms erkennen. Dort mußte der Weg beginnen, von dem Andra erzählt hatte! Noch einmal gab er dem Hengst die Sporen. Blutiger Schaum tropfte dem erschöpften Tier von den Nüstern. Alrik fluchte.

Schließlich erreichten sie einen gewundenen Pfad, der von der Ruine in weiten Kehren den Berg hinabführte. Wenn er nicht bald den Wald erreichte und dort ein geeignetes Versteck fände, wäre es um ihn geschehen. Wieder blickte Alrik zurück.

Die Reiter schienen ein kleines Stück an Boden verloren zu haben. Oder wurden sie absichtlich langsamer? Ritt er in eine Falle?

Alrik bog erneut um eine Kehre des Hohlwegs, und dann wußte er, warum die anderen sich Zeit ließen. Keine zweihundert Schritt vor ihm wartete ein Feenritter mit eingelegter Lanze. Ihm auszuweichen war unmöglich. Links von ihm erhob sich eine steile Felswand bis in den Himmel, und rechts klaffte ein Abgrund.

Der Feenritter spornte sein Pferd. Kalt glitzernd brach sich das Sonnenlicht auf der Lanzenspitze des Reiters.

Alrik winkelte den Arm an, so daß der Schild seine Brust schützte. Mit rasender Geschwindigkeit verringerte sich der Abstand zwischen ihnen. Nun waren es vielleicht noch fünfzig Schritt ... noch dreißig ...

Wenn ihn die Lanze mitten auf den Schild traf, würde er durch die Wucht des Aufpralls vom Pferd geschleudert. Womöglich stürzte er gar in den Abgrund!

Im letzten Augenblick preßte Alrik seinen Oberarm an den Brustkorb und gab dem Schild eien leichte Schräglage.

Dann traf ihn der Schlag. Eine Welle von Schmerz pulste durch seinen Arm. Die Lanzenspitze knirschte mit scharfem Kratzen über den Schild und glitt seitlich an ihm vorbei. Im Reflex schlug Alrik nach dem Ritter. Doch der Krieger fing den Schwerthieb geschickt mit seinem Schild ab. Dann hatten die beiden Reiter einander passiert.

Er würde Schwierigkeiten haben, auf dem engen Weg zu wenden, dachte Alrik. Beinahe wäre er selber über die

Klippen gestürzt, als sie aneinander vorbeigeritten waren. Höchstens eine Handbreit hatte ihn noch vom Abgrund getrennt. Ein kleiner Stoß vom Pferd des Feenritters, und es wäre vorbei mit ihm gewesen.

Wieder bog Alrik um eine Wegkehre. Vor ihm lag nun eine kleine Brücke. Einige grob zusammengezimmerte Balken, darunter lauerte der Abgrund. Sein Brauner scheute. Er redete auf das Tier ein. Nur die paar Schritt noch!

Auf der anderen Seite sprang Alrik aus dem Sattel. Zwei Holzstreben, die unter der Brücke schräg zur Felswand hin verliefen, stützten die Konstruktion auf dieser Seite ab. Der Oberst nahm ein Seil vom Sattel des Pferdes und schlang es um eine der Stützstreben. Dann befestigte er das andere Ende am Sattel.

»Komm Brauner, jetzt gilt es.« Er strich dem Pferd über den Hals. Langsam setzte sich der Hengst in Bewegung. Das Seil spannte sich; von der Brücke war ein Knirschen zu hören. Mit letzter Kraft stemmte sich der Braune ins Seil, doch immer noch hielt die Brücke stand. Auf der anderen Seite der Schlucht war das Donnern von Pferdehufen zu hören.

»Vorwärts, ich denke, du bist der Sohn eines Centauren. Zeig mir, was du kannst!« Auch Alrik zerrte nun an dem Seil, das bis zum Zerreißen gespannt war. Dann gab es einen trockenen Knall. Der Ritter stürzte nach vorne, während der Hengst den Weg hinabgaloppierte und mit dem Strebepfeiler hinter der nächsten Wegbiegung verschwand.

Ohne die Stütze hatte der Steig eine bedenkliche Schräglage bekommen. Alrik plagte sich auf, um den Schaden zu begutachten. Im selben Moment erschien auf der anderen Seite der Feenritter, mit dem er sich den Lanzengang geliefert hatte. Er zügelte sein Pferd und musterte die Brücke. Dann stieg er ab und setzte vorsichtig einen Fuß auf die Holzkonstruktion. Schon unter der leichten Belastung erzitterte der Steig. Alrik jubilierte. Damit wäre die Verfolgungsjagd erst einmal beendet.

Der Feenritter hatte sich inzwischen ein paar Schritt zurückgezogen. Er trug einen Topfhelm, von dem bunte

Bänder herabhingen, einen weißen Waffenrock, unter dem ein silbrig poliertes Kettenhemd schimmerte, sowie einen weißen Schild mit einem roten, sich aufbäumenden Einhorn als Wappen. Trotz der schweren Rüstung wirkte der Ritter feingliedrig. Alrik stutzte. Wie konnte dieser Mann ihn beinahe im Lanzengang geschlagen haben? Noch immer schmerzte ihn der Schildarm, mit dem er den Lanzenstoß abgefangen hatte.

Jetzt nahm der Feenritter seinen Helm ab. Langes, blondes Haar fiel ihm in Locken über die Schultern. Sein Gesicht war feingeschnitten und blaß.

»Nun, verlorener Gast, es scheint ganz so, als könnte ich Euch vorläufig nicht in die gastlichen Mauern des Schlosses meiner Herrin zurückbitten, doch seid gewiß, daß dies noch nicht das Ende unserer Bemühungen bedeutet. Wir alle waren überrascht, in welch unhöflicher Weise Ihr das Schloß verlassen habt.«

Während er sprach, war Leriellas Ritter wieder an den Abgrund herangekommen. Nur wenige Schritt trennten sie. Alrik grinste ihn erschöpft an: »Nun, wie es scheint, bräuchtet Ihr nun wohl Flügel, um mich noch einmal der Gastfreundschaft Eurer Herrin zuzuführen.«

»Triumphiert nicht zu früh, Oberst. Glaubt mir, mir ständen noch ganz andere Mittel zur Verfügung, Euch zu bekämpfen, doch Ihr, Ritter Alrik, seid ein Mann des Schwertes, und deshalb werde ich Euch nur mit der blanken Waffe entgegentreten, so wie es der Ehrenkodex unter Rittern erfordert. Nun schaut, daß Ihr Euer Pferd wiederfindet und in Sicherheit kommt, denn hier seid Ihr nicht annähernd so sicher, wie Ihr glaubt.«

Die Worte des Feenritters wurden durch lauter werdendes Hufgetrappel unterstrichen. Es konnte nicht mehr lange dauern, bis die Verfolgerschar die halb zerstörte Brücke erreichen würde. Alrik hob seine Hand zum Gruß. »Es war mir eine Ehre, mit Euch zu kämpfen, und ich wünschte, daß wir uns unter einem besseren Stern begegnet wären. Nennt mir Euren Namen, Ritter, damit ich weiß, mit wem ich eine Lanze breche, falls wir uns wirklich so schnell wiedersehen, wie Ihr sagt.«

»Man nennt mich Mandavar vom Walde, Ritter Alrik, doch nun eilt Euch.« Ohne ein weiteres Wort drehte der Feenritter sich um und stieg in den Sattel.

Alrik begann zu laufen, um die nächste Kehre des Weges zu erreichen, bevor die anderen Verfolger eintrafen. Vielleicht führten einige von ihnen Bögen mit sich und hatten eine weniger strenge Auffassung von Ritterschaft.

7

Viele Tage und Nächte hatte Alrik seine Gefährtin gesucht, doch vergebens. Die Jägerin war nicht zu finden. Der Ritter hatte die Klippen am Fuß des steilen Absturzes, den sie hinunterklettern wollte, durchkämmt und in den Wäldern, die den Berg umgaben, nach ihr gesucht, doch Andra blieb verschwunden.

Auch die Bewohner der Felsen und Wälder hatten die Jägerin nicht gesehen. Er war bei den scheuen Waldschraten gewesen, um nach ihr zu fragen, und auch bei Wurzelbolden, die er auf einer Lichtung angetroffen hatte. Fast wäre versehentlich er auf die kleinen Gestalten getreten, denn ihnen wuchsen Blumen und Grasbüschel aus dem Rücken, so daß man sie meist erst bemerkte, wenn man mitten unter ihnen stand. Nur durch Zufall war kein Unglück geschehen, und zunächst hatte er den Wurzelbolden nur Flüche und Beschimpfungen zu hören bekommen, wie man nur so blind über eine Lichtung stolpern könne. Erst als er ihnen ein wenig Brot aus seinem Proviantbeutel geschenkt hatte, beruhigte sich das kleine Volk, und er konnte mit ihnen reden. Doch wußten sie weder, wo Andra zu finden sei, noch kannten sie den Sohn Serleens, von dem die Jägerin erzählt hatte, und so ritt Alrik schließlich enttäuscht weiter.

Alrik verwirrte das Feenreich mit jedem Tag mehr, den er durch die lichtdurchfluteten Wälder und weiten Graslandschaften zog. Ohne die Sonne oder Sterne, die zur Orientierung dienten, war es unmöglich, eine Richtung beizubehalten. Der Ritter hatte das Gefühl, sich immer mehr zu verirren und von seinem eigentlichen Ziel zu entfernen.

Eines Nachts hatte er kleine, leuchtende Wesen mit Schmetterlings- und Libellenflügeln gesehen, die in verwirrendem Reigen um einen Felsen auf einer Lichtung tanzten. Doch obwohl sie von vielen wunderbaren Dingen wie von Schiffen, die über die Wipfel der Bäume glitten, und Reitern, die auf dem Kamm von Wellen galoppierten, zu erzählen wußten, konnten sie ihm bei seiner Suche nicht weiterhelfen.

Wenigstens hatte er in dieser Nacht Andras Hengst wiedergefunden. Noch auf dem Steilpfad in den Felsen hatte der Braune das Seil durchgebissen, an dem der Pfeiler der Brücke hing. Befreit von dieser Last, war er in die Wälder gelaufen und genauso unauffindbar wie seine Herrin gewesen. Doch dann wies eine überaus charmante Nymphe, die der Ritter an einem verborgenen Waldquell getroffen hatte, ihm den Weg zu Andras Pferd. Dabei erzählte sie kokett kichernd, wie der Hengst einen halben Tag lang vergeblich, einem Einhorn hinterhergelaufen war.

So fand er Andras Pferd auf einer Lichtung, wo es zwischen lamentierenden Wurzelbolden friedlich graste. Ohne zu scheuen, ließ es sich einfangen. Doch von Andra fand sich auch hier keine Spur.

Alrik wußte nicht mehr, wie lange er gesucht hatte, als er eines Morgens den Entschluß faßte aufzugeben. Noch einmal blickte er zu dem Berg zurück, auf dem sie sich geliebt hatten. Wolken verbargen den schneebedeckten Gipfel, dort wo Linoschs Höhle lag. Der Ritter seufzte, dann gab er dem Braunen die Sporen. Er mußte von hier fortkommen. Sollte Andra noch leben, würde sie ihn finden, gleichgültig, wohin er ging.

Und wenn sie nicht mehr lebte ... Alrik schluckte. Er

mochte sich nicht vorstellen, wie seine Geliebte mit zerschmetterten Knochen irgendwo zwischen den Felsen lag.

Wütend trieb er das Pferd zum Galopp. Er wollte den Wind auf den Wangen spüren. Plötzlich hörte er zu seiner Linken das Geräusch von brechenden Ästen. Der Oberst zügelte das Pferd und zog sein Schwert. Er legte dem Hengst die Hand auf die Nüstern und lauschte, als plötzlich eine vertraute Gestalt hinter einem Birkenstamm hervortrat.

»Andra!« Alrik wollte aus dem Sattel springen und sie umarmen, doch die Jägerin hob warnend den Arm.

»Sei leise!« zischte sie und musterte nach einem kurzen Blick auf den Ritter wieder aufmerksam das Dickicht des Waldes. Auch Andra hatte ihr Schwert gezogen.

Die Augen noch immer auf den Waldrand geheftet, kam sie zu Alrik herüber und zog sich hinter ihm in den Sattel.

»Reite jetzt langsam weiter«, wisperte sie ihm ins Ohr.

»Aber ...« Alrik begriff nicht, was das sollte. »Warum machst du so ein Aufhebens? Fürchtest du dich vielleicht vor einem Keiler?«

Statt einer Antwort schnaubte die Jägerin verächtlich und gab dem Braunen einen Klaps, so daß sich der Hengst in Bewegung setzte.

Während sie auf einem schmalen Weg tiefer in den Wald hineinritten, schaute die Jägerin immer wieder zurück. Doch es war weder etwas zu sehen noch etwas zu hören. Sie mochten vielleicht eine Viertelmeile geritten sein, als Alrik das Schweigen brach. »Wovor fürchtest du dich eigentlich?«

»Es gibt in diesem Wald auch weniger freundliche Wesen als Nymphen und Wurzelbolde. Jedenfalls war das, was eben solchen Lärm gemacht hat, kein Keiler. Ich hoffe, es folgt uns nicht.« Wieder blickte Andra den Weg zurück, den sie gekommen waren.

»Wovon redest du?« Alrik wurde allmählich ärgerlich. »Meinst du einen Riesen oder einen Drachen?«

»Nein, Riesen und die Kinder Pyrdracors haben bislang noch keinen Weg in dieses Feenreich gefunden. – Für das, was wir gehört haben, gibt es in deiner Welt keinen Namen. Die Wurzelbolde nennen es ›den Baumbrecher‹, weil dieses Wesen nichts aufhalten kann, wenn es einmal wütend ist.

Die Feen haben ihm einen anderen Namen gegeben. Sie nennen es in deine Sprache übersetzt ›der, der mit dem Wind zieht‹, weil diese Kreatur nie lange an einem Ort bleibt. Doch es scheint kein Interesse an uns zu haben.«

Alrik blieb stumm. Wohl zum tausendstenmal wünschte er sich, diese Welt endlich wieder verlassen zu können. Er würde die Geschöpfe des Feenreiches und die Gesetze, denen sie gehorchten, nie begreifen. Die schöne Leriella, die ihn erst verführte und nun so gnadenlos verfolgen ließ. Die Nymphen, die in so unkeuscher Nacktheit durch den Wald streiften und ihm des Nachts mit flüsternder Stimme eindeutige Angebote gemacht hatten.

»Wie weit ist es denn noch, bis wir diesen Ornaval finden, von dem du erzählt hast?«

»Das ist schwer zu erklären.« Andra schwieg einen Augenblick, so als würde sie nach Worten suchen. »Wir sind jetzt in einem ganz besonderen Wald. In der Welt, die du kennst, würde man ihn einen Zauberwald nennen, doch das trifft die Sache nicht richtig. Die Entfernungen sind hier völlig anders. Ich bin schon oft von unserem Zwergenfreund zu Ornaval geritten. Manchmal habe ich ihn in wenigen Stunden erreicht, doch hat mich der Ritt auch viele Tage gekostet. Es ist wirklich ...«

»Reitet dieser Ornaval von einem Ort zum anderen?« unterbrach sie der Oberst. »Müssen wir ihn erst noch suchen?«

»Nein, so ist es nicht.« Andra rang nach Worten. »Das Besondere an diesem Wald ist, daß man manchmal unterschiedlich viel Zeit braucht, um von einem Ort zum anderen zu kommen. Reitet man auf einem guten Pferd von Gareth nach Silkwiesen nicht länger als eine Stunde, so kann man in diesem Wald nie sagen, wie lange es dauern wird, bis man sein Ziel erreicht. Die Entfernung zwischen zwei Orten unterliegt einfach einer anderen Gesetzmäßigkeit.«

Andra zuckte mit den Schultern. Auch wenn Alrik sich nicht umdrehte und nichts sagte, so konnte sie doch spüren, wie sie den Ritter mit jedem Wort mehr verwirrte. »Vielleicht sollte ich doch sagen, der Wald ist verzaubert ... Ich meine, daß du niemals sicher sein kannst, wie lange du von einem Ort zum anderen brauchst, weil Zeit und Raum anderen Gesetzen unterliegen und ...«

»Schon gut, wir werden jetzt durch den Wald reiten, und irgendwann in den nächsten Stunden, Tagen oder Wochen werden wir dort sein, wo du hinwillst.« Alrik sagte nichts mehr. Er war wütend und enttäuscht. Noch am Morgen war er guten Mutes gewesen, das Feenreich bald hinter sich zu lassen.

»Das hat alles auch seine guten Seiten ...«

»Die kann ich nicht sehen«, knurrte der Oberst.

»Nun, das Problem mit den variablen Wegstrecken haben unsere Verfolger auch. Sie könne nie wissen, ob sie uns nun dicht auf den Fersen sind, weit hinter uns zurückliegen oder gar uns um Tageslängen überholt haben.«

Alrik kratzte sich am Kopf. Diese Welt war zu schwierig für ihn.

»Weißt du, auch die Zeit verläuft hier anders als im Reichsforst, wie du ihn kennst. Hier ...«

»Erklär mir lieber, was hier noch so ist, wie ich es kenne. Ich glaube, damit wirst du weniger Arbeit haben.«

»Nun sei doch nicht so bockig. Im Grunde ist diese Welt viel unkomplizierter als deine. Sie ist dir halt fremd, und du hast wohl keinerlei Bereitschaft, dich darauf einzulassen.«

Alrik sagte gar nichts mehr. Diese Debatten hingen ihm zum Hals heraus. Sehnsüchtig dachte er an die Nacht, die sie in Linoschs Waffenkammer verbracht hatten. Warum konnte Andra nicht wieder sein wie an jenem Abend? Diese Jägerin war einfach unmöglich. Zornig trieb er den Braunen an.

Als sie den Waldrand erreichten, fühlte sich der junge Oberst alles andere als erleichtert. Ein seltsamer, schwer zu beschreibender Schmerz tobte in seiner Brust, seit sie zum ersten Mal durch das lichter werdende Dickicht die Ebene gesehen hatten. Acht Tage waren sie durch den Zauberwald geritten. Zeit genug, um sich näherzukommen.

Während er dem Braunen die Zügel ließ, schweiften seine Gedanken zurück zu der Nacht, die sie in der prächtigen Ruine mitten im Wald verbracht hatten. Kleine, leuchtende Wesen mit Schmetterlingsflügeln bereiteten ihnen zwischen geborstenen Marmorsäulen ein Lager aus kostbaren Leinen- und Brokatstoffen, und freundliche Wurzelbolde hatten ihnen morgens ein köstliches Bankett gerichtet. Ein anderes Mal hatten sie gemeinsam des Mittags unter einem Wasserfall geduscht und waren mit Nymphen im kristallklaren Wasser eines Waldsees um die Wette geschwommen.

Immer wieder war aber auch das Hufgetrappel ihrer Verfolger zu hören gewesen. Doch obwohl es ganz nah klang, waren die Feenritter nicht zu sehen gewesen. Einmal hatte er sogar gehört, wie Leriella mit Mandavar sprach. Es war, als seien sie direkt neben ihnen geritten. Noch immer schauderte Alrik, wenn er daran dachte. Andra hatte ihm erklärt, dies sei der Zauber des Waldes. Man könne sich ganz nahe sein und würde einander doch nicht bemerken.

Trotzdem hatten sie ihren Braunen gezügelt und wagten kaum noch zu atmen, denn Andra war sich nicht sicher, ob die Fee nicht doch einen Weg zu ihnen finden würde, wenn sie sie erst einmal gehört hatte.

Weit vor ihnen lag nun ein prächtiges Schloß, das sich auf einem steilen Felsen mitten aus der Ebene erhob. Alrik stockte der Atem. Solch einen Palast besaß nicht einmal der Kaiser. Die schlanken, weißen Türme schienen bis in den Himmel zu ragen. Manche waren in sich gedreht, wie das Horn eines Einhorns, andere von Treppen umgeben, die sich in weiten Spiralen an den Turm schmiegten. Die Dächer waren mit schwarzen, schimmernden Steinen gedeckt und von goldenen Wetterfahnen gekrönt. Von unzähligen Erkern und Balustraden hingen Banner in allen nur erdenklichen Farben. Auf wunderbare Art schien das ganze Schloß mit dem Felsen, auf dem es errichtet war, verwachsen zu sein, ganz so, als seien die Türme wie Pilze aus dem Stein geschossen.

»Das ist das Schloß von Ornaval«, unterbrach Andra Alriks schweigendes Staunen. »Sobald wir die Brücke dort vorne überquert haben, befinden wir uns in seinem Reich. Dort kann uns Leriella nichts mehr antun.«

Argwöhnisch musterte Alrik den Flußübergang. Die Brücke, die sich in hohem Bogen über das schäumende Wasser erhob, erschien ihm unzweckmäßig. Sie war so schmal, daß kein Karren sie passieren konnte. Selbst zwei Reiter würden dort nur mit Mühe aneinander vorbeikommen. Neben der Brücke stand ein mächtiger Baum.

»Dort unten mußt du deine Probe bestehen. Du bist doch wirklich gut im Lanzengang?« Andras Stimme klang besorgt.

»Darüber haben wir nun schon oft genug gesprochen, sag mir lieber, was mich dort unten erwartet. Soll ich etwa gegen deinen Feenfürsten Ornaval antreten?« fragte Alrik scherzend.

»So ist es!«

»Wie …?« Alrik schluckte. Was mochte das wohl für ein Kampf sein, der ihm nun bevorstand? Das Gefecht mit Mandavar war ihm noch in unangenehmer Erinnerung. Damals hätte nicht viel gefehlt, und er wäre in den Abgrund gestürzt. Wie mochte dann erst ein berühmter Feenfürst kämpfen? Und ob er wohl auch so ritterlich wie Mandavar war und darauf verzichtete, seine Kräfte durch unlautere Zauber noch zu vervielfachen?

Inzwischen waren sie näher gekommen, und Alrik konnte den Baum neben der Brücke besser erkennen. Von seinen Ästen hingen unzählige Wappenschilde, gezeichnet von Lanzenstößen und Schwerthieben. Ein hölzerner Ständer mit roten Turnierlanzen lehnte an dem Stamm, und an einem der unteren Äste hing ein geschwungenes Horn.

»Du mußt in das Horn blasen, um Ornaval zu fordern.«

»Danke, darauf wäre ich nicht gekommen!« entgegnete Alrik unwirsch.

Andra schwieg, bis sie den Baum erreicht hatten.

Was wohl aus den Verlierern geworden sein mochte, dachte Alrik. Wer in voller Rüstung von der Brücke in den Fluß stürzte, war des Todes. Unsicher schaute er das Horn an, das auf Armlänge vor ihm hing. Andra war schon aus dem Sattel gesprungen. Noch immer zögerte er, doch dann faßte er sich ein Herz. Er war ein Ritter des Prinzen und in wichtiger Mission auf dem Weg zu seinem Herrn. Nichts würde ihn aufhalten! Alrik setzte das Horn an seine Lippen.

Ein langer melodischer Ton hallte über den Fluß zum Schloß auf dem Felsen hinauf. Fast augenblicklich tat sich dort ein mächtiges Portal auf.

Alrik hatte mit einem einzelnen Ritter gerechnet. Doch statt dessen passierte eine ganze Reiterkavalkade das Tor und kam den breiten Weg herunter, der sich um die Felswand abwärts schraubte. Es mochten wohl an die hundert Reiter sein. Der Oberst konnte Damen mit hohen, spitzen Hüten erkennen, so wie er sie von alten Gobelins im Schloß seines Vaters kannte. Schleier, fein wie Spinnweben verdeckten ihre Gesichter. Dazwischen waren Reiter, die unter langen, rotweißen Waffenröcken schimmernde Panzer trugen und golddurchwirkte Banner führten.

An der Spitze des Zuges ritt ein hochgewachsener Mann auf einem Schimmel. Er trug ein rotes Barett, unter dem langes, schwarzes Haar hervorquoll. Sein Wams war aus prächtigem Brokat gefertigt und schimmerte in Rot und Gold. Darunter trug er schwarze Hosen, die eng an seinen Beinen anlagen. Der Arm des Anführers ruhte in einer Schlinge, ganz so, als sei er verletzt.

»An der Spitze reitet Ornaval«, flüsterte Andra. »Er ist einer der mächtigsten Fürsten in diesem Reich. Man sagt, er stammt aus dem hohen Volk der Elfen.«

»Ach so«, kommentierte Alrik Andras Bemerkung und musterte weiter die herannahenden Reiter, aus deren Gruppe sich ein prächtig gekleideter Knabe löste, um in ihre Richtung zu reiten. Wenige Augenblicke später hatte er die Brücke erreicht, machte auf der Mitte halt und verkündete mit lauter Stimme:

»Mein Fürst Ornaval entbietet Euch seinen Gruß, Fremde. Er läßt verkünden, daß es seit jeher Sitte in seinem Reich ist, daß jeder, der diese Brücke passieren will, gegen ihn zum Duell anzutreten hat. Wer ins Horn stößt, verkündet damit seine Bereitschaft zum Kampf! Nun ist mein Herr durch eine

Verletzung im Moment nicht in der Lage, eine Lanze zu führen. Deshalb läßt er anfragen, ob Ihr willens seid, statt dessen einen Kämpen seiner Wahl zu akzeptieren, der statt seiner das Duell austragen wird.«

»Ich fürchte, wir haben keine Wahl«, flüsterte Andra. »Ich glaube allerdings, daß dies eine günstige Fügung des Schicksals ist, denn Ornaval gilt als bester Ritter unter den Feen und Elfen in diesem Reich.«

»Ich hoffe, du behältst recht«, murmelte Alrik und erwiderte an den Boten gewandt: »Berichte deinem Herrn, daß wir seinen Vorschlag annehmen. Ich bitte allerdings, daß mir ein Teil der Ausrüstung, die zum Lanzenstechen erforderlich ist, von deinem Fürsten gestellt wird, denn wie du selbst sehen kannst, führe ich weder Helm noch Lanze mit mir.«

»Was die Lanzen angeht, so bedient Euch bei denen, die einst Euren gescheiterten Vorgängern gehörten. Alles weitere wird mein Herr entscheiden.« Der Bote wendete sein Pferd und galoppierte zu der Reiterkavalkade zurück, die mittlerweile den Fuß des Felsens erreicht hatte.

Dort wurde eine Weile beratschlagt, und schließlich kamen mehrere Feenritter zu den beiden. Einer von ihnen reichte Alrik seinen Helm, während sich ein anderer noch einmal vergewisserte, daß er mit den Bedingungen zum Duell wirklich einverstanden sei. Als Alrik bejahte, winkte der Ritter, dessen Helm er nun trug, zu den anderen Reitern herüber, die darauf langsam bis ans gegenüberliegende Flußufer herankamen.

Ein großer Ritter, der bislang hinter den Bannerträgern verborgen gewesen war, löste sich von der Gruppe und näherte sich der Brücke.

»Darf ich vorstellen, Cromag, Streiter im Dienste Ornavals!« rief einer der Ritter, die den jungen Oberst umgaben. »Reitet auf die Brücke und entblößt Euer Haupt, denn bei uns ist es Sitte, daß sich die Kombatanten vor dem Duell Aug in Auge gegenüberstehen.«

Alrik lenkte sein Pferd zu dem Übergang und löste gleichzeitig mit der linken den ledernen Riemen seines Topfhelms.

Dann betrachtete er sein Gegenüber. Der großgewachsene Ritter stellte sich außerordentlich ungeschickt an. Einen Moment lang schien es fast, als wollte es ihm nicht gelingen, den Riemen zu lösen.

Ein gutes Zeichen, dachte Alrik. Wer so ungeschickt ist, wird wohl kaum ein gefährlicher Gegner sein. Argwöhnisch musterte er den Reiter. Er war in eine schwarze Rüstung gehüllt und trug einen ungewöhnlich großen Helm, der die grimmige Grimasse eines Dämons zeigte.

Die Größe dieses Gegners jagte Alrik Schauer über den Rücken. Schon das Pferd des Mannes übertraf seinen Braunen um fast eine Elle in der Schulterhöhe. Auf seinem schwarzen Fell lag ein seltsam metallischer Glanz, und die Augen des Ungeheuers sprühten vor Boshaftigkeit, als sei es von Dämonen besessen. Doch der Reiter war noch gewaltiger. Alrik schätzte ihn auf fast zwei und einen halben Schritt. So groß wie ein Oger, ging es ihm durch den Kopf. Er dachte an die mächtigen Streitoger, die er schon oft in den Reihen der Orks gesehen hatte. Sie waren zwar plump und langsam, doch meistens reichte es, wenn sie mit ihren Keulen nur ein einziges Mal trafen. Diesen Hieben hielt keine Rüstung stand.

Endlich hob der Mann den Helm, und Alrik erstarrte. Statt eines Menschenkopfes hatte diese unheimliche Kreatur das Haupt eines Ebers.

Der Oberst brachte sein Pferd zum Stehen und versuchte das nervöse Tier zu beruhigen, indem er ihm sanft über den Hals strich. Der Reiter kam näher und senkte dabei seine Lanze.

Alrik schob seinen Schild vor die Brust und musterte verwundert seinen Gegner. Was sollte das? Nach den Regeln hatte ihr Kampf doch noch nicht begonnen.

Krachend stieß das Ungeheuer seine Lanzenspitze gegen den Schild des Ritters. Dann stieß er einen markerschütternden Schrei aus und ließ sein Pferd auf die Hinterbeine steigen.

»Cromag fordert Euch zum Kampf auf Leben und Tod«, erklang hinter ihm die Stimme eines Feenritters.

»Das darfst du nicht annehmen!« schrie Andra verzweifelt. »Wir werden einen anderen Weg finden. Meide den Kampf!«

Herausfordernd blickte der eberköpfige Ritter Alrik an. Einen Augenblick zögerte der Ritter. Würden sie einen anderen Weg suchen, mochte sie das erneut Tage und Wochen kosten. Dafür war es zu spät! Seine Freunde in Greifenfurt brauchten schnell Hilfe. Außerdem würden sie wahrscheinlich Leriella in die Arme reiten, falls sie umkehrten.

Alrik richtete sich auf seinem Braunen auf. »Ich nehme die Herausforderung an. Möge der Bessere gewinnen!«

»Ritter, Ihr habt wirklich Mut«, begrüßte ihn einer der Feenritter, als Alrik die Brücke verließ, um sich seine Lanze zu holen.

»Wenn es Eure Götter wirklich gibt, dann betet nun zu ihnen«, höhnte ein anderer.

Der Oberst setzte seinen Helm auf und wog prüfend die schwere Lanze in seiner Hand. Es war eine gut gearbeitete Waffe aus festem Holz.

Andra stand neben ihm. »Ich wünsche dir Glück, mein verrückter Narr.« Sie schluckte, und ihr Lächeln wirkte wie das tote Lachen einer Theatermaske. »Nimm dies«, sagte sie und reichte ihm ein kleines, bunt besticktes Tuch hinauf. »Ich weiß, daß es bei höfischen Turnieren üblich ist, daß der Kämpfer ein Pfand seiner Liebsten mit in den Kampf nimmt. Möge es dir Glück bringen.«

Alrik nahm das Tüchlein und band es sich um den rechten Arm.

Sein Gegner stand am gegenüberliegenden Ende der Brücke. Der Oberst klemmte die Lanze fest unter seine rechte Achsel.

»Für Brin und das Kaiserreich!« rief er lauthals und gab dem Braunen die Sporen. Im gleichen Augenblick preschte auch sein Gegner los.

Der Eberköpfige zielte mit der Lanzenspitze auf sein Herz. Alrik zog Linoschs Schild vor die Brust. »Schütze mich«, flüsterte er mit rauher Stimme, während er den polierten Stahl der Lanzenspitze pfeilschnell auf sich zuschießen sah. Er selbst versuchte, nach dem Kopf des Gegners zu zielen, in der Hoffnung, daß der Aufprall Cromag vielleicht aus dem Sattel werfen würde.

Dann krachte die Lanze des Gegners auf seinen Schild, und obwohl die Waffe zur Seite glitt, preßte ihm der gewaltige Aufprall die Luft aus den Lungen. Seinen Schildarm durchlief eine Welle von Schmerz. Gleichzeitig traf seine Lanze den Helm des Monsters. Die stählerne Spitze schlug eine Spur leuchtender Funken und glitt zur Seite.

Das Ungeheuer hat nicht einmal im Sattel geschwankt, dachte Alrik, während sie einander passierten.

Am Ende der Brücke angelangt, wendete der Oberst sein Pferd. Cromag stand schon bereit und erwartete seinen zweiten Ansturm.

Alrik spürte den metallischen Geschmack von Blut im Mund. Er hatte sich beim Aufschlag der Lanze die Unterlippe durchgebissen.

Viele solcher Runden würde er nicht durchstehen. Sein linker Arm war mittlerweile schon taub vor Schmerzen.

Nun, er würde es in Ehren hinter sich bringen. Sein Leben lang hatte er Praios und Rondra gedient, hatte sich bemüht, ein Vorbild in Gerechtigkeit und Mut zu sein, und so würde er jetzt auch sterben! Alrik gab dem Braunen die Sporen.

Wieder preschten die ungleichen Gegner aufeinander zu. Das Monster grunzte vor Freude, wie es Alrik schien, und richtete seine Lanze wieder auf sein Herz. Der Ritter tat es ihm gleich.

Ihr Aufprall war entsetzlich. Für einen Moment kämpfte Alrik mit der Ohnmacht.

Die Luft war erfüllt von den sirrenden Splittern seiner Lanze. Er hatte den Ebermann auf der Brust getroffen, doch statt ihn aus dem Sattel zu heben, hatte sich Alriks Lanze gebogen und war schließlich zerbrochen. Mühsam rang der Ritter nach Atem. Dieses Monstrum hatte selbst bei diesem Treffer nicht im Sattel gewankt!

»Gebt mir eine neue Lanze!« rief er den Feenrittern zu, als er erneut das Ende der Brücke erreichte, an dem auch Andra stand. Schweigend reichte man ihm die Waffe.

Die Lanze schien Alrik schwerer. Vielleicht erlahmten aber auch seine Kräfte? Der Oberst wendete den Braunen. O ihr Götter, laßt ihn mich wenigstens im Sattel wanken sehen, dachte der junge Ritter verzweifelt.

Dann gab er dem Pferd die Sporen. Er hatte den Eindruck, als würden Cromags Kräfte mit jedem Angriff wachsen. Dann traf ihn wieder die Lanze. Bunte Blitze zuckten vor seinen Augen, und er schrie unter der Wucht des Aufpralls laut auf und glitt nach hinten. Verzweifelt versuchte er seine Schenkel um den Hengst zu schließen, doch die Wucht des Aufpralls riß ihn aus dem Sattel. Selbst sein Pferd strauchelte.

Alrik versuchte, sich zur Seite zu rollen, um nicht unter dem stürzenden Hengst begraben zu werden. Mit dem Rükken schlug er gegen die niedrige Mauer, die die Brücke begrenzte. »O Rondra«, stöhnte er, dann schwanden ihm die Sinne.

Laute Stimmen bohrten sich schmerzend in das Bewußtsein des Ritters. Nun konnte er verstehen, was sie riefen. »Cromag! Cromag!« Die Feen feierten den Sieg ihres Streiters. Langsam erinnerte sich Alrik. Sein Sattelgurt war gerissen, und er war vom Pferd gestürzt. Mühsam plagte er sich auf. Jeder Atemzug schmerzte. Wahrscheinlich hatte er sich beim Aufprall auf das steinerne Brückengeländer einige Rippen gebrochen.

Als er sich stöhnend wieder aufrichtete, verstummten die Jubelrufe des Feenhofvolkes.

Cromag wendete sein Pferd und fauchte wie eine Raubkatze. Dann gab er seinem schnaubenden Reittier die Sporen und preschte auf Alrik zu.

Der Oberst griff nach der Lanze, die neben ihm am Boden lag. Er hatte den Ebermann bei ihrem letzten Aufeinandertreffen nicht einmal gestreift; die Waffe war noch intakt.

Der junge Ritter stützte das Ende der Lanze auf dem Boden ab und stellte seinen Fuß dahinter, während er mit der Spitze nach der Kehle seines Gegners zielte. So hatte er es schon oft bei den Pikenieren der kaiserlichen Armee gesehen, wenn sie sich heldenhaft einer gegnerischen Kavallerieattacke stellten.

Unter dem Fuß verborgen stützte ein vorspringender Stein des Brückenpflasters den Lanzenschaft. Vielleicht mochte die Lanze so zerbrechen, doch verrutschen würde sie nicht, und dieses Monster mochte gleich denken, daß es die Faust eines Gottes getroffen hat, dachte Alrik grimmig lächelnd. Dann war Cromag heran.

Geschickt tauchte der Oberst unter der Lanzenspitze seines Gegners hinweg, während seine Waffe den oberen Rand von Cromags Schild traf. Krachend bog sich der Schaft der Waffe, und Alrik glaubte die Brücke unter seinen Füßen erbeben zu spüren.

Doch diesmal brach die Lanze nicht, sondern durchschlug den Schild des Ebermanns und fuhr ihm durch die Rüstung in die Schulter. Rasend vor Schmerz schrie das Ungeheuer auf, ließ seine Waffe fallen und umklammerte mit der Rechten den blutbesudelten Lanzenschaft.

Wütend bäumte sich das schwarze Pferd auf und drohte Alrik, mit seinen Hufen zu erschlagen. Der junge Ritter wich einige Schritt zurück und zog sein Schwert.

Inzwischen hatte sich Cromag schnaufend die Lanzenspitze aus der Schulter gerissen und in hohem Bogen über das Brückengeländer in den Fluß geschleudert. Dann griff er nach einem Rabenschnabel, der von seinem Sattel baumelte, einer langstieligen Waffe, die entfernt einem Hammer ähnelte und ein stumpfes Ende sowie einen scharfen, gebogenen Dorn besaß.

Einen lauten Kampfschrei auf den Lippen, drang das Monstrum auf Alrik ein. Wie ein Blitz zuckte die tödliche Waffe auf den Ritter herab, der seinen Schild schützend in die Höhe riß. Krachend schlug die gebogene Spitze ein Loch in den Runenschild.

Und wieder holte Cromag aus. Alrik mußte rückwärts

ausweichen, um nicht unter die Hufe des Pferdes zu geraten, als ihn der zweite Hieb traf. Diesmal verfehlte die gebogene Spitze nur knapp seinen Arm, als sie erneut den Schild durchschlug. Gleichzeitig traf ihn ein Tritt des Pferdes in den ungedeckten Bauch. Alrik kippte zur Seite, während Cromag seinen Hengst wendete und steigen ließ.

Alrik duckte sich hinter den Zwergenschild und wartete auf den Angriff, als eine laute Stimme über den Kampfplatz hallte. »So nicht, Cromag! Du sollst ihn nach den Regeln des ritterlichen Zweikampfs besiegen. Steig vom Pferd!«

Funkenstiebend stießen die Hufe des Rappen dicht neben Alrik auf das steinerne Pflaster der Brücke. Dann lenkte der Ebermann sein Reittier auf den Feenhofstaat zu. Grunzend rief er den Rittern Ornavals etwas zu und schleuderte seinen Schild beiseite.

Der Oberst blickte zu Andra. Der braune Hengst war zu ihr zurückgekehrt. Das mächtige Tier stand neben der Jägerin, die ihm zuwinkte. Alrik strich sich über den rechten Arm, wo er ihr Liebespfand trug. Er wollte weiterleben, wollte mit ihr noch unzählige Nächte verbringen und nicht jetzt schon in Borons dunkle Hallen eingehen.

Hinter dem Ritter erklangen Schritte. Cromag war auf die Brücke zurückgekehrt. Den Rabenschnabel, der eine Reiterwaffe war, hatte er gegen eine Ochsenherde eingetauscht. Eine Kettenwaffe mit kurzem hölzernen Stiel und drei schweren, dornengespickten Eisenkugeln.

Mit müdem Arm hob Alrik seinen Schild. Er mußte an die Worte denken, die sein Vater ihm so oft während ihrer gemeinsamen Waffenübungen gesagt hatte.

Im Kampf sind nicht allein Geschicklichkeit und Kraft entscheidend, den Sieg bringt dir dein Gottvertrauen.

»Für Praios! Den Tod allen Gottlosen!« schrie der Ritter und stürmte mit erhobenem Schwert auf Cromag zu. Doch das Monster wich mit einer Behendigkeit aus, die Alrik dem Untier gar nicht zugetraut hatte.

Gleichzeitig holte Cromag zum Schlag aus. Alrik riß den Schild hoch, doch die Kettenkugeln schlugen über den Rand und trafen ihn hart am Arm. Stöhnend vor Schmerz wich er zurück.

Das eberköpfige Monstrum folgte ihm auf dem Fuß. Mit bösartigem Grunzen ließ Cromag die Ochsenherde über seinem Kopf kreisen, um erneut zuzuschlagen.

Die Schmerzen im Schildarm waren so stark, daß Alrik kaum noch klar denken konnte. Am liebsten würde er einfach fortlaufen, doch Cromag würde ihm folgen und von hinten erschlagen. Wenn schon sterben, dann wie es sich für einen Ritter geziemte. Wieder wich der junge Oberst um einige Schritte zurück. Er mußte zum Angriff übergehen, doch er fand keine Lücke in der Deckung des Ungetüms. Oder sollte er sich einfach hinter den Schild geduckt, mit dem ganzen Gewicht seines Körpers gegen Cromag werfen. Falls das Untier stürzte, konnte er sein Schwert vielleicht durch einen Spalt im Plattenpanzer des Ungeheuers rammen.

Erneut krachte die Ochsenherde gegen Alriks Schild. Splitternd zerbrach der obere Rand, und ein Stück des eisernen Reifens, der den Holzschild einfaßte, wurde fortgerissen.

Alrik taumelte zurück und prallte gegen das steinerne Geländer der Brücke. Cromag ließ die schreckliche Waffe über seinem Kopf kreisen und setzte ihm nach.

Mit einem Schrei stürmte der Ritter auf das Monstrum zu, doch als hätte es geahnt, was er vorhatte, schlug es in tiefem Bogen nach Alriks Beinen.

Der Ritter wurde beiseite geschleudert. Benommen lag er an das Brückenländer gelehnt. Seine Beine waren völlig gefühllos. Alrik versuchte sich aufzurichten. Vergebens!

Wieder ließ das Ungeheuer die Ochsenherde auf ihn herabsausen. Noch einmal konnte er den Schlag abfangen, aber erneut war ein Stück aus dem Schild herausgebrochen. Es war nur noch eine Frage der Zeit, bis von Linoschs Holzschild nichts mehr übrig sein würde.

Wieder traf ihn ein Schlag. Eine der Kettenkugeln schlug um den Schildrand und traf ihn am Arm. Doch Alrik spürte keine Schmerzen mehr.

Dies war also das Ende. Rondra schütze mich, dachte der Ritter. Laß mich nicht in die finsteren Hallen Borons eingehen. Gewähre mir einen Platz in deinem Haus des Lichtes!

Zischend fuhr die Ochsenherde herab, um auch den letzten Funken Leben aus ihm herauszuprügeln.

Bald ist es vorbei! Alrik war am Rande der Ohnmacht. Irgendwo in weiter Ferne hörte er eine gellende Stimme, die um Gnade für ihn bat. Über sich gewahrte er einen mächtigen Schatten. Cromag holte erneut aus.

Alrik hatte nicht einmal mehr die Kraft, den Arm zu heben.

Dann sah er ein gleißendes Licht. Die Pforten des Paradieses öffneten sich für ihn. Rondra hatte ihn erhört! Eine breite Straße aus Licht führte direkt ins Himmelsgewölbe.

Alrik fiel das Schwert aus der Hand. Er hatte das Gefühl, sanft aufgehoben zu werden und schwerelos dahinzugleiten. Nur ein gräßlicher Gestank trübte das Frohlocken über diesen letzten Augenblick seines Lebens. Dann schwanden ihm die Sinne.

8

Kolon war wütend. Den Beinamen Tunneltreiber, den er sich schon in der Zeit verdient hatte, als er noch bei seinem Volk lebte, erschien ihm nun wie ein Hohn. Er selber war leichtfertig genug gewesen, Sharraz Garthai den Vorschlag zu machen, Tunnel unter die Stadt zu bauen. Nun hatte er den Ärger!

Wohl an die hundert menschliche Sklaven und vielleicht ein Dutzend Aufseher unterstanden seinem Kommando.

Es regnete in Strömen. Nichts Ungewöhnliches im Monat Travia. Doch durch das Wasser war die Erde zu einem braunen Schlamm aufgewühlt, und es schien fast unmöglich zu graben. Ständig lief Wasser in die drei Gruben, die er hatte ausheben lassen.

Tunnel sollte man in Felsen treiben, dachte er. Aber er würde seinen Befehl schon ausführen. Die Hälfte seiner Leute hatte er eingeteilt, um hölzerne Verschalungen für die Tunnelschächte zu fertigen; bislang war es auch noch zu keinem größeren Unfall gekommen. Geradezu ein Wunder bei diesen Bedingungen.

Kolon wischte sich Wasser und Schlamm von der Stirn und watete zum nächsten Erdloch. Er ließ die Arbeiten zu den Tunneln hinter den Hügeln ausführen, die sie vor einigen Wochen aufgeschüttet hatten, um in ihrem Schutz Belagerungstürme zu bauen. Von der Stadt aus war es so unmöglich einzusehen, was sie taten. Genüßlich malte sich Kolon aus, wie sie mitten auf dem Platz der Sonne durch das Erdreich stoßen würden und die Krieger der Orks in die Stadt stürmten, um die überraschten Menschen abzuschlachten.

Dann erklomm er mühsam einen der Erdhügel, um zur Stadt hinüberzublicken. Die Bresche, die Gamba in die Ostmauer geschlagen hatte, war notdürftig mit Steinen und Balken verbarrikadiert worden. Dennoch würde dies ein Schwachpunkt in der Verteidigungslinie der Stadt bleiben. Hätten sie nur genügend Krieger, dann wäre es ein leichtes, dort einzudringen. Kolon wollte die Aufmerksamkeit der Greifenfurter von der Ostmauer ablenken. Er mußte sie an anderer Stelle beschäftigen. Sie sollten nicht einmal ahnen, welche neue Gefahr ihnen hinter den Hügeln erwuchs.

Sharraz Garthai brauchte einen schnellen Sieg, doch das war unmöglich. Nicht einmal, wenn er die Stadt langsam zusammenschoß, würde innerhalb der nächsten zwei oder drei Wochen eine Entscheidung fallen. Sie hatten einfach zu wenige Krieger.

Aber für einen Belagerungsexperten sollte das kein Problem sein! Kolon hatte sich schon lange einen Plan zurechtgelegt. Alle Drasdech, so wurden die Handwerker in den Stämmen der Orks genannt, waren damit beschäftigt, Geschütze zu fertigen. Er ließ sie außerhalb der Reichweite der Katapulte der Stadt bauen, so daß die Greifenfurter zwar gut sehen konnten, welche Bedrohung ihnen erwuchs, aber keine Möglichkeit hatten, etwas dagegen zu unternehmen.

Sobald genügend schwere Rotzen gefertigt waren, würde er sie alle an einer Stelle zusammenziehen lassen, und von diesem Tag an würden die Bürger keine Zeit mehr finden, darüber nachzudenken, was hinter den Erdhügeln vor sich gehen mochte.

Der Zwerg lächelte grimmig und blickte durch die Regenschleier zur Stadt. Greifenfurt und sein Name würden in der Geschichtsschreibung Deres auf immer miteinander verbunden sein. Es wäre allein sein Verdienst, wenn es den Orks schließlich gelang, diese schwer befestigte Grenzstadt zu erobern.

Marcian hatte alle Offiziere der Stadt im großen Saal des Palas um sich versammelt. Cindira saß an seiner Seite. Zunächst hatte es deshalb Schwierigkeiten mit den Kriegern gegeben, weil sie nicht akzeptieren mochten, daß ein Freudenmädchen bei ihren Versammlungen zugegen war. Aber noch reichte die Autorität des Inquisitors, um seinen Willen durchzusetzen. Ihm war Cindiras Anwesenheit wichtig. Mit ihr besprach er im nachhinein alle Debatten, und nie traf er eine Entscheidung, ohne vorher ihre Meinung gehört zu haben. Sie repräsentierte für ihn die Stimme der Bürger, denn Cindira sah seine Entscheidung nicht aus dem Blickwinkel militärischer Notwendigkeiten, sondern so, wie sie die Greifenfurter empfanden.

Cindira hatte ihn vor zwei Tagen darauf aufmerksam gemacht, wie wenig Katzen und Hunde es noch in der Stadt gab. Eine Tatsache, der er keinerlei Bedeutung geschenkt hatte. Doch darin spiegelte sich mehr als in vielen Worten, wie es um die Greifenfurter stand. Sie hatten begonnen, ihre Haustiere zu fressen! Es gab zwar noch genügend getrocknetes Gemüse und Mehl, um die Bürger für einige Wochen zu ernähren, doch frisches Fleisch war schon lange nicht mehr zu bekommen.

Cindira hatte ihm erzählt, daß es Banden gab, die auf streundende Katzen und Hunde Jagd machten und mittlerweile nicht einmal mehr davor zurückschreckten, die Tiere nachts aus ihren Zwingern zu holen.

Marcian hatte verstärkt Wachen durch die Straßen patrouillieren lassen, doch angeblich waren es gerade Soldaten, die diese nächtlichen Raubzüge unternahmen. Ein besonders schlechtes Licht fiel dabei auf die Leute Lysandras. Die Kämpfer der Amazone standen in dem Ruf, Halsabschneider und Wegelagerer zu sein.

Cindira hatte Marcian davon überzeugt, daß es notwendig war, die Spannungen abzubauen, die zwischen Soldaten und Bürgern entstanden waren. Man sollte noch einmal ein gemeinsames Fest feiern, so wie damals, als sie die Orks aus der Stadt geworfen hatten. Ein Fest, bei dem noch einmal die glorreichen Taten der vergangenen Monate beschworen wurden, bei dem die Garnison der Stadt ein Opfer brachte. Es sollte reichlich Fleisch geben! Und in den Mauern der Festung gab es noch genügend frisches, lebendiges Fleisch.

Marcian erhob sich von seinem Sitz im Rittersaal. Augenblicklich erstarben die leisen Gespräche, die die Offiziere unter sich geführt hatten.

»Marbon, wieviel Pferdefutter haben wir noch in der Garnison?«

Der Oberfouragier blickte Marcian überrascht an. Er war während der Offiziersversammlungen fast noch nie zu Wort gekommen, und die Frage nach den Pferdefutterbeständen kam ihm mehr als seltsam vor. »Was wir an Heu und Hafer haben, mag bei dem derzeitigen Bestand an Reittieren wohl noch einen Monat reichen, Kommandant.«

Marcian musterte den kleinen Mann. In den letzten Wochen war er wie alle im Saal immer dünner geworden. Sein einst stattlicher Bauch war fast völlig verschwunden, und seine nun viel zu weiten Kleider hingen lose um seinen ausgemergelten Körper. Ein gutes Zeichen, überlegte Marcian. Das war der beste Beleg, daß er sich keine Sonderrationen abzweigte, obwohl ihm das in seinem Amt leichtgefallen wäre.

»Gut, Marbon. Das heißt also, daß wir damit rechnen müssen, in sechs Wochen gar keine Pferde mehr zu haben.«

Unruhe machte sich unter den Offizieren breit. Vielleicht ahnten die ersten schon, worauf er hinauswollte.

»Stallmeister Ordbert, wie viele Pferde haben wir noch in der Stadt?«

Der Kürassier mit den gezwirbelten, in groteskem Winkel hochstehenden Schnauzbartspitzen nahm Haltung an und antwortete militärisch knapp: »Wir haben wohl an die hundertfünfzig Pferde. Zwanzig davon sind arge Schindmähren, die zu kaum was nutzen. Dreißig Tralloper Riesen, gute Arbeitstiere, die allerdings viel Futter brauchen, und um die hundert gute Kavalleriepferde, die meisten davon aus kaiserlicher Zucht.«

»Gut, Stallmeister. Und wie viele Kürassiere haben wir noch, wenn man die Verwundeten mitrechnet?«

»Mit mir 73, Kommandant!«

Marcian stieg die Stufen vom Thronsessel des Markgrafen herab und stellte sich vor die Offiziere. Die langen Tische, die früher im Saal standen, hatte er entfernen lassen. Die Offiziersversammlungen wurden schon eine Weile nicht mehr mit einem gemeinsamen Essen abgeschlossen. Bei der schlechten Versorgungslage wäre dies nur eine unnötige Provokation der Bürger gewesen, die ohnehin schon unterstellten, daß die Soldaten besser versorgt würden.

»Nun meine Herren, daß wir nicht mehr in der Lage sind, einen Ausfall gegen die Orks durchzuführen, haben wir ja bereits des öfteren diskutiert. Es stellt sich also die Frage, wozu wir noch Pferde brauchen.«

Das Raunen unter den Offizieren wurde lauter. Der Zwergenhauptmann Himgi meldete sich zu Wort. »Auf die Lastpferde können wir auf keinen Fall verzichten. Die brauche ich dringend, um mit meinen Sappeuren arbeiten zu können. Wir haben jede Menge schweres Material. Ohne Pferde und Wagen sind wir nur noch die Hälfte wert.«

»Ihr sprecht wahr«, Marcian hatte sich dem Zwerg zugewandt, dessen Offenheit und einfache Art er sehr schätzte. »Und doch habt Ihr gerade von unserem Fouragiermeister gehört, daß in längstens sechs Wochen alle Pferde tot sein werden, weil wir kein Futter mehr haben. – Sagt Marbon, wieviel Salz gibt es eigentlich in der Stadt?«

Der kleine Mann trat unruhig von einem Fuß auf den anderen. »Wenn es allein darum ginge, könnten uns die Orks noch jahrelang belagern. Salz ist reichlich vorhanden.«

»Gut!« Marcian verschränkte die Arme und behielt die Kavallerieoffiziere im Auge, die besonders unruhig waren. »Ich habe beschlossen, daß morgen die Hälfte aller Pferde in der Stadt geschlachtet werden sollen, um übermorgen, am letzten Tag des Monats Travia mit den Bürgern der Stadt ein großes Fest zu feiern. Wir wollen der Göttin des Herdfeuers huldigen, denn wir werden ihre Gunst brauchen, wenn unsere Herdfeuer in diesem Winter nicht verlöschen sollen und wir nicht mitansehen wollen, wie zunächst Kinder und Alte sterben, bis der Hunger schließlich auch den stärksten Krieger dahinrafft, ohne daß die Orks auch nur einen Schwertstreich zu führen brauchen.«

»Das ist Gotteslästerung!« Rialla, die Bannerträgerin der Kürassiere und Regimentskommandantin in Abwesenheit des Oberst von Blautann, war aus der Gruppe von Reiteroffizieren vorgetreten. »Travia will keine Blutopfer. Wir würden den Zorn der Göttin herausfordern, wenn wir die Tiere schlachten.«

Zustimmendes Gemurmel erfüllte den Saal. »Nicht ich, sondern Ihr lästert die Göttin, wenn Ihr im Namen Travias für Eure ureigensten Interessen sprecht. Vor jedem Fest wird geschlachtet, und ist es nicht das Herdfeuer, auf dem alles Fleisch zubereitet wird? Eure Rede Rialla ist ebenso durchsichtig wie ketzerisch.«

»Wer seid Ihr, daß Ihr mir den Vorwurf der Ketzerei machen könntet?« Die Bannerträgerin blickte ihn herausfordernd an.

»Niemals wird ein kaiserlicher Reiter sein Pferd schlachten«, mischte sich der Stallmeister Ordbert ein.

»Ich würde auch nicht von Euch verlangen, Eure Pferde selber zu schlachten, es gibt genügend Metzger in der Stadt, die diese Aufgabe besser erfüllen«, entgegnete Marcian barsch. »Haltet Ihr es denn für gnädiger, Euren Pferden in einigen Wochen beim Verhungern zuzusehen? Ich will, daß uns unsere Arbeitspferde so lange wie möglich erhalten bleiben. Sie sind für uns wesentlich nützlicher als Reittiere, die nur im Stall stehen. Lieber opfere ich jetzt einen Teil der Pferde, als daß ich bald gar keine mehr habe. Außerdem ist es wichtig, der Stadt ein Fest zu bereiten und die Bürger wenigstens für einige Stunden ihre mißliche Lage vergessen zu lassen. Wenn wir ihnen zeigen, daß wir bereit sind, nicht nur unsere Leben einzusetzen, sondern für sie das geben, was wir lieben, dann werden sie in Zukunft nur um so besser mit uns für diese Stadt streiten. Damit aber jeder von Euch sieht, daß ich von niemandem verlange, was ich selbst nicht zu tun bereit wäre, werde ich morgen früh als erstes mein eigenes Pferd töten.«

»Das ist doch Wahnsinn! Niemals werde ich mein Pferd töten!« Riallas Hand fuhr nach ihrem Schwert. Die große blonde Kriegerin schritt auf Marcian zu. »Niemand von Stand würde sein Pferd töten, um es an Bauern und Bürger zu verfüttern. Nicht wir sind es, die diesem Pack dienen. Sie dienen uns. Ergreift diesen Verräter, der die Grundregeln der Herrschaft des Adels umstoßen will. Marcian ist ein Hochverräter!«

Der Inquisitor zog sein Schwert, bereit jeden Angriff der Bannerträgerin abzuwehren.

»Ich finde, Marcian hat recht«, mischte sich Himgi ein. »Aus ihm spricht die Vernunft. Wir sind in einer Lage, in der man bereit sein muß, auch ungewöhnliche Wege zu gehen, um zu überleben.«

»Wer hat dich gefragt?« Rialla spie dem Hauptmann der Sappeure verächtlich vor die Füße. »Was weiß ein Zwerg schon von Adel. Wer so nahe an der Erde lebt, der denkt wohl auch wie ein Wurm!«

Rialla zog ihr Schwert. Keiner unter den Offizieren rührte sich. Wie gebannt starrten alle auf den gleißenden Stahl.

»Bannerträgerin Rialla, hiermit erkläre ich Euch im Namen des Prinzen für verhaftet.« Marcians Stimme klang kalt und ruhig. »Ich klage Euch des Aufruhrs und der Befehlsverweigerung an.«

Himgi hielt mittlerweile seine Axt in der Hand und hatte sich an Marcians Seite gestellt. »Laßt mich diese Wahnsinnige zur Räson bringen. Noch nie wurde ein Zwerg aus meiner Sippe ungestraft beleidigt.«

Rialla war ein wenig zurückgetreten. Unsicher blickte sie sich nach den anderen Offizieren um. »Erkennt ihr denn nicht, daß Marcian an den Grundfesten der Adelsgesellschaft rüttelt? Sollen wir den Bauern vielleicht als nächstes auch noch unser Land schenken, nachdem sie unsere Pferde verspeist haben? Einem solchen Kommandanten kann kein aufrechter Offizier der Armee folgen. Laßt ihn uns entwaffnen.«

Im Saal herrschte atemloses Schweigen. Dann stellten sich der Stallmeister Ordbert und zwei weitere adlige Offiziere an Riallas Seite.

»Los, trefft Eure Wahl!« Marcian blickte in die Runde. »Jeder muß sich jetzt entscheiden. Aber bedenkt, ich stehe hier im Auftrag der Inquisition. Wer gegen mich steht, der wird von Priesterschaft und Reichsgericht in Acht und Bann gestellt werden.«

Die Amazone Lysandra zog ihr Schwert und stellte sich an Marcians Seite. Der Kommandant nickte ihr knapp zu.

»Wenn es keinen Kläger mehr gibt, wird uns auch niemand mehr richten! Ergreift ihn, wir werden den Verräter vor ein Adelsgericht stellen und noch hier in der Stadt verurteilen.« Riallas Stimme klang schrill.

Doch ihr Schreien kam zu spät. Wie in stummer Übereinkunft zogen die anderen ihre Schwerter, und die vier Rebellen fanden sich umringt von einem Kreis aus Stahl.

»Tut ihnen nichts zuleide!« rief Marcian. »Bringt sie ins Verlies. Sie sollen einen Prozeß haben, wie er ihrem Stand entspricht.«

Zufrieden beobachtete er, wie die Männer und Frauen wieder seinen Befehlen gehorchten. Rialla und die Adeligen wurden abgeführt.

Während der Rebellion war Cindira wie gelähmt neben dem Thron sitzen geblieben. Erst als alles entschieden war, stellte sie sich an Marcians Seite und griff nach seinem Arm.

Dann lehnte sie sich zärtlich an ihn und flüsterte: »Verurteile die Rebellen nicht. Niemand hier würde dulden, daß du über Adelige zu Gericht sitzt. Das ist nicht deine Aufgabe.«

»Aber ...« Marcian verstummte. Cindira hatte recht, aber er konnte es sich nicht leisten, diese Rebellion hinzunehmen, ohne die Aufrührer zu bestrafen.

Der Inquisitor wandte sich zu den Männern und Frauen im Rittersaal um. »Ich danke Euch für Eure Loyalität. Ihr habt gehandelt, wie die Ehre es gebietet. Nur wenn wir stark sind, werden wir die nächsten Wochen überleben. – Morgen werde ich einen Hufschmied und einen Pferdehändler aus der Stadt bestellen. Sie sollen die besten Tiere aussuchen. Alle anderen werden geschlachtet.«

Es war still im großen Saal des Palas. Viele der dort Versammelten besaßen selbst ein Pferd, und keiner konnte sich vorstellen, es zu verspeisen. Als die Offiziere schließlich den Saal verließen, schlich manch einer verstohlen zu den Ställen, um von seinem vierbeinigen Kameraden Abschied zu nehmen, denn wer mochte schon wissen, wen morgen das schwarze Los traf.

9

Arthag war zutiefst beunruhigt. Lange hatte er verhandeln müssen, bis ihm die Priesterschaft von Xorlosch endlich gestattet hatte, die Heilige Halle zu betreten, das größte Zwergenheiligtum Aventuriens. Der Legende nach hatte Angrosch in dieser riesigen, natürlichen Höhle die ersten vom Volk der Zwerge erschaffen; für gewöhnlich wurde nur denen, die auch in Xorlosch geboren waren, Zutritt zu diesem Heiligtum gewährt.

Doch das goldene Siegel mit dem Greifenkopf hatte ihm selbst hier Tür und Tor geöffnet. Als Bergkönig Tschubax und die Priester endlich akzeptiert hatten, daß er ein offizieller Bote des Kaiserreiches war und seine Nachforschungen von größter Wichtigkeit für den Ausgang des Krieges mit den Orks sein konnten, machten sie Zugeständnisse.

Aber erst, als er erklärt hatte, er wolle den Menschen die heldenhafte Rolle, die das Zwergenvolk einst bei der Befreiung von Saljeth spielte, wieder ins Gedächtnis rufen, hatte man seinem Anliegen stattgegeben, in der heiligen Halle die 49 Schriftsäulen zu studieren, auf denen die Geschichte der letzten fünftausend Jahre des Zwergenvolkes verzeichnet stand.

Arthag wurde jeden Tag von Tschubax persönlich zu den Säulen hinabgeführt, und abends diskutierte der Bergkönig mit ihm über die Auslegung der Schrift. Nyrilla, die Elfe, wurde nicht in den heiligen Berg gelassen. Sie war in einem Gastzimmer am Grund des Felskraters untergebracht worden; Arthag hatte sie schon seit Tagen nicht mehr gesehen.

Wieder versuchte sich der Zwerg in die Bilderschrift auf der Säule vor ihm zu vertiefen. Das Angram war eine der ältesten und geheimnisumwittertsten Schriften. Sie bestand aus Bildern und vieldeutigen Symbolen, so daß fast jede Textpassage verschiedene Interpretationen zuließ. Manchmal hatte Arthag den Eindruck, daß es einfach nur darauf ankam, mit welchen Erwartungen man an die verschlüsselte Schrift ging und so auch nur das fand, was man insgeheim lesen wollte.

Tschubax hatte ihn mehrfach ausdrücklich vor der Gefahr gewarnt, die von diesen verwirrenden Hieroglyphen ausging.

Ganz am äußersten Ende der Säulenreihe kauerte ein Zwerg, dessen genaues Alter niemand mehr kannte. Selbst die Ältesten konnten sich nicht an Zeiten erinnern, in denen dieser Zwerg noch nicht vor den Schriftsäulen gehockt hatte. Die intensive Beschäftigung mit den Geheimnissen seines Volkes hatte ihm den Verstand verwirrt. Tschubax war sich sicher, daß der Greis mehr über die Vergangenheit Deres wußte als irgend ein anderer Zwerg; vielleicht hatte er sogar das Geheimnis der Unsterblichkeit in den alten Schriften gefunden. Wie sonst war sein ungeheuerliches Alter zu erklären? Doch bislang hatte es niemand gewagt, ihm nachzueifern. Selbst die kundigsten Priester mieden es, häufiger als alle paar Wochen für wenige Stunden Textpassagen auf den Säulen zu studieren.

Der Zwerg, dessen Namen niemand mehr kannte, murmelte unablässig unverständliches Kauderwelsch vor sich hin. Arthag spitzte seine Ohren, um dem Raunen des Wahnsinnigen zu lauschen:

» ... hylailische Pyromanie ... bosparanische Interfäkalarkainiden ... paranoide Habilitationsphobien ... paramilitanter Populismus ... marginaler Deforationsästhetizismus ... «

Arthag gab es auf und konzentrierte sich wieder auf die Schriftzeichen. Wenn man diesem Unsinn länger zuhörte, mußte selbst das gesündeste Zwergenhirn krank werden.

Erneut versuchte der Amboßzwerg, die Schriftzeichen um diese angsteinflößende Gestalt zu entziffern, die er an diesem Morgen auf der Rückseite der 27. Säule eingemeißelt gefunden hatte. Eine entfernt menschenähnliche Kreatur, die in ihren erhobenen Händen zwei Herzen hielt. Nur wenige Zeilen höher befand sich das Schriftzeichen für Saljeth. In derselben Textpassage schien von einem Hügel die Rede zu sein; König Ramoxosch von Lorgolosch wurde erwähnt. Doch der Zwerg konnte den Sinn der Schrift nicht entschlüsseln. Wie sollte er auch? Er war ein Krieger und kein Gelehrter.

Arthag hatte Kopfschmerzen. Sollte er vielleicht schon zu viel gelesen haben? Konnte es ein, daß dieses alte Wissen auch ihm schon die Sinne verwirrte? Er würde seine Arbeit für heute beenden.

Müde schlich der Zwerg durch die endlosen Gänge des unterirdischen Teils von Xorlosch und verkroch sich in seiner kleinen aus dem Felsen gehauenen Kammer. In ein paar Stunden, wenn die Sonne versunken war, würde Tschubax kommen, um wieder mit ihm zu reden.

Der König besuchte Arthag an diesem Abend ebenso wie an den Tagen zuvor ohne Gefolge. Tschubax trug schlichte Gewänder und machte einen etwas verschrobenen Eindruck, so wie die Gelehrten der Menschen, die zu viel Zeit mit dem Studium alter Schriften verbrachten und sich in Notzeiten kaum ihrer Haut zu erwehren vermochten.

Tschubax hatte seinen eigenen Bierkrug mitgebracht. Ein mächtiges Gefäß aus schwerem Silber. Der König schritt zu dem großen Bierfaß an der Rückwand der kleinen Gästekammer, die Arthag bewohnte, und schenkte sich ein. Dann ging er hinüber zu dem schöngeschnitzten Lehnstuhl, der eigens für den Gebrauch durch den König schon am ersten Abend ihrer Unterredungen in die kleine Kammer getragen worden war. Bedächtig ließ er sich auf dem thronartigen Holzsessel nieder und musterte Arthag eine Weile, bevor er sprach.

»Weißt du, die Menschen sind ein junges Volk, kurzlebig und voller eitler Allüren.« König Tschubax strich sich nachdenklich durch seinen Bart. »Die Geschichte um Saljeth oder um Greifenfurt, wie sie diesen Ort heute nennen, ist ein Musterbeispiel dafür. Zuallererst haben die Schwarzpelze diesen Hügel nahe dem Fluß besiedelt, der jetzt Breite heißt. Es muß zu Zeiten des großen Drachenkrieges gewesen sein, in den Tagen, als unsere Geschichtsschreibung auf den Säulen der Heiligen Halle noch jung war, als dieser Ort vernichtet wurde.

Viele Zwergengenerationen lang war der Hügel dann verwaist, bis schließlich die Großlinge dort siedelten, denn der Platz war günstig gelegen. Es gab eine Furt über den Fluß, und bei Hochwasser ist die Breite bis zu dieser Stelle schiffbar. Rundherum war reichlich fruchtbares Ackerland, so wurden die Bewohner des alten Saljeth schnell reich.

Der einzige Schatten über dem Glück der Siedler waren die stetigen Angriffe der Schwarzpelze auf ihre Stadt. Es mag wohl an die zweihundertfünfzig Jahre vor dem Untergang des Kaiserhauses von Bosparan gewesen sein, als die Orken wieder einmal die nördlichen Städte des Menschenreiches überrannten und sich diesmal für länger dort einrichteten. Damals führte Nargazz Blutfaust vom Stamm der Ghorinchai die Schwarzpelze. Wann die Orken Greifenfurt eroberten, weiß man nicht mehr, doch errichteten sie dort eine mehr als hundert Jahre währende Herrschaft und die Stadt wurde zum Zentrum ihres Blutkultes.«

Arthag hatte dem König mit zunehmender Verwunderung zugehört und nutzte nun die Gelegenheit, als Tschubax aus seinem Bierhumpen trank, um eine Frage zu stellen: »Sagt, ehrwürdige Majestät, wie kommt es, daß unsere Urahnen so sorgfältig die Geschichte eines zu unkultivierten Volkes aufgeschrieben haben?«

Tschubax räusperte sich. »Nun, mein Junge, ich muß einräumen, daß dies wohl alles etwas später niedergeschrieben worden ist. Bald stellte sich nämlich heraus, welch große Bedeutung diese Ereignisse für unser Volk haben sollten.«

Wie um Arthag auf die Folter zu spannen, machte der Bergkönig noch einmal eine Pause, um einen tiefen Schluck zu nehmen, dann fuhr er fort:

»Väterchen Ramoxosch, der dritte Bergkönig, der diesen Namen trug, trat seine Regierung an, als die Orken sich schon seit einigen Jahrzehnten in Saljeth festgesetzt hatten. Lange ließ er durch Kundschafter das Treiben der Schwarzpelze beobachten. Immer wieder aufs neue schlugen die Orks die Armeen des alten Kaiserreichs und rückten mit jedem Jahr weiter nach Süden vor. Ganze Heerscharen gefangener Menschen wurden nach Saljeth gebracht, ohne die unheilige Stadt jemals wieder zu verlassen.

Als sich absehen ließ, daß die Großlinge dieser Plage nicht mehr Herr werden konnten, rief Ramoxosch unsere Völker zum Kriege, denn die Barbaren standen schon nahe unserer nördlichsten Minen. Boten wurden in alle Bergkönigtümer entsandt, und es dauerte mehr als fünf Jahre, bis Ramoxosch seine Armee um sich versammelt hatte, denn er wählte nur die besten zu diesem Kriegszug aus, und beharrte darauf, daß alle mit neuen Waffen ausgerüstet würden. Schließlich umfaßte unsere Streitmacht mehr als fünfhundert Äxte, und Ramoxosch marschierte nach Norden.«

Wieder machte Tschubax eine Pause. Die Augen des Königs glänzten vor Begeisterung. Arthag war froh, daß der Herrscher sich so viel Zeit für ihn nahm. Er wußte, daß der König sein Leben mehr der Erforschung der Geschichte als der Regierung seines Volkes gewidmet hatte und deshalb mehr über die Vergangenheit wußte als irgendein anderer, der ihm Rede und Antwort stehen mochte.

»Nun«, fuhr Tschubax fort. »Weil Ramoxosch III. ein König mit besonderen militärischen Qualitäten war, brach er nicht etwa nach Saljeth oder zu einer der anderen von Orks besetzten Siedlungen auf, sondern zog mit seiner verwegenen Schar nach Norden, um zunächst das Mutterland der Schwarzpelze zu verwüsten.«

»Entschuldigung, Eure Majestät, aber war es nicht so, daß Ramoxosch eigentlich nach den Schätzen von Umrazim, der versunkenen Zwergenstadt im Orkland, suchte?«

»Junge, du solltest dir merken, daß man einen älteren Zwerg nicht unterbricht, wenn er eine Geschichte erzählt. Einmal will ich dir diese Respektlosigkeit durchgehen lassen, doch beim nächsten Mal breche ich meine Erzählung ab, und du magst sehen, wo du dein Wissen herbekommst. Das Gerücht, daß Ramoxosch eigentlich zur Suche nach Umrazim gerüstet hatte, ist Unsinn. Eine Geschichte, die die Menschen erfunden haben, um den Glanz unseres Sieges zu trüben, so wie sie noch viele andere Dinge taten, damit in Vergessenheit geriet, was damals bei Saljeth wirklich geschah ...

Doch wo war ich stehengeblieben?«

»Bei Ramoxoschs Marsch in den Norden«, entgegnete Arthag, der verlegen auf den steinernen Boden der kleinen Felskammer blickte.

»Ja, so ist es mein Sohn. Ich erinnere mich wieder. Nun, der alte Ramoxosch hatte wohl schon mehr Lederzelte niederbrennen lassen, als Yorlosch Tunnel hat, und mehr Scharmützel geschlagen, als der älteste Zwerg seines Gefolges an Sommern gesehen hatte, da gelang es den Schwarzpelzen, ihm den Nachschub abzuschneiden. Für eine Weile konnte sein Heer noch von denjenigen Söhnen Tulams versorgt werden, die sich, als selbst die Berge noch jung waren, in den Norden begeben hatten, doch dann mußte der König zurück. Er durchquerte die Thaschberge und den Finsterkamm und erreichte schließlich den Quell der Breite. Immer wieder war sein Heer unterwegs von orkischen Wegelagerern aus dem Hinterhalt beschossen worden, doch wie du weißt, mein Sohn, kann nichts außer Angrosch ein marschierendes Zwergenheer aufhalten. Schließlich durchquerte man die Ebene, weil man glaubte, daß sich am Zusammenfluß von Breite und Ange das Hauptheer der Orken sammeln würde.

Doch keiner dieser Räuber ließ sich in diesem Landstrich blicken. So marschierte Ramoxosch, nachdem Nachschub und frische Truppen aus den Koschbergen eingetroffen waren, wieder die Breite hinauf, bis er wenige Meilen vor Saljeth in hügeligem Gelände in einen Hinterhalt geriet. Mehr Orks, als es Grashalme im Yaquirtal gibt, bestürmten den Schildwall, den unsere Ahnen auf einer Hügelkuppe bildeten. Vier Tage lang versuchten sie unsere Armee zu vernichten. Dann endlich waren ihre Verluste so groß, daß sie sich zurückziehen mußten. An diesem ruhmreichen Tag, über den du in keinem der Bücher, die die Menschen auf vergängliches Pergament und Papier schreiben, wirst lesen können, erlitten die Schwarzpelze ihre erste Niederlage, seit sie unter Nargazz Blutfaust ins R deneder Menschen eingefallen waren.«

Tschubax seufzte. Dann stand der Zwerg auf, nahm seinen Bierhumpen vom Tisch, ging zu dem Faß, das in der Ecke der kleinen Kammer stand, und füllte sich reichlich nach.

Arthag war froh, daß der Bergkönig so ins Plaudern geraten war. Der Amboßzwerg wollte mehr über Greifenfurt wissen und nicht Details über einen Feldzug ins Orkland, den Ramoxosch unternommen hatte. Nun sah es wenigstens so aus, als würde der König langsam zum Wesentlichen kommen. Die letzten Abende hatte Tschubax mit ihm über alles mögliche geplaudert. Ihre Gespräche begannen zwar stets mit Greifenfurt und der Geschichte der Menschen, doch über die Interpretation bestimmter vieldeutiger Runen, die Arthag auf den Säulen gefunden hatte, verloren sie sich immer wieder in weitschweifige Gespräche über Angrosch, die Zwölfgötter und die Geschichte des Zwergenvolkes.

Deshalb war Arthag diesmal anders vorgegangen. Er ließ zunächst den König reden. Fragen würde er ihm später stellen.

Inzwischen hatte Tschubax sich wieder auf dem hochlehnigen Sessel niedergelassen, nahm einen langen Zug und fuhr dann in seiner Erzählung fort.

»Nachdem Ramoxosch und seine Mannen den Orks ordentlich das Fell gegerbt hatten, beschlossen sie, den Schwarzröcken in Greifenfurt endgültig den Garaus zu machen. Sie folgten ihren geschlagenen Gegnern, die sich nach Saljeth zurückgezogen hatten. Die Stadt hatte damals noch keine steinernen Mauern, doch sie war durch mehrere hintereinanderliegende Erdwälle gesichert. Auf dem Hügel, der heute wohl inmitten der Siedlung der Menschen liegen muß, hatten die Orks Hunderte von Feldzeichen aufgestellt. Man konnte die zerrissenen Fahnen menschlicher Regimenter sehen und unzählige der mit Schädeln geschmückten roten Banner, die die Orkstämme im Kriege mit sich führen. Der oberste der Orkhäuptlinge war dort und alle wichtigen Schamanen seines Stammes.

Doch das focht unsere Ahnen nicht an. Bei der Furt nahe dem Hügel durchquerten sie bis zu den Helmriemen im Wasser die Breite und vertrieben die Orks zunächst von der kleinen Felseninsel, die vor der Stadt liegt. – Heute steht dort die Burg des Markgrafen von Greifenfurt. – Nun ja, noch bevor der Troß mit Verpflegung und Ausrüstung nachgeholt werden konnte, tauchten unzählige Schwarzpelze aus dem hohen Gras westlich des Flusses auf und setzten mit Pfeilen alles in Brand.

Gleichzeitig schwollen auf unnatürliche Weise die Wasser der Breite an, so daß es Ramoxosch und der Hauptmacht unmöglich war, ihrem Troß zu Hilfe zu eilen. Von der Insel mußten sie hilflos mit ansehen, wie Zwerge, Troßknechte und Lasttiere niedergemacht wurden.

Danach traktierten die Schamanen Ramoxosch und seine Mannen mit allerlei götterlästerlichen Zaubern, doch unsere Geoden bereiteten dem Spuk schnell ein Ende.

Wohl oder übel mußte Ramoxosch nun warten, bis die Wasser des Flusses wieder sanken, während die Orks seine Mannen mit Pfeilen überschütteten. Ein törichtes Unternehmen, wurden sie so doch zur Beute unserer Armbrustschützen. Als der letzte Bolzen abgefeuert war, beschlossen Ramoxosch und seine Offiziere, noch die Nacht auszuharren, um im Morgengrauen den Fluß zu überqueren. Der Bergkönig schwor als erster zu gehen, selbst wenn ihm das Wasser des Flusses bis über die Zacken seiner Krone reichen würde.

Als am nächsten Morgen die Sonne so rot über dem Horizont aufstieg, als sei sie glühendes Eisen aus Ingerimms göttlicher Esse, da trat Ramoxosch in den Fluß, dicht gefolgt von den Männern seines Clans.

Noch während der König sich durch die grauen Fluten kämpfte, tauchten überraschend von Westen her Bogenschützen und eine Handvoll Reiter auf, um den Schwarzpelzen in den Rücken zu fallen. Doch in ihrer Verstocktheit wandten sich die Orks nicht etwa den neuen Feinden zu, sondern sie überschütteten unsere Ahnen, die durch die Breite wateten, mit Wolken von Pfeilen, und Oger schleuderten große Felsbrocken in die Schar um Ramoxosch.

Als der Kampf um die Furt schon bis zum Mittag andauerte und der Bergkönig mit seinen Kriegern noch immer nicht recht am anderen Ufer Fuß gefaßt hatte, stieß aus dem grauen Himmel über dem Schlachtfeld, inmitten eines gleißenden Lichtstrahls, ein Greif hinab. Der Götterbote segelte auf Schwingen, groß wie die Flügel eines Drachen über die Furt, und fuhr mitten unter die Orks. Dort tötete er ihren König und verbreitete Panik, so daß es Ramoxosch und seinen Getreuen endlich gelang, über den Fluß zu kommen.

Die Hauptmacht der Orks war damit geschlagen, doch die Häuptlinge und Priester vom Stamm der Ghorinchai zogen sich in ein weitverzweigtes Tunnelgeflecht zurück, das die Schwarzpelze unter dem Erdhügel am Fluß angelegt hatten.

Nur wenige der Elfen und noch weniger Menschen wagten sich in diese Erdhöhlen, in denen die Orks ihren Göttern huldigten. Dort trafen sie auf einen mächtigen Priester, der als Waffe einen Streitkolben in Form einer Dämonenklaue führte. Immer wieder wurden die Angreifer von den Orks zurückgeschlagen. Es wird von Überlebenden berichtet, denen mit der Klaue Wunden geschlagen wurden, die niemals mehr verheilten, so daß sie binnen weniger Tage dahinsiechten. Viele Helden unseres Volkes gingen unter diesem Hügel in den Tod.

Schließlich mußten Ramoxosch und Tasilla Abendglanz, der König der Elfen, einsehen, daß dieser Priester und seine Getreuen nicht zu besiegen waren. So machte sich dann eine kleine Gruppe mit dem Greifen auf, um die Höhlen auf immer zu verschließen. Der Erzzwerg Furgal führte sie, und als sie auf den Priester der Orks trafen, stellte sich ihm der Greif zum Kampf. Furgal blies inzwischen in sein Horn, so daß die Gänge erbebten, während der Elfenmagier einen Zauberstein legte, um den Eingang zu der Kulthöhle der Orks auf immer zu verschließen.

So jedenfalls war der Plan. Keiner weiß, was im Hügel wirklich geschah, denn Furgal, der Elf und der Greif wurden nie mehr gesehen. Als der Zwergenheld sein Horn blies, erbebte der Erdhügel, als habe ihn Angroschs Faustschlag getroffen, und alle Eingänge, bis auf einen, wurden verschüttet.

Als die Schrecken der Schlacht noch frisch waren, schloß Ramoxosch mit den Elfen einen Pakt, die Orks so lange zu bekriegen, bis das Reich der Menschen wieder frei sei. Zum Gedenken an Furgal und die anderen toten Helden errichteten die Zwerge einen Turm, der der Torturm genannt wurde und den letzten unverschütteten Eingang in den Hügel versperrte. Die Geoden legten einen mächtigen Zauber auf das Gemäuer, daher war es unmöglich, es vom Inneren des Hügels her aufzubrechen.

Das Elfenvolk errichtete einen kleinen, aber fein gemeißelten Torbogen, der zwei Dryaden zeigt. Durch diese Pforte sollen jene toten Helden zurückkehren, die nicht den Weg ins Jenseits gefunden haben, um die Orks zu strafen, wenn jemals wieder ein Schamane die Dämonenwaffe führt. Die Menschen aber erbauten einen Altarstein auf der Mitte des Hügels, den sie zum Gedenken an den Greifen ihrem obersten Gott Praios weihten.

Als die Völker der Elfen und Zwerge in diesem Krieg ihre Waffen niederlegten, waren die Gebiete der Menschen wieder befreit und die Schwarzpelze bis weit in den Norden zurückgetrieben. Vom Stamme der Ghorinchai, der einst der mächtigste unter den Orks war, hat man bis auf den heutigen Tag nichts mehr gehört. Es mag sein, daß es noch einige Wegelagerer mit dem Blut dieses Volkes gibt, doch unsere Ahnen haben sie lange durch alle Länder des Nordens verfolgt und so sehr in alle Winde zerstreut, daß sich nie mehr genügend Ghorinchai fanden, um einen neuen Stamm zu gründen.«

Tschubax machte eine Pause in seiner Erzählung. Wieder strich er nachdenklich durch seinen Bart.

Arthag wagte nicht, ihn anzusprechen; er war sich jedoch nicht sicher, ob die Geschichte nun endete.

Nach langem Schweigen fuhr Tschubax schließlich fort. »Sehr lehrreich für alle Zwerge ist die Art, wie uns von den Menschen gedankt wurde. Die Schlacht von Saljeth ist unter ihnen kaum bekannt, obwohl sie den Wendepunkt in der Herrschaft der Orks über den Norden markiert. Die wenigen Quellen, in denen überhaupt von der Schlacht die Rede ist, behaupten ein Greif, den Praios geschickt habe, hätte die Orks fast alleine vernichtet, und ohne seine Hilfe seien sowohl unsere als auch die Truppen der Elfen geschlagen worden.

Aus diesem Grunde haben Praios-Priester den Ort später in Greifenfurt umbenannt und ihrem Gott zu Ehren einen großen Tempel auf der Mitte des Hügels errichtet, unter dem einst das Ork-Heiligtum lag. Unsere Mahnmale an die Schlacht aber sind verschwunden. Man sagt, der Torturm wurde zu einem Teil der Stadtmauer, wohingegen der Bogen, den die Elfen errichteten, wohl von den Großlingen zerschlagen wurde.

Wie du siehst, mein Sohn, ist es töricht, sich allzusehr in die Belange der Menschen einzumischen, denn eines wirst du dadurch gewiß nicht erringen; ihren Dank und ihre Achtung. Vielleicht sind die Menschen aber auch zu kurzlebig, denn um solche Gefühle wirklich zu entwickeln, braucht es Zeit, wie unser Volk weiß.«

Erneut herrschte Schweigen in der kleinen Kammer. Vieles von dem, was Tschubax erzählte, hatte Arthag in den letzten Tagen schon selbst herausgefunden. Doch eine Frage brannte noch immer in ihm, so heiß wie das Feuer in der Esse des göttlichen Angrosch. Lange wartete er, bis er es endlich wagte, den Bergkönig anzusprechen.

»Immer wieder habe ich heute ein Schriftzeichen gefunden, das einen Dämon zeigt, der in jeder Hand ein Herz trägt. Was bedeutet diese Hieroglyphe?«

»Sag mir erst, was du denkst, mein Sohn. Du weißt, daß die Deutung dieser Schrift sehr stark von dem abhängt, was man in ihr lesen will. Ich habe mir schon vor vielen Jahren meine Meinung zu dem Zeichen gebildet. Deshalb rede nun erst du.«

Arthag räusperte sich etwas verlegen, ehe er schließlich begann. Lange hörte der Zwergenkönig ihm zu, und immer häufiger schüttelte er unwillig das Haupt. Der Zwerg sprach zwar nicht ungebührlich zu seinem König, doch war das, was er von der Belagerung Greifenfurts zu berichten hatte, gepaart mit den Schlußfolgerungen, die er aus dem Runentext gezogen hatte, so schreckenerregend, daß Tschubax dem Zwerg noch an diesem Abend auftrug, so schnell wie möglich mit der Elfe in die belagerte Stadt zurückzukehren.

Zu ihrem Schutze befand er den sieben erfahrensten Schülern aus der Schule des Drachenkampfes, aus der schon unzählige Helden hervorgegangen waren, Nyrilla und Arthag auf ihrem Weg zurück nach Greifenfurt zu begleiten, um sich mit ihnen den Gefahren zu stellen, die sie in den verfallenen Höhlen tief unter der Stadt erwarten mochten.

Wieder in seinen königlichen Gemächern setzte Tschubax ein Schreiben an den Prinzen Brin auf und erläuterte darin, warum um jeden Preis verhindert werden mußte, daß Greifenfurt noch einmal von den Orks erobert wurde und welche Gefahr für alle kultivierten Völker Aventuriens tief unter diesen Mauern liegen mochte.

Schweren Herzens schrieb er dann noch einen zweiten Brief an Arombolosch, Sohn des Agam und Bergkönig von Waldwacht. Allein Arombolosch hätte die Macht und das Ansehen, um Tschubax, Sohn des Tuagel, den Titel eines Hochkönigs und obersten Heeresmeisters aller Zwerge streitig zu machen. Nach Recht und Tradition stand Tschubax, dem Herrscher des ältesten Zwergenvolks und Königs der wichtigsten Stadt aller Angroschim, dieser Titel zu. Doch wußte er selbst nur zu gut, daß seine Ansprüche selbst von den Zwergen seines eigenen Volkes belächelt wurde.

Allein in seinem Palastgemach, nahm Tschubax die Krone ab, die ihm nach dem Gesetz des Blutes zugefallen war. Er hatte die Herrschaft nie angestrebt, und jeder sah in ihm mehr den Gelehrten als den Krieger und Herrscher. Doch er würde seine ererbten Rechte hüten. Und wenn es nötig war, auch darum streiten. In diesen Zeiten brauchte das Volk der Zwerge einen Hochkönig, der um die Geheimnisse der Vergangenheit wußte und nicht irgendeinen Krieger und meisterhaften Schmied so wie Arombolosch. Vielleicht würde der König der Amboßzwerge dies ja einsehen? Doch die Aussichten darauf waren gering. Tschubax verfiel in tiefes Grübeln und fand in dieser Nacht keine Ruhe mehr.

10

Als Alrik erwachte, lag er in einem kleinen, hell getünchten Zimmer. Durch ein schmales Fenster konnte er das Madamal am Nachthimmel sehen.

Nicht weit von seinem Bett entfernt saß Andra in einem Stuhl zusammengesunken und schlief.

Dicht neben seinem Lager standen auf einem Schemel ein Krug mit Wasser und ein Stück Brot. Mühsam vesuchte Alrik sich aufzurichten. Sein ganzer Körper schmerzte. Als er die Decke bei Seite stieß, sah er frische Verbände an seinen Armen und Beinen.

Bei dem Versuch, Wasser aus dem Krug in einen kleinen Bronzebecher zu gießen, versagten seine Kräfte. Der Krug fiel aus seinen Händen und zerschellte am Boden.

Mit einem Ruck richtete sich Andra im Sessel auf, blickte zu ihm herüber und lächelte. »Ich werde dir neues Wasser holen, warte einen Moment.«

Leichtfüßig verließ die Jägerin das Zimmer. Sie trug ein neues Kleid. Es war aus einfachem Leinen, dennoch sah sie darin aus wie eine Fürstin.

Neugierig blickte Alrik sich in dem Zimmer um. Aus der Einrichtung konnte er nicht schließen, wo er sich befand. Nur eins war sicher: In einem Feenschloß hielt er sich hier nicht auf, denn die Möbel waren schlicht, ihnen fehlte der Glanz und die kostbaren Schnörkel, die im Feenreich selbst die einfachsten Dinge wie Kunstwerke aussehen ließen.

Nach wenigen Augenblicken kam Andra mit einem neuen Krug zurück ins Zimmer. Sie stellte ihn auf den Tisch neben den Stuhl, auf dem sie geschlafen hatte. Dann kramte sie in ihren Sachen, die zu einem Bündel verschnürt in der Ecke lagen. Schließlich zog sie ein kleines Fläschchen aus Silber hervor, goß daraus einige Tropfen in Alriks Trinkbecher und vermischte das Elixier mit reichlich Wasser.

»Trink das, es wird dir guttun!«

Der Ritter gehorchte. Das Wasser war köstlich, obwohl es einem fremdartigen, würzigen Beigeschmack hatte, so wie ein Wein, der durch Harz verfeinert war. Alriks Mund und Kehle waren völlig ausgetrocknet, so als hätte er seit Tagen nicht mehr getrunken.

»Nun, fühlst du dich besser?« Die Jägerin beugte sich zu ihm herab.

»Wo bin ich? Wo ist Cromag?«

»Du bist in der Garnison von Wehrheim, und Cromag ist tot.«

Der Oberst starrte Andra verwundert an. »Wie …«

»Manchmal ist es nicht gut, alles zu wissen. Akzeptiere, daß du jetzt hier bist. Du mußt ein wichtiger Mann sein. – Trink noch etwas.«

Andra hatte den Becher erneut mit Wasser und einigen Tropfen aus der silbernen Phiole gefüllt.

»Und der Prinz? Ist er in Wehrheim?« Alrik versuchte sich aufzurichten.

»Nein, aber er wird in drei Tagen zurück sein. Bis dahin mußt du wieder gesund sein.«

Der Oberst musterte noch einmal seine Verbände. »Gewiß doch …« Spöttisch lächelnd sank er in die Kissen zurück und schlief ein.

Noch bevor der Prinz nach Wehrheim zurückkehrte, war Alrik schon wieder in der Lage, sein Bett zu verlassen. Das Gehen bereitete ihm zwar noch Schmerzen, doch verlief seine Genesung wesentlich schneller, als er erwartet hatte.

Über das geheimnisvolle Licht, das er auf der Brücke kurz vor seiner Ohnmacht gesehen hatte, schwieg sich die Jägerin aus. Auch verriet sie ihm nichts über die Umstände seiner Rückkehr in diese Welt. Von Wachen hatte Alrik erfahren, daß eine Patrouille sie nahe des Stadttors gefunden hatte. Er war ohnmächtig gewesen, und nur weil einige Soldaten ihn als Oberst der kaiserlichen Armee wiedererkannt hatten, war ihnen das leerstehende Zimmer eines Offiziers überlassen worden.

Dunkel konnte sich Alrik erinnern, wie ihn ein Medicus besucht hatte und einen Boron-Geweihten rufen lassen wollte. Doch Andra hatte den Mann aus dem Zimmer gejagt. Danach hatte er viel geschlafen. Immer wenn er erwachte, war die Jägerin bei ihm.

Verstohlen blickte er sie von der Seite an. Das letzte, was er auf der Brücke gehört hatte, bevor er zusammenbrach, waren ihre gellenden Schreie gewesen.

Alrik dachte an ihre gemeinsame Flucht durch den Zauberwald. Er wünschte, sie wären wieder dort, ohne eine eifersüchtige Fee, die mit ihren Rittern Jagd auf sie machte.

Der Oberst griff nach Andras Hand. »Habe ich dir eigentlich dafür gedankt, daß du mich hierher gebracht hast?«

»Mach keine Späße mit mir!« Die Jägerin blickte ihn böse an. »Es tut mir leid, daß das passiert ist. Ich wollte ...«

»Ich bin sicher, daß du für uns den einfachsten und ungefährlichsten Weg gewählt hast, den du kanntest. Außerdem bin ich genauso sicher, daß ich schon vor langer Zeit von den Olochtai im Reichforst getötet worden wäre, wenn du mich nicht gerettet hättest.«

»Ist dir die Zeit mit mir wirklich so lange erschienen?«

»Wie meinst du das? Wir waren doch Wochen unterwegs?«

Andra lächelte geheimnisvoll. »In deiner Welt sind nicht mehr als sechs Tage vergangen, seit du Greifenfurt verlassen hast. Erinnerst du dich nicht mehr daran, was ich dir im Feenreich gesagt habe? – Trotzdem glaubte ich, daß dir meine Gesellschaft mehr Kurzweil bereitet hätte.«

»Du weißt doch, wie ich es gemeint habe ...«

»Wie?« Die Jägerin lächelte schelmisch.

Der junge Oberst starrte verlegen vor sich hin. »Ich ...« Alrik räusperte sich verlegen. »Ich ... bin nicht so wortgewandt wie ein Barde oder ein Adliger am Hofe, aber ich wollte dir schon lange etwas sagen ...«

»Was?«

Alrik fühlte sich ein wenig schwindelig. Dann flüsterte er leise. »Ich glaube, ich bin in dich verliebt.«

»So, du glaubst nur, daß du mich liebst. Nun ... ich glaube, es ist an der Zeit für mich, diese Stadt zu verlassen. Wenn du in ein paar Jahren vielleicht weißt, was du willst, schau ich noch einmal vorbei.« Andra drehte sich um und eilte davon.

»Halt, bleib stehen.« Alrik bemühte sich, ihr humpelnd zu folgen. »Ich liebe dich«, rief er laut quer über den Exerzierplatz der Kaserne.

Andra blieb stehen. Endlich hatte er sie eingeholt. Alrik

legte seinen bandagierten Arm fest um die Schultern der Jägerin und preßte sie an sich.

»Wie kommt es, daß du plötzlich so sicher bist, daß du deine Liebe auf unschickliche Art in der Öffentlichkeit herausschreist?«

»Aber ich wollte doch nur ...«, stammelte Alrik unsicher.

Andra drehte sich um und legte ihm den ausgestreckten Zeigefinger auf die Lippen. »Ich weiß«, flüsterte sie. »Wie stark fühlst du dich eigentlich?«

Statt einer Antwort grinste der junge Oberst sie an.

Am Abend traf der Prinz in Wehrheim ein und bestellte Oberst von Blautann in sein Quartier. Dort erwarteten ihn neben dem Regenten auch der Generalstab der Reichsarmee. Wegen seiner Verwundungen wurde Alrik gestattet, sich in einen Sessel nahe dem Kamin zu setzen, was ihm insgeheim peinlich war, da alle anderen es vorzogen zu stehen. Doch Schwäche verbat dem Obristen jeden Widerspruch, und so begann er in die ledernen Polster zurückgelehnt über die Vorkommnisse in Greifenfurt zu berichten.

Die ungewöhnlichen Ereignisse seiner Reise verschwieg er allerdings aus Angst, man könne ihn für einen Phantasten halten und alles, was er gesagt hatte, in Frage stellen. Als er schließlich mit seiner Erzählung geendet hatte, ergriff der Prinz das Wort.

»Wie Ihr seht, meine Freunde, ist die Lage der Stadt verzweifelt. Ich bin mir sicher, daß der Schwarze Marschall während des Winters alles unternehmen wird, um Greifenfurt zu stürmen.«

»Wie kann er das tun, mein Prinz? Sobald er seine Lager verläßt, werden wir ihm nachsetzen, und das weiß Sadrak Whassoi.« Marschall Haffax, der greise Oberkommandant der kaiserlichen Armee, machte sich nicht einmal die Mühe, vom Kartentisch aufzublicken.

»Mein lieber Haffax, ich weiß, daß Ihr die Erfahrung aus vielen Feldzügen auf Euren Schultern tragt, und schon oft habt Ihr mir weisen Rat gegeben, doch habt Ihr schon vergessen, wie wir im letzten Winter genarrt worden sind, als der Orkenführer seine Truppen heimlich nach Südwesten verlegte und uns vorgaukelte, daß alle seine Lager noch voll besetzt seien? – Ich kenne Sadrak Whassoi jetzt, und ich bin mir sicher, daß er in diesem Winter Ähnliches versuchen wird.«

»Daß dieser schwarzpelzige Fuchs schlau ist, wissen wir, Eure Majestät, doch was ist, wenn er nur darauf wartet, daß wir die wenigen Truppen, die uns noch verblieben sind, weiter schwächen? Und wenn er davon ausgeht, daß wir glauben, er würde sich wieder so verhalten wie im letzten Jahr? Dann öffnen wir ihm Tür und Tor, um erneut tief ins Reich einzufallen. Ich bin dagegen, auch nur einen einzigen Soldaten aus seinem Winterquartier abzuziehen!« Der alte Haffax hatte sich während seiner Darlegungen immer mehr in Rage geredet, so daß er nun mit hochrotem Kopf in der Runde der Offiziere stand.

Die älteren Frauen und Männer des Generalstabs nickten zustimmend, als der Marschall endete und tuschelten leise.

»Vielleicht ist es am besten, beide Pläne zum Teil umzusetzen ...« Ein großer Mann mit langem rotem Haar, durch das sich schon die ersten grauen Strähnen zogen, hatte sich eingemischt. Er trug den neumodischen Rock eines Seeoffiziers mit buntem, umgeschlagenem Kragen. Seine Haut war wettergebräunt; ruhelos musterten seine dunkelblauen Augen die anderen in der Runde.

»Ich danke Euch für Euren überaus weisen Beitrag, Herr Admiral, doch vielleicht solltet Ihr es den Heerführern überlassen, den Krieg zu Lande zu planen.« Haffax war immer noch in Rage und würdigte den Admiral keines Blickes.

»Jeder in dieser Runde hat das Recht, seine Meinung vorzutragen.« Der Prinz hatte nur leise gesprochen, doch in einem Ton, der keinen Widerspruch duldete. »Redet!«

»Nun«, Admiral Sanin zögerte ein wenig. »Ich bin mir durchaus der Gefahr bewußt, die aus einer Schwächung der Frontlinie resultiert. Doch habe ich einen Plan, der mit einem minimalen Einsatz der Truppen, die unter Eurem Kommando stehen, eine optimale Wirkung garantiert. Wir müssen nur den Mut zu unkonventionellem Denken aufbringen ...«

Der Admiral Rateral Saninin, Markgraf zu Windhag, stand in dem Ruf, mit ungewöhnlichen Vorschlägen schon häufig die gesamte kaiserliche Admiralität in heillose Verwirrung gestürzt zu haben.

Dennoch konnte Alrik den Ausführungen des Flottenkommandanten kaum folgen. Die Anstrengungen des Nachmittags waren zuviel für ihn gewesen.

Zwei Tage später saß der junge Oberst in einer kaiserlichen Kutsche und befand sich auf dem Weg nach Gareth. Der Medicus der Garnison von Wehrheim hatte zwar lautstarken Protest eingelegt, doch letzten Endes konnte er Alrik nicht daran hindern, sich gemeinsam mit dem Prinzen auf den Weg zu machen.

Die rote sechsspännige Kutsche mit dem kaiserlichen Wappen war ein wahres Luxusgefährt. Gut gefedert und mit ledernen Polstern versehen, bot sie dem Reisenden alle Bequemlichkeit. Und dennoch spürte der Oberst schmerzlich jedes Schlagloch auf der ausgefahrenen Straße. Hölzerne Schienen und straffe Leinenverbände machten Alrik fast so unbeweglich wie eine Marionette, der man die Fäden durchtrennt hatte. Außerdem saß er auch noch alleine in der Kutsche, so daß seine einzige Unterhaltung die Regenschauer waren, die unablässig auf das Kutschdach trommelten.

Der Prinz hatte davon abgesehen, den Komfort einer Kutschfahrt zu genießen. Wie alle anderen in der schier endlosen Reiterkolonne, die sich über die Reichsstraße nach Süden bewegte, war er dem eisigen Regen ausgesetzt.

Alrik blickte durch das beschlagene Fenster die Straße entlang, die gerade eine weite Kehre machte, so daß er fast die ganze Kolonne überblicken konnte. Naß und schlaff hingen die Fahnen der einzelnen Einheiten herab. Ganz vorne konnte er den Prinzen, Admiral Sanin, der sich für einen Seemann ganz gut zu Pferde hielt, und einige andere Offiziere erkennen. Ihnen schlossen sich mehr als dreihundert Reiter der verschiedensten Waffengattungen an.

Hinter der Kutsche folgte der Troß. Fast zwei Dutzend schwer beladene Planwagen. Nachdem Marschall Haffax einmal davon überzeugt war, daß er den Prinzen nicht von seinen Plänen abhalten konnte, hatte er ihm die besten Männer und das beste Material zusammengestellt.

Prinz Brin wollte die besten Reitereinheiten von der langen Front zu dem von Orks besetzten Gebiet abziehen. Wenn nur Kavallerie verlegt wurde, blieb das Risiko, daß die Orks einen Durchbruch durch die geschwächte Frontlinie schafften, noch am geringsten. Sollten die Schwarzpelze trotz des Winters einen Angriff wagen, wären die Reiter in wenigen Tagen zurückgekehrt. Brin war zuversichtlich, daß die Garderegimenter, die in Wehrheim und mehreren kleineren Garnisonen ihr Winterquartier bezogen hatten, stark genug sein würden, um dem ersten Angriff der Schwarzröcke standzuhalten.

Alrik war allerdings davon überzeugt, daß es dazu nicht kommen würde. Wie der Prinz und Admiral Sanin vermutete auch er, daß Sadrak Whassoi, der Oberbefehlshaber der Orks, den Winter dazu nutzen würde, seine Truppen neu zu formieren und zu verlegen, um irgendwo an der langen Front zum Kaiserreich überraschend loszuschlagen.

Für einen solchen Angriff kam im Grunde nur Greifenfurt in Frage. Durch die rebellische Stadt waren Hunderte von Kriegern gebunden, die einer harten Winterbelagerung entgegensahen. Außerdem waren auch die Nachschubwege der Orks empfindlich gestört, da Greifenfurt eine Schlüsselposition innehatte.

Wieder starrte Alrik in den Regen. Hoffentlich waren seine Verletzungen bis zum Tag des großen Angriffs verheilt. Der Generalstab hatte beschlossen, Ferdok zum Winterhauptquartier zu machen. Dort sollte die Operation beginnen, der Admiral Sanin den harmlosen Decknamen ›Zug der Lachse‹ gegeben hatte. Um genügend Männer und Material für diese ungewöhnliche Militäraktion zusammenzubekommen, waren schon am Vortag Meldereiter zu allen wichtigen Städten des Kaiserreichs aufgebrochen, vor allem zu den Häfen an der Westküste. Wenn Sanin wirklich durchsetzen könnte, was er vor zwei Nächten dargelegt hatte, würde eine Offensive eingeleitet, wie sie die gesamte aventurische Kriegsgeschichte noch nicht gesehen hatte. Der Plan war schlichtweg genial, doch trotz aller Raffinesse würde der Erfolg weniger vom militärischen Geschick als von Sanins organisatorischen Fähigkeiten und der Wetterlage in den nächsten Wochen abhängen.

11

Kolon stand in dem einfachen Zelt hinter dem mittleren der Erdhügel, die die Orks vor Greifenfurt aufgeworfen hatten. ›Zelt‹ war eine sehr schmeichelhafte Bezeichnung für die große Lederplane, die man zwischen einigen stabilen Stangen aufgespannt hatte. Sie hielt zwar notdürftig den Regen ab, keineswegs aber den rauhen Wind. Der Zwerg war deshalb dazu übergegangen, seine Berechnungen auf kleinen Wachstafeln statt auf Pergament auszuführen. Die Tafeln waren mit einem hölzernen Rahmen eingefaßt, und zwei Rückwände aus rotem Nußbaumholz verliehen den Wachstafeln zusätzliche Stabilität. Kleine Eisenringe zwischen den Tafeln erlaubten sie wie ein kleines Buch zusammenzuklappen.

Kolon kratzte sich mit dem eisernen Schreibgriffel am Hinterkopf. Wenn seine Berechnungen stimmten, müßten alle drei Tunnel in den nächsten Tagen die östliche Stadtmauer erreichen. Dann könnte man in spätestens einer Woche losschlagen, wenn da nicht diese aberwitzigen Pläne der Orkschamanan gewesen wären. Immer häufiger inspizierten sie seine Tunnel, als würden sie seiner Arbeit nicht trauen. Auch bestanden sie darauf, daß er die Tunnel so zu legen hätte, daß sie unterhalb des Platzes der Sonne zusammentrafen.

Verrückt! Diese Schwarzpelze mochten Büffel jagen können, vom Tunnelbau und den damit verbundenen Problemen hatten sie keine Ahnung! Immerhin mußten selbst die Krieger der Orks nun seine Arbeiten unterstützen. Fast täglich wurden Trupps ausgeschickt, um neues Holz zu schlagen.

Kolon brummte wütend vor sich hin. Die Hälfte der Menschensklaven war damit beschäftigt, aus den Baumstämmen Balken und Bretter zu sägen. Was an Material verbraucht wurde, um die drei Tunnel mit Holzverschalungen zu sichern, war enorm. Schon seit zwei Wochen war kein einziges Katapult mehr gebaut worden. Die Feindseligkeiten gegen die Stadt beschränkten sich auf gelegentliches Störfeuer. Wenn das Wetter aufklarte, beschossen sie Greifenfurt gelegentlich mit primitiven Feuerkugeln. Doch durch den andauernden Regen war alles so durchnäßt, daß diese Angriffe fast keine Wirkung zeigten.

Kolon beugte sich wieder über seine Berechnungen auf den Wachstafeln. Es war schlichtweg verrückt, nicht anzugreifen, sobald die Tunnel einige Schritt hinter die Stadtmauer reichten. Es grenzte ohnehin an ein Wunder, daß es noch zu keinem ernsthaften Unfall gekommen war. Auch die Belüftung der Tunnelanlagen wurde immer schwieriger. Die Luft am Ende der fast zweihundert Schritt langen Erdgänge war so schlecht, daß die Arbeiter sich alle paar Augenblicke hinsetzen mußten, um Atem zu schöpfen.

Der Zwerg schob sich den Schreibgriffel in den Gürtel. Es wäre an der Zeit, den südlichsten Tunnel noch einmal in Augenschein zu nehmen. Die Arbeiten dort waren am weitesten fortgeschritten. Vielleicht waren sie hier sogar schon unter der Stadtmauer durch.

»Garbag!« schrie der Zwerg lauthals, kaum daß er sich aus dem Schutz der Plane begeben hatte. »Los, beweg deinen räudigen Pelz zu mir.«

Kolon blickte in die Runde. Dann rief er noch einmal, bis sich schließlich vom Lager her ein großer Ork in einer Lederrüstung näherte. Böse funkelte er den Zwerg an.

»Na, Garbag, würdest mir am liebsten die Kehle herausreißen, nicht wahr?« Kolon musterte den Hünen verächtlich. Garbag gehörte zum Stamm der Tordochai; jeder Zoll an ihm verriet den kampfgestählten Krieger. Er und seine Männer waren in vorderster Linie beim großen Angriff auf die Stadt dabeigewesen, doch zweimal waren sie bei dem Versuch, die Bresche zu stürmen, zurückgeschlagen worden. Garbag selbst hatte an dem Tag eine schwere Schulterwunde davongetragen, doch obwohl er großen Mut bewiesen hatte, bestrafte Sharraz Garthai den Krieger für sein Versagen.

Der Tordochai durfte niemanden mehr in den Kampf führen. Statt dessen hatte der General Garbag zu Kolons Leibwächter gemacht. Der Zwerg wußte sehr genau, daß der Krieger sich seitdem wie ein Sklave fühlte und ihn haßte, dennoch fühlte er sich sicher, denn Sharraz Garthai hatte verkündet, daß Garbag an dem Tag, an dem dem Zwerg etwas passieren würde, selber einen ehrlosen Tod sterben würde.

Eigentlich war Kolon der Ansicht, daß er keinen Leibwächter brauchte. Trotzdem konnte er das Geschenk des Orkgenerals nicht ablehnen. So machte er sich einen Spaß daraus, den Krieger zu ängstigen. Natürlich hätte Garbag niemals zugegeben, sich vor irgend etwas zu fürchten, doch wußte Kolon genau, daß es dem Ork unheimlich war, wenn er mit seinem ungeliebten Herrn in die Tunnel mußte.

»Komm, Garbag, wir werden wieder den Schoß Sumus besuchen.« Kolon lächelte den Ork gehässig an. »Hol eine Fackel!« Dann ging er zu der großen hölzernen Platte, die den Einstieg zum Tunnel versperrte.

Auf ein Zeichen des Zwergen wurde die Abdeckung beiseite geschoben. Sie sollte verhindern, daß ständig Regenwasser in den Stollen lief. Doch da sie im Laufe eines Tages mehr als hundertmal geöffnet werden mußte, um die Sklaven herauszulassen, die in Säcken Erde vom Ende des Tunnels brachten, war ihr Nutzen nur begrenzt. So befand sich am Fuß des Schachtes eine große, schlammige Pfütze.

Inzwischen war Garbag mit einer Fackel eingetroffen.

»Geh vor«, befahl ihm der Zwerg.

Der Krieger blickte in den dunklen Schacht hinab. Er zögerte.

Drei Leitern, die leicht zitterten, führten nach unten. Es schien, als seien Träger auf dem Weg nach oben.

»Macht Platz für Kolon, Herr der Tunnel!« schrie der Ork in die Finsternis. »Wir werden die mittlere Leiter hinabsteigen. Kriecht also zurück in euer Loch, ihr Würmer!«

Garbag drehte sich um, und kletterte hinab.

Kolon folgte ihm mit einigem Abstand. Als der Zwerg ungefähr die Mitte der Leiter erreicht hatte, konnte er im Licht der Fackel schmutzige Gestalten erkennen, die sich mit über die Schulter geschnallten Säcken langsam rechts und links von ihm die Leitern hocharbeiteten. Die Frauen und Männer waren vollkommen mit Schlamm bedeckt. Allein das Weiße ihrer Augen glänzte hell im Dunkel des Schachtes. Stöhnend arbeiteten sich die Sklaven nach oben.

Um ihnen die Kraft zu geben, mit ihren schweren Lasten immer wieder aus dem tiefen Schacht zu steigen, hatte sich Kolon eine bösartige Folter ausgedacht. Alle Sklaven, die in den Tunneln arbeiteten, wurden morgens schon vor Sonnenaufgang in die Schächte getrieben, und erst wenn am Abend das Praios-Gestirn versunken war, durften sie die Tunnel wieder verlassen.

So führten die Träger ein Leben in Finsternis, denn um die ohnehin schon schlechte Luft in den Schächten nicht noch unnötig zu vergeuden, durften sie kein Licht mit sich führen.

Nur jene Sklaven, die sich an der Spitze des Stollens durch das Erdreich arbeiteten, hatten einige Fackeln und Blendlaternen. So bekamen sie nur dann das Praios-Gestirn zu sehen, wenn sie mit einem Sack voller Erde aus der Grube stiegen, um den Abraum auf einen der drei Hügel zu schütten. Danach durften sie einen Moment verschnaufen und etwas essen oder trinken, bevor sie von den Aufsehern erneut in die Finsternis getrieben wurden.

Noch lange hörte Kolon das Schnaufen der Sklaven, die sich immer weiter der Sonne entgegen mühten, bis ihnen auf ein Klopfsignal der schwere hölzerne Verschluß des Schachtes geöffnet würde.

Kolon hatte den Grund des Abstiegsschachtes erreicht. Bis weit über den Gürtel reichte ihm hier das schlammige Wasser, das durch die Luke herabgelaufen war. Garbag stand bereits in dem Tunneleingang, der Richtung Greifenfurt führte, während der Zwerg den Schlamm musterte.

»Leuchtet mal hier her«, brummte Kolon den Ork an. Ihm war, als hätte er etwas im Schlamm gesehen.

Garbag kam näher, und das Licht der Fackel zeigte die verrenkten Gliedmaßen eines Mannes, der dicht bei der Wand des Schachtes lag. Er mußte von der Leiter gestürzt sein. Immer wieder kam es vor, daß einem der Sklaven die Kräfte versagten, bevor er die rettende Luke am Ende der Leiter erreichte.

Kolon musterte den Toten. Er schien ein kräftiger Kerl gewesen zu sein. Schade. Der Zwerg sorgte dafür, daß alle seine Sklaven reichlich zu essen bekamen. Sogar Fleisch! Vermutlich bekamen sie sogar bessere Rationen als die belagerten Greifenfurter. Der Zwerg schlug ein Schutzzeichen, um nicht vom Geist des toten Sklaven heimgesucht zu werden.

»Laß uns gehen«, brummte er. Gehorsam machte Garbag sich auf. Die Decke des Erdtunnels vor ihm war so niedrig, daß der Krieger geduckt gehen mußte.

Der Zwerg folgte seinem Leibwächter mit geringem Abstand. Argwöhnisch musterte er dabei die Bretter, mit denen die Decke des Ganges verschalt war, und die dicken, hölzernen Stützpfeiler, die in kurzen Abständen entlang der Wände standen.

Kolon haßte es, sich durch Erde zu wühlen. Das war eines Zwergen nicht würdig. Einen Tunnel durch einen Felsen zu treiben war eine Herausforderung, aber diese Wühlerei hier war buchstäblich ein Dreck!

Überall tropfte es zwischen der Verschalung von der Decke hinab; Regenwasser, das sich seinen Weg zu den Strömen tief im Inneren der Erde suchte.

Wieder dachte der Zwerg an die Forderungen der Schamanen. Noch weiter und vor allem noch tiefer sollte er graben.

Ärgerlich spuckte er in eine der trüben Pfützen auf dem Boden. Keine Ahnung hatten diese Geisterbeschwörer. Würde er noch einen oder zwei Schritt tiefer graben, mochten sie auf Grundwasser stoßen. Und je näher sie dem Fluß kamen, desto größer wurde die Gefahr eines Wassereinbruchs.

Unter solchen Bedingungen einen Tunnel durchs Erdreich zu treiben, überstieg selbst seine Fähigkeiten. Na ja, die Schwarzpelze würden schon sehen, was ihnen ihre unsinnigen Forderungen einbrachten. Immer wieder hatte er versucht, ihnen zu erklären, was passieren würde, wenn sie erst einmal eine Stelle erreichten, wo das Erdreich vom Wasser so aufgeweicht war, daß es die Stützbalken für die Deckenverschalungen nicht mehr tragen würde. Aber für vernünftige Argumente waren die Schamanen nicht zugänglich.

Kolon lächelte grimmig. Wenn es soweit war, würde er in keinem dieser Tunnel stehen, aber vielleicht ließ es sich ja einrichten, daß einige dieser besserwisserischen Schamanen zu dieser Zeit hier unten weilten. Danach würde man mehr auf sein Wort geben!

Der Zwerg lachte böse.

Himgi beobachtete verstohlen den Propheten. So nannten die meisten mitlerweile den wahnsinnigen Uriens. Obwohl es fast nirgends noch etwas zu trinken gab, strich der Prophet trotzdem Nacht für Nacht ziellos durch die Tavernen der Stadt. Den meisten war er unheimlich. Hatten die Bürger früher noch ihre Späße mit ihm gemacht, so versuchten sie ihm nun aus dem Weg zu gehen.

»Der Tod trägt rot.« Fast jeder kannte den Orakelspruch des Irren; es gab Dutzende Spekulationen, was das wohl bedeuten mochte. Doch selbst Himgi war sich bewußt, daß in den Worten des Propheten eine vieldeutige Wahrheit lag. Da war der Hafenarbeiter Drugon, der mit seinen Kindern ermordet worden war. Nie hatte man die Frau in dem roten Kapuzen-

mantel gefunden, die diese gräßlichen Morde begangen hatte.

Manche dachten aber auch an die roten Fahnen, die die Orks in der Schlacht führten, oder die roten Gewänder, die von den Priestern des Blutgottes Tairach getragen wurden. Vielleicht würden diese Götzenanbeter ein schreckliches Blutbad unter den Überlebenden anrichten, wenn die Orks erst einmal die Wälle der Stadt erstürmt hatten.

Die gefährlichste These aber tuschelten manche Betrunkene hinter vorgehaltener Hand. Dann raunte man sich zu, daß Marcian der Totengräber der Stadt sei. Der Oberst trug einen leuchtend roten Umhang, und bei Licht betrachtet hatte seine ›Befreiung‹ der Stadt den Greifenfurtern viel Leid gebracht.

Vielleicht wäre es das beste, den Propheten für immer zum Schweigen zu bringen. Würde Himgi ihn in einer dunklen Ecke auflauern, wäre es ein leichtes, Uriens zu beseitigen. Doch was geschah dann? Womöglich lieferten der Tod oder das plötzliche Verschwinden des Mannes nur Anlaß zu neuen Spekulationen.

Wieder musterte der Zwerg die zerlumpte Gestalt. Uriens schien auf ihn aufmerksam geworden zu sein. Er kam zu seinem Tisch herüber.

Himgi hatte schon viele Kriegsverletzungen gesehen, doch in das Gesicht des verstümmelten Propheten zu blikken fiel ihm schwer. Obwohl die Wunden schon lange verheilt waren, war Uriens noch immer gräßlich entstellt. Der Prophet sah aus, als sei er den Krallen einer Raubkatze zum Opfer gefallen. Seine Nase war eingedrückt, und die Lippen verschlossen den Mund des Mannes nicht mehr, so daß beständig ein dünner Faden von Speichel aus seinem Mundwinkel tropfte.

Unmotiviert fing der Seher an zu lachen. Es war das erschreckende, freudlose Lachen des Wahnsinns. Dann legte er sich vor Himgi auf den Tisch.

»*Kleiner Mann von Stein, wandert durch Gebein ...*«, flüsterte der Irre. Dann erstarb seine Stimme wieder, und er gluckste und kicherte.

Dem Zwergen sträubten sich die Barthaare. Was sollten diese Worte? Eine neue Prophezeiung? Der Legende nach war das Volk der Zwerge aus nacktem Felsgestein geboren worden.

»Kleiner Stein ganz groß, ward zum Todeslos ...«

Himgi schluckte. Er war nicht abergläubisch, aber durch den Irren sprach die Stimme des Schicksals zu ihm, dessen war er sicher. Doch was bedeuteten die rätselhaften Sprüche?

»Der zu deinen Füßen liegt, der hat des Praos Kind bekriegt ...«

Wieder erscholl das hysterische Lachen des Irren.

»Ihr solltet Euch sputen, Ihr Diener des Guten. Sonst werden die Bösen mein Rätsel lösen. Ich kann dir Weisheit schenken! Doch vermagst du zu denken? Kleiner Stein ganz groß, ward zum Todeslos!«

Uriens rollte vom Tisch und fiel auf den Boden. Dort umklammerte er die Beine des Zwergen. Der Seher begann zu wimmern und krallte seine Finger in Himgis Schenkel.

Mit einem Tritt schleuderte der Zwerg den Irren beiseite. Dummes Geschwätz eines Wahnsinnigen. Himgi erhob sich, um die ›Fuchshöhle‹ zu verlassen. Für heute nacht hatte er genug von diesen Kindergeschichten.

Doch kaum war er auf den Beinen, da erstarb das Licht um ihn herum, bis nur noch das unsichere, flackernde Leuchten einer Fackel übrigblieb. Vorsichtig bewegte sich der Zwerg vorwärts. Welcher verfluchte Zauber hatte ihn getroffen?

Zu seinen Füßen lagen bleiche Knochen. Deutlich konnte er eine skelettierte Hand erkennen, die eine altertümliche Zwergenaxt hielt. Daneben lag ein eingeschlagener Schädel mit gewaltigen Hauern. Himgi erschien es, als befände er sich in einem niedrigen Gang.

An den Wänden waren Schädel wie zu Pyramiden aufgeschichtet und mit Symbolen in roter Farbe bemalt. Wenige Schritte weiter schimmerte ein glatter, schwarzer Stein, der den Gang verschloß. Himig sträubten sich die Haare. Das war kein Stein, der von den Händen eines ehrlichen Handwerkers geschaffen war. Ein böser Zauber lag auf ihm!

Ungläubig kniff der Zwerg die Augen zusammen. Was war das?

Jetzt stand er wieder inmitten des Bordells. Himgi wurde schwindelig. Hastig griff er nach einer Tischkante. Eiskalte Schauer liefen ihm über den Rücken. Hatte er jetzt selber schon das zweite Gesicht?

Wie zum Hohn erscholl hinter ihm das Gelächter des Irren.

Für einen Moment fuhr ihm die Hand zum Griff der Axt an seinem Gürtel. Ein kurzer Schlag, und der Irrsinn hätte ein Ende!

Ein Mord hier in aller Öffentlichkeit? Und sein Opfer ein wehrloser Verrückter? Nein, das durfte nicht sein! War er denn ein ehrloser Meuchler? Himgi rannte auf die Tür der Schenke zu. Er mußte hier raus, sonst würde auch er noch den Verstand verlieren. Hastig stolperte er aus dem Bordell in die Nacht.

Die kalte Luft tat gut. Mit raschem Schritt eilte er auf den Festungsturm in der Südmauer zu, wo er mit anderen Zwergen seines Banners Quartier bezogen hatte.

Wieder gingen ihm die Worte des Propheten durch den Kopf. *»Kleiner Stein ganz groß, ward zum Todeslos.«*

Als Arthag gemeinsam mit Nyrilla und seinen sieben Leibwächtern Ferdok erreichte, erkannte er die Flußstadt beinahe nicht mehr wieder. Überall wimmelte es von Handwerkern und Soldaten. Dutzende Boote und Schiffe in allen Größen lagen an den Kais, und schwerbeladene Karren verstopften die Straßen der Stadt. Noch bevor sie das Gasthaus erreichten, in dem sie auf der Hinreise nach Xorlosch abgestiegen waren, gab es bereits Ärger. Ein Werber der kaiserlichen Armee hatte unvorsichtigerweise die Angroschim aus Arthags Eskorte angesprochen und gefragt, ob sie nicht der Armee beitreten wollten. Eine ausgemachte Beleidigung für die unabhängigen Elitekrieger. Schnell kam es zu bösen Worten, wie etwa, ob der stinkende Großling vielleicht meinte, herrenlose Söldner vor sich zu haben.

Selbst der Werber sah schnell ein, daß er einen Fehler gemacht hatte. Als ihn die Kämpfer mit Äxten umringten und es von allen Seiten Beleidigungen und Herausforderungen zum Duell hagelte, entschuldigte er sich in geradezu sklavischer Manier. Außerdem bot er an, jedem Beleidigten einen Humpen guter Ferdoker Biers zu spendieren. Das kostete den Werber zwar das ganze Faß, doch dafür würde er den Winter nicht im Krankenquartier verbringen.

Arthag und seine sieben trinkfesten Gefährten waren der Meinung, daß der Großling damit ein sehr gutes Geschäft gemacht hatte. Allein Nyrilla störte bei der Schlichtung dieses Streits empfindlich. Ihr fehlten eindeutig die Ausdauer und der Wille, auf solche Art Frieden zu stiften.

Die härteste Prüfung stand Arthag an diesem Tag jedoch noch bevor. Als sie das Gasthaus erreichten, in dem sie vor einigen Wochen schon einmal abgestiegen waren, weigerte sich die Wirtin, ihnen Zimmer zu überlassen. Nicht einmal in der Scheune waren Schlafplätze zu bekommen. Auf den Befehl des Grafen Growin bestimmte in diesem Winter der Quartiermeister des kaiserlichen Heeres, wer wo und für wie lange Unterkunft bekam. Für Zivilisten sei in diesem Winter kein Platz in Ferdok, so lautete die Parole des Militärs. Alle Schenken wurden von der Stadtwache streng kontrolliert. Wer sich nicht an die Anweisung hielt, mußte mit hohen Geldstrafen rechnen.

»Skipperedikt« wurde diese ungeliebte Verordnung von den Bürgern und den Soldaten genannt. Denn es waren in erster Linie Bootskapitäne und Handwerker, die darauf bestanden hatten, daß sie, wenn sie Schiffe und Arbeitskraft für den ganzen Winter zur Verfügung stellten, wenigstens angemessen verköstigt und untergebracht würden.

In den buntesten Farben schilderte die Wirtin der Gruppe, was dieses verfressene Volk den Prinzen kostete. Täglich trafen Wagenzüge mit Lebensmitteln und Baumaterial aus Gareth und den anderen großen Städten der Region ein. Allein die Zahl der Schiffe, die hier in diesem Winter vor Anker lagen, war so groß, daß neue Hafenanlagen gebaut werden mußten.

Je länger die Wirtin redete, desto phantastischere Geschichten wußte sie zu erzählen. Als sie schließlich behauptete, Rondra selbst sei schon unter den Soldaten gesehen worden und sie werde die Reiterinnen aus der Garde des Grafen Growin in die Schlacht führen, um die Orks noch, bevor der erste Schnee fiel, bis hinter den Finsterkam zu treiben, wurde es Arthag zu bunt. Mit knappen Worten verabschiedete er sich.

Die Sonne neigte sich dem Horizont zu, als Arthag mit seinem Gefolge das Stadtschloß des Grafen erreichte. Das Gebäude war umringt von Gardesoldaten. Trotz der vorgerückten Stunde herrschte ein ständiges Kommen und Gehen. Meldereiter aus den südlichen Reichsprovinzen hasteten die Stufen des Portals herunter und riefen nach ihren Pferden. Eine Gruppe Seeoffiziere in goldbestickten Uniformen stand auf der breiten Treppe und debattierte.

Die Wache am Tor wurde von einem ehrfurchtgebietenden Hauptmann angeführt. Er hatte langes, silbergraues Haar, einen kurzgeschorenen Bart und trug die prächtige Rüstung eines Kürassieroffiziers. Seinen Helm mit wallendem weißen Federbusch hatte er sich unter den Arm geklemmt. Jeder, der das Schloß des Grafen betreten wollte, mußte an ihm und seinen Wachen vorbei. Und das schien nicht leicht zu sein. Jedenfalls wurden bedeutend mehr Boten und Offiziere wieder weggeschickt als durchgelassen.

»Bedaure, aber der Prinz und sein Generalstab sind in einer wichtigen Besprechung«, ertönte die tiefe Stimme des Mannes, während Arthag die Stufen zum Portal erklomm.

Eine junge Frau, die in die weiten Gewänder der Tulamiden gehüllt war, verlangte nach Einlaß. »Drei Wochen habe ich im Sattel gesessen, um den Prinzen zu erreichen. Ich bringe dringende Nachricht des Sultans von Fasar.«

»Wenn Ihr so lange geritten seid, dann gönnt Euch nun eine Nacht der Ruhe und ...«

»Bei allen Dschinnis der Geisterwelt! Ich werde mich doch nicht von einem solchen Stutzer aufhalten lassen!« Die Frau versuchte durch die Wachen durchzubrechen. Klirrend schlugen die Speere der Soldaten am Eingang gegeneinander. Krieger, die weiter unten an der Treppe in Bereitschaft gestanden hatten, eilten die Stufen empor.

»Ich versichere Euch, Ihr seid die erste, die morgen früh eine Audienz bei seiner Majestät erhalten wird«, übertönte der Baß des Hauptmanns den Tumult. »Begleitet die Gesandte nun in die Stadt und verschafft ihr ein angemessenes Quartier!«

Die Frau hatte sich etwas beruhigt. Exkortiert von zwei Soldaten schritt sie an Himgi und seinem Gefolge vorbei die Treppe hinab.

»Laß mich reden«, zischte Nyrilla dem Zwergen ins Ohr.

»Unsinn«, brummte Arthag, erklomm die letzten Treppenstufen und baute sich vor dem Hauptmann auf.

»Ich, Arthag Armbeißer vom Volk der Amboschzwerge, bittet um Audienz bei seiner Majestät, dem Prinzen. Ich bringe dringende Nachricht aus Xorlosch.«

Mit kalten grauen Augen musterte ihn der Offizier, um dann mit tonloser Stimme zu erklären: »Bedaure, Seine Majestät ist in einer wichtigen Besprechung. Morgen werden bis zur Mittagsstunde Audienzen gegeben, ich bitte Euch, mit Eurer Gesandtschaft dann noch einmal vorzusprechen.«

»Hauptmann, unsere Botschaft duldet keinerlei Aufschub. Es tut mir leid, Ihnen Umstände zu bereiten, doch müssen wir nun in den Palast!« Arthag sprach mit gepreßter Stimme. Kaum gelang es ihm, seinen Ärger über die herablassende Behandlung zu unterdrücken. Was erlaubte sich dieser Großling eigentlich? Dabei war Arthags Sippe schon berühmt gewesen, als die Vorfahren dieses Mannes noch mit Steinbeilen Rotpüschel gejagt hatten.

Böse funkelte ihn der Zwerg an. »Ihr zieht den Zorn Seiner Majestät auf Euch, wenn Ihr uns jetzt abweist!«

Der Offizier schien ihn und sein Gefolge zu mustern. Sollte er nur versuchen, mit acht Zwergen Streit anzufangen.

»Ich fürchte, mein Freund hat vergessen zu sagen, daß wir im Auftrag des KGIA beim Prinzen vorsprechen. Baron Dexter Nemrod selbst schickt uns. – Wie war auch gleich Euer

Name, Hauptmann?« Nyrilla stand jetzt neben dem Zwerg und hielt dem Offizier ihr funkelndes Greifensiegel entgegen.

Der Mann erbleichte. »Ich bitte um Entschuldigung ... Warum habt Ihr nicht gleich gesagt, in wessen Dienst Ihr vorsprecht? Natürlich werdet Ihr sofort vorgelassen ... Wache, geleitet die Gesandtschaft in den Rittersaal!«

Das Portal wurde aufgestoßen, und ein Junker verbeugte sich in höfischer Manier vor der Elfe. »Bitte erweist mir die Ehre, mir zu folgen«, grüßte er mit öliger Stimme. Dann wandte er sich um und schritt in den langen Gang hinter dem Portal.

»Warum nicht gleich so«, grunzte Arthag zufrieden und folgte dem Adligen.

»Ich werde mich dann drinnen nach Eurem Namen erkundigen«, sagte Nyrilla und folgte dem Zwergen. Der Offizier schien noch eine Spur blasser zu werden.

»Was machen wir, wenn er herausbekommt, daß wir gar nicht direkt vom Baron kommen?« flüsterte Arthag der Elfe zu, während sie durch den hohen, fackelbeleuchteten Flur schritten. Der Zwerg war beunruhigt. Es war nicht gut, leichtfertig den Namen des Großinquisitors zu nennen.

»Der Hauptmann wird schon keine weiteren Fragen stellen. Er wird froh sein, wenn er von uns nichts mehr hört.«

Arthag konnte diesen Optimismus nicht teilen. Überhaupt fand er, daß sich Nyrilla meistens zu wenig Gedanken darüber machte, was sie tat.

Inzwischen waren sie vor einer großen, zweiflügeligen Tür angelangt. Der Junker tuschelte kurz mit den Wachen. Dann wurde die Flügeltür einen Spalt geöffnet, und eine Kriegerin huschte hinein.

Was für Umstände die Großlinge machten! Arthag war das unbegreiflich. Er blickte sich zu seiner Ehrenwache aus Xorlosch um. Die Zwerge musterten mit versteinerten Mienen Wände und Decken. Keiner sagte etwas oder zeigte auch nur die geringste Regung. Trotzdem war Arthag sich ziemlich sicher, daß sie in Gedanken geringschätzig die menschliche

Architektur mit ihren eigenen Steinmetzarbeiten verglichen.

Arthag hatte sich schon lange abgewöhnt, solche Vergleiche anzustellen. Was sollte man von den kurzlebigen Großlingen auch erwarten? Sie waren doch schon alt und grau, bevor einem jungen Zwergen ein mannhafter Bart gewachsen war. Menschen lebten einfach nicht lange genug, um sich die Muße für wahrhaft vollkommene Arbeiten nehmen zu können. Keiner ihrer Steinmetze hatte die Zeit, ein Jahrzehnt aufzuwenden, um einen wahrhaft vollkommenen Torbogen zu gestalten. Warum sollte man über sie lästern? Man sprach ja auch nicht geringschätzig von Kindern, die sich bemühten, aus Sand Burgen zu formen.

Arthag schreckte aus seinen Gedanken auf. Beinahe lautlos hatte sich die Flügeltür geöffnet. Der Zwerg konnte in einen langen Saal mit rußgeschwärzter Holzdecke blicken. Wohl zwei Dutzend Männer und Frauen in prächtigen Rüstungen und Uniformen schauten ihm erwartungsvoll entgegen, während irgendwo eine laute Stimme verkündete:

»Arthag Armbeißer, Zwerg vom Volk unter dem Amboß, Gesandter des Großinquisitors Baron Dexter Nemrod. In seinem Gefolge, Nyrilla, vom Volk der ...«

Arthag zitterten für einen Moment die Knie. Solche Auftritte war er nicht gewohnt. Dann faßte er sich ein Herz und schritt in den Saal. Am Ende der Tafel stand ein junger Mann in hohen Reiterstiefeln. Seine Uniform war etwas abgetragen und die Farben seines Rocks ein wenig verschossen.

Dennoch konnte kein Zweifel bestehen. Dieser selbstbewußte und doch nicht überhebliche Blick. Die braunen Augen, das schulterlange, dunkelblonde Haar ... Und vor allem das Amulett mit dem Fuchskopf, das der junge Mann um den Hals trug. Dieser Mann mußte Prinz Brin sein.

Der Zwerg verneigte sich.

»Erhebt Euer Haupt, Arthag vom Volk der Amboßzwerge.« Die Stimme klang fest und zugleich freundlich. »Sagt, welch wichtige Botschaft bringt Ihr mir von meinem Freund, dem Baron?«

Arthag räusperte sich verlegen. Er wünschte, diese verdammte Elfe hätte ihr vorschnelles Mundwerk gehalten.

»Ähm … Zunächst überbringe ich Euch Grüße von Tschubax, Herr aller Erzzwerge und König in Xorlosch. Im Dienste des Barons haben wir dort Kunde über Greifenfurt, daß einst Saljeth genannt wurde, eingeholt und wissen nun, was die Schwarzröcke dazu trieb, den Tempel des Praios zu schänden und seit vielen Wochen unermüdlich die Mauern der Stadt zu bestürmen …«

Als der Zwerg geendet hatte, herrschte Grabesstille im Rittersaal. Als erster fand der junge Prinz die Sprache wieder. »Ich fürchte, Herr Arthag, es wird Euch nicht möglich sein, Eure Botschaft nach Greifenfurt zu bringen. Jedenfalls nicht in den nächsten Tagen. Nach den neuesten Berichten unserer Kundschafter sammelt sich ein größerer Truppenverband nördlich von uns. Überall wimmelt es nur so von den Spähern der Schwarzpelze, und bis zur Stadt durchzukommen ist unmöglich.«

»Aber …« Arthag stand ratlos vor der Versammlung. Wieder erschien es ihm, als würden ihn alle anstarren. »Aber ich habe mein Wort gegeben, diese Botschaft nach Greifenfurt zu bringen, und König Tschubax hat mir dazu diese Ehrenwache mitgegeben.«

Er blickte über die Schulter zu den Zwergen, die dort in der Tür standen. Keiner von ihnen zeigte die geringste Regung, und doch konnte sich Arthag nur zu gut vorstellen, was in ihnen vorging. »Halte ich mein Wort nicht, dann sind mein Gefolge und ich ehrlos. Lieber werden wir sterben, als unseren Sippen solche Schande zu bereiten.«

»Du wirst deine Botschaft nach Greifenfurt bringen, mein Freund«, erklang eine vertraute Stimme.

Arthag hatte während seines ganzen Vortrags den Blick nicht vom Prinzen gewandt. Erst jetzt musterte er die Offiziere und Reichsräte, die entlang der Tafel versammelt waren. Und dann erkannte er den hochgewachsenen Mann mit dem kurzen Haar, der zu ihm sprach.

Der Wurzelsaft, mit dem er vor Wochen das Haar schwarz gefärbt hatte, war längst ausgewaschen; wie Gold schimmerte jetzt das Haupthaar Alriks von Blautann.

»Du kannst Ferdok nur mit uns allen gemeinsam verlassen. Versteh mich nicht falsch, Arthag, aber würden acht Zwerge versuchen, die Linien der Orks zu durchbrechen, so endete das mit einem traurigen Heldenlied über Todesmut. Das mag zwar ehrenvoll sein, deinen Auftrag hast du damit aber nicht erfüllt. Außerdem solltest du bedenken, daß du nicht nur für dich alleine, sondern auch für deine Begleiter die Verantwortung trägst.«

Arthag war sich unschlüssig. Ließ er die Sache mit der Ehre beiseite und betrachtete das Problem leidenschaftslos, mußte er dem Oberst zustimmen.

»Und wann wird die Armee Ferdok verlassen?«

Wieder wurde es ruhig im Saal. Langsam wurde Arthag bewußt, daß er ungewollt ein sehr heikles Thema angesprochen hatte.

Schließlich antwortete ein Mann in der Uniform eines Admirals. »Das hängt von vielen Faktoren ab. Wir müssen erst eine genügend große Flotte aufbauen. Außerdem brauchen wir ausreichend Matrosen und Soldaten, und dann sollte der Wind auch noch günstig stehen.«

»Was soll das heißen?« Arthag war verwirrt. Was sollte das Gerede von Flotten und Matrosen? Es ging doch darum Greifenfurt zu befreien ...

»Nun, es wird wohl noch ein paar Wochen dauern«, entgegnete der Admiral.

»Ein paar Wochen!« Nyrilla konnte nicht fassen, was sie da gehört hatte. Sie vergaß alle Etikette, blickte einen Moment in die Runde und fragte dann mit schneidender Stimme. »Seid Ihr sicher, daß es sich dann überhaupt noch lohnt aufzubrechen?«

»Nun, schöne Unbekannte«, erwiderte Admiral Anin, »sollte ich einmal meinen Weg im Wald verlieren, greife ich gerne auf Eure Hilfe zurück. Doch die Planung größerer militärischer Operationen überlaßt doch bitte den Strategen.«

»Nun, Stratege, dann wünsche ich Euch viel Glück bei der Rückeroberung eines von Orks besetzten Greifenfurt ... in ein paar Wochen oder so.«

Nyrilla machte auf dem Absatz kehrt und verließ den Saal.

»Admiral Sanin, Eure höfischen Manieren lassen zu wünschen übrig. Ich erwarte, daß Ihr Euch bei nächster Gelegenheit bei der Dame in aller Form entschuldigt. Sie hat sich heldenhaft für unsere Sache geschlagen und verdient mit mehr Respekt behandelt zu werden.«

Der Admiral verbeugte sich vor seinem Prinzen.

»Zu Befehl, Eure Majestät. – Doch nun laßt uns weiter die Schiffsentwürfe einsehen, die uns Fürst Cuanu Ui Bennain geschickt hat. Dieser Mechanikus, von dem er schreibt, scheint ein sehr begabter Mann zu sein. Seht nur dieses Schiff mit dem Kran im Bug. Ich denke ...«

Während die Offiziere weiter beratschlagten, schlich sich auch Arthag aus dem Saal. Seinen Empfang hatte er sich anders vorgestellt. Obwohl die Argumente der Großlinge vernünftig klangen, wollte er nicht wochenlang in Ferdok bleiben.

Was sollte aus Hauptmann Himgi werden? Aus Marcian, Lysandra und all den anderen, die in Greifenfurt auf ihn warteten und hofften, daß sie eine Entsatzarmee bringen würden?

Traurig verließ er den Rittersaal und machte sich in der Stadt auf die Suche nach Nyrilla.

12

Zerwas hatte sich in den Reichsforst zurückgezogen und lange seine Rache geplant. Jede Nacht war er losgezogen, um Angst und Schrecken zu verbreiten. Er hatte einsame Köhler und Waldbauern tief im Süden des Waldes überfallen, hatte Jagd auf die gefürchteten Olochtai gemacht und einsame Außenposten der kaiserlichen Armee in Panik versetzt. Selbst nach Gareth war er einmal geflogen, um in seiner Dämonengestalt Angst und Schrecken zu verbreiten. Trotzdem konnte ihm all dies nicht seine Trauer und seinen Haß nehmen. Allein während er seinen Opfern das Blut aussaugte, vergaß er für wenige Augenblicke das Bild der schönen und rebellischen Sartassa, dieses wunderbare, verführerische und gefährliche Geschöpf.

Sie wäre an seiner Seite eine Königin der Finsternis gewesen und hätte nichts zu fürchten gehabt, außer dem hellen Licht des Tages, dem sie durch Marcians Verrat zum Opfer fiel.

Der Inquisitor würde dafür büßen! Marcian sollte dieselben Qualen leiden, die er in den letzten Wochen durchlebt hatte.

In den ersten Nächten nach dem Verrat hatte Zerwas daran gedacht, einfach in die Stadt zu fliegen und Cindira zu töten. Doch das wäre zu leicht gewesen. Zerwas hatte von dem Freudenmädchen einiges über Marcian erfahren, als er bei ihr lag und ihre Gedanken las. Wenn sie sich gestritten hatten, mied Cindira tagelang die Nähe des Inquisitors und gab sich aus Rache den Gästen der ›Fuchshöhle‹ hin.

Sie war ein einfaches, aufrechtes Geschöpf. Ohne Falsch ... Marcian hatte es oft verstanden, sie zu beleidigen und zu erschrecken. Manchmal hatte sie dann bei ihm Trost gesucht. Der Vampir lächelte. Er wußte, was mit Marcians erster Liebe geschehen war. Wie er diese Frau seinem Ehrgeiz geopfert hatte und später nie Manns genug war, sich mit dieser Tat abzufinden.

Nein, Zerwas mußte sich Zeit lassen mit seiner Rache an dem Inquisitor. Er konnte Cindira nicht einfach nur ermorden. Ihr Tod sollte auch Marcian vernichten. Seit er am Abend auf den arglosen, blonden Ritter am Südrand des Waldes aufmerksam geworden war und dessen Gedanken durchforscht hatte, wußte Zerwas, wie er zu seiner Rache finden würde.

Leise näherte er sich dem Feuer des Ritters, der am Waldrand nahe der Reichsstraße nach Angbar rastete. Der Junge bemerkte ihn nicht; selbst als er weniger als einen Schritt vom Lichtkreis des Feuers entfernt war, kaute er immer noch an seiner zähen Wurst.

»Ist es gestattet, sich an Eurem Feuer zur Rast niederzulassen, Junker?« fragte Zerwas höflich aus der Dunkelheit.

Der junge Mann fuhr erschrocken hoch. Seine Hand lag am Säbel. »Wer da?« rief er laut, während er sich unsicher umschaute.

»Ein Ritter auf dem Weg zum Prinzen. Ich bringe dringende Botschaft vom Hof in Gareth.«

»Kommt ins Licht, daß ich Euch sehen kann, Ritter.«

Zerwas trat näher ans Feuer und erklärte mit gespielter Erleichterung. »Ich bin froh, hier auf einen Mann des Prinzen zu treffen. Heute morgen habe ich einige Olochtai in den Wald verfolgt. Diese Bestien töteten mein Pferd. Drei von ihnen konnte ich zur Strecke bringen, doch im Eifer der Verfolgungsjagd verirrte ich mich, bis mir Euer Feuer den Weg wies.«

»Wie ist Euer Name, Fremder?«

Noch immer war der junge Ritter unsicher. Zerwas konnte jeden seiner Gedanken wahrnehmen. Der Junker war gewappnet, jeden Augenblick seine Waffe zu ziehen.

»Man nennt mich Murlok von Mengbilla. Einst war ich dort Sohn eines rechtschaffenen Händlers, doch mit der politischen Haltung unseres Stadtfürsten bekam ich Probleme, kaum daß der große Krieg im Süden ausgebrochen war. Als meine Haltung ruchbar wurde und Leute, die ich bis dato für meine Freunde hielt, mich verrieten, mußte ich Hals über Kopf die Stadt verlassen. Ich habe mich dann den Kämpfern um Leomar von Almada angeschlossen und mein Schwert in den Dienst des Kalifen gestellt. Auf Emfpehlung dieses edlen Ritters wurde ich schließlich, nachdem wir dem Raben die Flügel gestutzt hatten, am Hofe des Prinzen Brin eingeführt. In seinem Gefolge war ich bei den Schlachten am Orkenwall und auf den Silkwiesen beteiligt. Danach blieb ich in besonderer Mission in Gareth, und nun bin ich auf dem Weg zurück, zum Prinzen, meinem Herren.«

Zerwas hatte den jungen Ritter während der Rede nicht aus den Augen gelassen. Der Vampir war sich durchaus bewußt, daß er mit dieser Geschichte dick aufgetragen hatte, doch sein Gegenüber glaubte ihm. Der Ritter war zutiefst beeindruckt.

»Wie lautet denn Euer Name?« fragte Zerwas in aufgeräumtem Tonfall.

»Man nennt mich Roger von Duhan. Ich bin ein Neffe des Kronkommissars Marschall Duhan. – Doch nehmt Platz an meinem Feuer, Ritter Murlok. Ich bin froh, in dieser Nacht nicht alleine wachen zu müssen.«

»Ihr habt recht, junger Freund. In dieser Wildnis alleine unterwegs zu sein ist wirklich kein Vergnügen. Warum habt Ihr nicht Rast in Hirschfurt gemacht? Dort hättet Ihr ein bequemeres Nachtlager haben können.«

»Sicher.« Roger stocherte mit einem langen Stecken im Feuer. »Doch wäre ich dann um einige Stunden später bei meinem Prinzen gewesen. Ich habe ihm eilige Botschaft zu bringen.«

Zerwas musterte den jungen Mann verstohlen aus den Augenwinkeln. Er war groß und muskulös gebaut, trug einen Küraß nach neuester Mode, an den sich eisernes Plattenzeug anschloß, das die Oberschenkel bedeckte. Seine Reitstiefel mit hohen Stulpen waren aus teurem Leder gefertigt. Statt eines Schwertes lag ein Reitersäbel mit kunstvoll verziertem Korb an seiner Seite. Unter dem Küraß trug der Junker eine lange Weste aus fein gewobener Wolle. Einige Rüschen ragten an Hals und Ärmeln unter der Weste hervor. Auf dem dunklen Mantel, den er dicht neben dem Feuer ausgebreitet hatte, lag ein schwarzer Schlapphut mit bunten Federn und breiter Krempe.

Der Junge hat in seinem ganzen Leben noch keine Not leiden müssen, dachte Zerwas. Er war nichts als ein Höfling, der darauf brannte, sich in der Schlacht zu bewähren. Was Krieg wirklich bedeutete, davon hatte der Edelmann keine Ahnung.

Wahrscheinlich war sein Vater für ihn eingetreten, so daß er bislang nur ungefährliche Botenritte ausführen mußte. Zerwas mochte wetten, daß Roger keine Ahnung hatte, warum er, als sich das ganze Heer auf die Schlacht bei Silkwiesen vorbereitete, mit einer dringenden Depesche nach Perricum reiten mußte.

Der Vampir forschte weiter in den Gedanken des jungen Mannes und lächelte. Ungefährliche Botenritte?

»Was amüsiert Euch, Ritter?«

»Oh, ich dachte daran, wie sehr ich in Eurem Alter auf mein erstes Gefecht brannte. Ich hatte gerade Mengbilla verlassen und war in die Khom geritten, um mich den Rebellen anzuschließen ...«

»Und wie war es?« Roger hing ihm förmlich an den Lippen.

»Ob ihr mir glaubt oder nicht, als es anfing, habe ich mir in die Hosen gemacht. Wir mußten durch mörderisches Bogenschützenfeuer reiten, und rechts und links von mir stürzten die Krieger getroffen vom Pferd. Mich selbst traf ein Stein am Helm. Mir wurde schwarz vor Augen, und die Schlacht war für mich zu Ende, noch bevor ich den ersten Schwerthieb geführt hatte.«

»Wie schrecklich!«

Wie konnte man nur so naiv und gutgläubig sein. Ein Wunder, daß der bei seinen Botenritten noch keinen Strauchdieben unter die Messer gekommen war, dachte Zerwas. Roger hatte wirklich Mitleid mit diesem Gecken Murlok, den er gerade erfunden hatte.

»Doch dann seid ihr sicher bald ein großer Krieger geworden. Ihr tragt eine prächtige Rüstung! Darf ich den Zweihänder einmal sehen, den Ihr dort neben Euch niedergelegt habt?«

»Sicher.« Zerwas reichte ihm die Waffe herüber und ließ Roger nicht aus den Augen, während dieser ehrfürchtig die Waffe musterte.

»Ihr brennt sicher darauf, in Eure erste Schlacht zu reiten?« fragte der Vampir.

»O ja, ich hoffe, daß man mich auch noch mal gegen die Schwarzpelze ziehen läßt, bevor sie alle wieder aus dem Reich vertrieben sind. – Manchmal glaube ich, mein Onkel sorgt dafür, daß ich nie bei einer Schlacht dabei bin. Meine beiden Brüder sind am Nebelstein gefallen ... Mutter hat alles getan, um zu verhindern, daß ich auch in den Krieg ziehe.«

Der junge Mann sah nicht vom Schwert auf. Zerwas spürte, wie Roger einen inneren Kampf ausfocht. Er wollte seine Mutter nicht ängstigen, doch fühlte er sich auch verpflichtet, den Tod seiner Brüder zu rächen. Daß er dabei selber sterben könnte, kam ihm nicht in den Sinn.

»Habt Ihr denn keine Angst vor dem Tod, mein junger Freund?« Zerwas rückte näher und legte dem Ritter seinen Arm um die Schulter.

»Natürlich nicht, was denkt Ihr denn von mir? Ich würde mit Freuden für meinen Prinzen mein Leben geben!«

»Den Wunsch kann ich dir erfüllen ...«

Zerwas packte den Jungen fester.

»Was tut Ihr, Murlok«, schrie der Ritter auf und versuchte, sich verzweifelt zur Wehr zu setzen, doch den Kräften des Vampirs war er nicht gewachsen.

»Ich mache dir eine Freude!« höhnte der Vampir. »Hast du nicht gerade noch gesagt, du würdest gerne für deinen Prinzen dein Leben geben?« Zerwas lachte. Dann gruben sich seine Fänge in die weiße Kehle des jungen Ritters.

Er genoß den kurzen Augenblick, den das feste Muskelfleisch seinem Biß widerstand ... Und dann das süße Fließen des Blutes ... Köstlich, mit welcher Kraft es durch die Adern des Ritters pulsierte.

Roger wehrte sich nur noch schwach.

Zerwas wußte, daß er sich beherrschen mußte. Würde er Roger zuviel Blut nehmen, wäre er nicht mehr für seine Pläne zu gebrauchen.

Langsam ließ er den leblosen Körper aus seinen Armen gleiten.

Ein dünner Faden Blut floß aus der kleinen Wunde am Hals des Ritters.

Seufzend stand Zerwas auf und ging zu seinem Schwert. Dann stellte er sich breitbeinig über den jungen Mann. Mit beiden Händen umklammerte der Vampir ›Seulaslintan‹. Roger hatte seine Augen so verdreht, daß nur noch das Weiße zu sehen war.

Ob er wohl noch bei Bewußtsein war? Ob er sehen konnte, was jetzt geschah?

Zerwas rammte mit aller Kraft sein Schwert in das weiche Erdreich. Dann kniete er nieder und nahm die Hand Rogers, um sie um den Griff der Waffe zu legen. Doch der Ritter hatte zu wenig Kraft. Immer wieder glitt seine Hand kraftlos zu Boden; der Vampir mußte sie schließlich mit zwei dünnen Lederriemen festbinden.

Als Zerwas sich überzeugt hatte, daß die Hand des Ritters nun nicht mehr abrutschen konnte, legte er seine Stirn auf den Knauf der Waffe, umklammerte sie selbst mit beiden Händen und öffnete sich den dunklen Kräften ›Seulaslintans‹.

Als der Vampir wieder zu sich kam, lag er auf dem Boden. Das Feuer war herabgebrannt.

Mühsam richtete er sich auf. Noch immer hatte er den leicht metallischen Geschmack von Blut im Mund. Er griff nach dem Handgelenk des Mannes in der schwarzen Rüstung, dem Körper, der einmal die Heimat seiner dunklen Seele war.

Er war steif und kalt. Kein Blut pulste mehr in seinen Adern.

Die Umwandlung war abgeschlossen! Nun mußte er nur noch den Leichnam verschwinden lassen.

Der Vampir zog das Schwert aus dem Boden. Welch wunderbare Kräfte diese Waffe doch besaß. Dann starrte er wieder zu dem Toten, der einst Zerwas gewesen war. Für einen Moment zögerte er. Dies war der Körper, mit dem er sein neues Leben begonnen hatte. Der Körper, der Sartassas streichelnde Hände gefühlt hatte.

Der Vampir erschauderte ...

Dann verscheuchte er die trüben Gedanken. Unnütze Sentimentalitäten!

Schließlich war dies auch der Körper, den Marcian kannte und auf den alle Inquisitoren des Reiches Jagd machen würden, sollte Marcian aus Greifenfurt entkommen.

In blitzenden Bogen ließ der Vampir das Schwert niedersausen. Er wußte nicht, ob die Enthauptung notwendig war, nachdem er diese Hülle verlassen hatte, doch er wollte kein unnötiges Risiko eingehen. Jetzt war Zerwas endgültig tot. Es lebe Ritter Roger!

Durch die Kraft ›Seulaslintans‹ hatte er alle Erinnerungen des toten Ritters in sich aufgenommen. Er wußte nun um dessen erste große Liebe, um den tragischen Unfalltod des Vaters und Tausende anderer Dinge, die das Leben des Ritters geprägt hatten.

Manchmal reichte es schon, nur das Blut eines Menschen zu trinken, um Bilder aus dessen Erinnerung in sich aufzunehmen. Doch verblaßte dieses Wissen meist schnell wieder. Allein der Zauber des Schwertes erlaubte Zerwas, den Körper zu wechseln und ein neuer ›Mensch‹ zu werden.

Wieder lächelte der Vampir. Ein Mensch …

Nein, das war er nun wirklich nicht mehr. Als er Roger tötete, hatte er auch beschlossen, seine letzte menschliche Attidüde abzulegen. Er würde keine Spiele mit irgendwelchen Namen mehr treiben, wie er es früher einmal getan hatte, als er jedesmal, wenn er in neuer Gestalt nach Greifenfurt zurückkehrte, sich an einige Buchstaben aus seinem alten Namen klammerte. Kindlicher Unsinn!

Er hatte sich nicht damit abfinden können, nicht mehr der Sohn eines Schmiedes zu sein, der mit einer Gruppe von Abenteurern vor langer Zeit in den Norden gezogen war.

Der Vampir wußte zwar nicht, was er war, doch ein Mensch war er nicht mehr. Vielleicht der Sklave seines Schwertes? Doch welch süßes Los war es, unsterblich zu sein und über Leben und Tod zu gebieten.

Sicher, er war kein Gott, doch konnte er mit fast göttlicher Allmacht in das Leben der Menschen eingreifen. Er würde dafür sorgen, daß Greifenfurt vernichtet wurde. Die ganze Stadt sollte dafür sterben, daß man ihm dort zweimal seine Geliebte genommen hatte. Er würde Rache nehmen, wie kein Mensch es je könnte!

Doch jetzt mußte er nach Ferdok reiten und die Botschaft überbringen, die man Roger genannt hatte. Answin von Rabenmund, der versucht hatte, dem Prinzen Brin den Thron zu rauben, und damit einen Bürgerkrieg entfesselte, war die Flucht aus den Kerkern der Hauptstadt gelungen. Es sah ganz so aus, als habe der junge Prinz mächtigere Feinde, als er ahnte.

Der Vampir lachte laut schallend in die Nacht. Vielleicht würde er noch miterleben, wie Kaiserreich und Inquisition untergingen.

Marcian ging in seinem kalten Turmzimmer auf und ab. Wieder einmal hatten ihm quälende Alpträume den Schlaf geraubt. Im Traum war er Zerwas begegnet; noch immer hallte ihm das schallende Gelächter des Dämons in den Ohren.

Der Inquisitor stand vor einer der weißgetünchten Wände des Turmzimmers. Obwohl die Schießscharten mit hölzernen Läden verschlossen worden waren, zog eisiger Wind durch die Ritzen. Es schien auch unmöglich, das kalte, dicke Gemäuer des Turms richtig warm zu bekommen. War die Kühle des Raums während der Sommermonate noch angenehm gewesen, so entwickelte sie sich im Herbst zu einem Fluch.

Dabei war es erst Mitte Boron. Wie mochte es erst sein, wenn der Firunsmond am Himmel stand und die Breite, die am Fuß des mächtigen Bergfrieds entlangfloß, sich mit Eis überzog?

Eis! Wieder mußte er an die Worte des verrückten Propheten denken. Gestern hatte ein Unbekannter Uriens niedergeschlagen. Jetzt lag er im Lazarett der Garnison. Dieser Verrückte! Mit seinen Prophezeiungen machte er sich mehr und mehr Feinde in der Stadt. Bürger wie Soldaten fürchteten ihn. Hatte er sich doch erdreistet, einigen zu sagen, daß er noch ihre grinsenden Schädel sehen würde. Anderen prophezeite er: *›Vor dem Eis kommt das Feuer und wird des Schiffers Heuer!‹*

Auch den Zwergenhauptmann Himgi hatte er schon ganz verrückt gemacht. Albernes Gerede von einem kleinen Stein und einem Todeslos.

Marcian drehte sich um und durchmaß erneut das Zimmer. Er mußte diesen Uriens zum Schweigen bringen. Sobald seine Verletzungen verheilt wären, würde er ihn einkerkern.

Zu seinem eigenen Schutz! Würde der Verrückte noch länger in der Stadt herumlaufen und solchen Unsinn von sich geben, mochte sich jemand finden, der seine Klinge an den Knochen des Propheten wetzte.

Marcian blickte zu Cindira, die träumend im Bett lag. Wie die meisten in der Stadt ahnte sie kaum etwas von seinen Sorgen. Wer wußte denn schon, daß mittlerweile mehr als zwei Dutzend Krieger im Kerker gefangen saßen?

Vor zwei Nächten hatte ihm Odalbert und Riedmar, die letzten seiner Agenten, die jetzt noch in der Stadt waren, ein Komplott aufgezeigt. Einige der Kürassiere aus Blautanns Regiment und etliche Bürger unter der Führung von Gernot Brohm hatten sich verschworen, Rialla und die drei anderen Rebellen aus dem Kerker unter der Garnison zu holen. Statt dessen sollten er und seine getreuesten Gefolgsleute in diesen kalten Gewölben einquartiert werden.

Marcian lachte bitter. Ihr Besuch im Kerker war anders verlaufen, als sich die Rebellen das gedacht hatten. Auf Befehl des Inquisitors hatten sich Himgis Zwerge in den Vorratskammern nahe des Kerkers versteckt. Sie waren die einzigen regulären Soldaten, denen er an diesem Abend noch vertraut hatte.

Gemeinsam mit dem Hauptmann hatten sie zwei Hornissen in ihre Verstecke geschafft und die tödlichen Geschütze in den Gang vor dem Kerker gerollt, als die Verschwörer die Gitter aufbrachen. Den Rückweg hatte Marcian höchstselbst den Verrätern versperrt. Gemeinsam mit Lysandra und Lancorian hatte er die Treppe blockiert, worauf die Verräter ihre Waffen streckten.

Morgen früh mußte er nun über sie richten. Es galt, ein weises Urteil zu fällen. Durch das Schreiben des Prinzen, das ihn zum uneingeschränkten Kommandanten dieser Stadt machte, hätte er zwar das Recht, selbst Adelige zum Tode zu verurteilen, doch mochte ein zu harter Richterspruch nur zu neuen Unruhen führen. Außerdem konnte er es sich kaum leisten, auf zwei Dutzend gute Kämpfer zu verzichten.

Wieder stand Marcian vor einer der Wände des Turmzimmers und musterte geistesabwesend die getünchten Steine.

Auf der anderen Seite konnte er es sich auch nicht leisten, die Verschwörer frei in der Stadt herumlaufen zu lassen. Es wäre nur eine Frage der Zeit, bis sie einen neuen Plan ausgeheckt hätten, um ihn zu beseitigen.

Cindira stöhnte unruhig im Schlaf.

Hastig drehte Marcian sich um. Nicht auch noch sie! »Mutter Peraine, halte deine schützende Hand über sie«, flüsterte er und schlug das Zeichen der Göttin.

Es mußte wohl am Hunger liegen und daran, daß sie ihre Toten innerhalb der Stadtmauern beerdigten. Seit Wochen suchten Seuchen die Stadt heim. Er selber hatte etliche Tage mit der Schlachtfeldgilbe im Bett gelegen. Eine Zeit, in der sich Cindira aufopfernd um ihn gekümmert hatte und Tag und Nacht an seinem Lager wachte.

Ob sie nun das tückische Fieber befallen hatte?

Vorsichtig, um die Schlafende nicht zu wecken, fühlte er ihre Stirn. Sie war trocken und heiß. Sie hatte Fieber!

Bei den Göttern! Warum mußte Cindira jetzt dafür büßen, daß sie ihn gepflegt hatte? Hoffentlich war es nicht jene seltsame Krankheit, von der Meister Gordonius ihm in den letzten Wochen immer wieder mit Schrecken berichtet hatte.

Marcian mußte an den Mann denken, den er auf so grauenvolle Art im Haus der Therbuniten hatte sterben sehen. Er war nur der Vorbote einer schrecklichen Epidemie gewesen, die zum Glück bislang nur wenige Bürger befallen hatte.

Zwanzig oder dreißig waren es, die, von allen anderen Kranken und Verletzten isoliert, im Tempel der Peraine lagen. Dem Ältesten der Therbuniten war rätselhaft, worunter sie litten und wie sie sich diese gräßliche Krankheit zugezogen hatten.

Wohl eine Woche nach dem Tod des Wächters waren die ersten zu ihm gekommen und zeigten dem Heiler gräßliche grüne und braune Beulen, die sich überall am Körper bildeten und ihre Gesichter entstellten.

Gemeinsam mit Marcian hatte Gordonius beschlossen, die Kranken in den Peraine-Tempel zu bringen. Vielleicht würde die Nähe zur Göttin sich ja gut auf ihre Krankheit auswirken. Doch statt dessen war alles schlimmer geworden. Die Beulen waren aufgebrochen und hatten einen so üblen Gestank verbreitet, daß es selbst die Pfleger kaum noch ertragen konnen, den Tempel zu betreten und sich um die Kranken zu kümmern.

Daraufhin wurde allen außer den Therbuniten verboten, den Tempel zu betreten, und Marcian hatte Wachen rund um das Gebäude aufstellen lassen.

Unruhe war in der Stadt ausgebrochen. Manche hatten gefordert, die Kranken zu verbrennen, damit sie die Gesunden nicht anstecken könnten. Doch bald war es auch nicht mehr nötig gewesen, Wächter aufzustellen, da sich niemand mehr in die Nähe des Tempels wagte.

Marcian schnaubte verächtlich. Als er Gernot Brohm mit den anderen Verschwörern beim Verlies gestellt hatte, sagte der Patrizier, daß sich die Bürger nur deshalb den Soldaten angeschlossen hätten, damit dieser gottverlassene Tempel verbrannt würde. Der Patrizier glaubte tatsächlich, die Göttin Peraine würde es vergeben, wenn ihr Haus in Flammen aufginge, denn schließlich sei das der einzige Weg, die Stadt vor der weiteren Ausbreitung der Seuche zu retten.

Wieder starrte der Inquisitor die weißen Wände seines Turmzimmers an. Ständen nicht die Orks vor den Toren der Stadt, so würden die Bürger in Scharen fliehen. Vielleicht mochte sogar der Tag kommen, an dem die Schrecken innerhalb der Mauern so groß wurden, daß sie sich lieber in die Knechtschaft der Schwarzpelze begaben, als hier elendig zugrunde zu gehen.

Der Inquisitor schaute zu Cindira hinüber. Hoffentlich war nicht auch sie von der rätselhaften Krankheit befallen. Die Schlachtfeldgilbe konnte man überstehen. Was aber mochte die armen Kreaturen im Tempel der Göttin heimgesucht haben?

Nun, er war Krieger und kein Medicus. Was er tun

konnte, war, sich über ein gerechtes Urteil für die Rebellen den Kopf zu zerbrechen.

Und wieder begann Marcian seinen endlosen Marsch.

Viel Volk hatte sich am Morgen des nächsten Tages auf dem Platz der Sonne versammelt, und der Inquisitor argwöhnte, daß die meisten von ihnen hier waren, um Köpfe rollen zu sehen. Rialla, Gernot Brohm und die anderen wurden unter strenger Bewachung und in Ketten auf den Platz gebracht. Marcian hatte im Portal des Magistrats einen mächtigen Lehnstuhl aufstellen lassen. Neben ihm stand ein Tisch, auf dem ein Buch, ein Richtschwert und ein Stab aus dünnem Holz lagen.

Für alle Fälle hatte der Inquisitor auf den Dächern rings um den Platz Himgis mit Armbrüsten bewaffnete Zwerge Stellung beziehen lassen. Marcian ließ den Blick über die Dächer schweifen. Dann erhob er sich von seinem Sitz, und das Stimmengemurmel auf dem Platz verstummte.

»Die Schuld der Angeklagten ist jedem bekannt. Sie haben sich gegen meine Herrschaft aufgelehnt und versucht, Rebellen aus dem Kerker zu befreien. Doch vielleicht gibt es jemanden, der ein Wort zu ihrer Entlastung sagen kann?« Marcian blickte erwartungsvoll in die Runde. Neben den Bürgern waren auch alle Offiziere und viele Soldaten auf dem Platz der Sonne versammelt.

»Nun?« Der Inquisitor hatte noch einmal die Stimme erhoben.

»Gut. Wenn keiner der hier Anwesenden etwas zugunsten der Angeklagten zu sagen hat, so will ich es tun. Sie alle haben ohne Ausnahme ihr Leben für diese Stadt eingesetzt. Und fast alle haben außer Ehre auch Wunden im Kampf mit den Orks davongetragen.«

Zustimmendes Gemurmel. Eine Frau schrie lauthals: »Recht gesprochen!«

»Wir alle wissen auch, daß wir jede Hand, die ein Schwert führen kann, brauchen werden, um diese Stadt weiterhin gegen die Orks zu halten.«

Marcian legte seine Hand auf das Buch, das neben dem Richtschwert ruhte. »Der CODEX RAULIUS kennt für Hochverrat und Rebellion in Kriegszeiten nur ein Urteil.«

Der Inquisitor nahm das schwere Buch vom Tisch, schlug eine Stelle auf, die er durch ein Lesezeichen markiert hatte und begann laut vorzulesen:

»Ein Anführer, der sich in Kriegszeiten gegen das Wort seines Herrn empört, ist ohne groß Federlesens am Halse zu erhängen, bis das der Tod eintrete, was gewißlich der Fall ist, so dem Delinquenten die Zung aus dem Maule quillt. Ist der Empörer von adligem Blut, so hat er das Recht, durch die Klinge des Henkers zu fallen, ohne daß dem einfachen Volk sein Tod ansichtig wird.«

Danach machte Marcian eine wohlgesetzte Pause, ehe er fortfuhr:

»Wie alle hören konnten, erklärt das alte Recht des Kaisers Raul die Rebellion in Kriegszeiten zu einem Verbrechen, das nur durch die Höchststrafe gesühnt werden kann, und nicht einmal ich habe das Recht, ein Urteil, das von einem Kaiser gesetzt wurde, zu beugen.«

Die Aufrührer sahen zu Boden. Vor allem Rialla hatte schon lange mit ihrem Leben abgeschlossen. Als Offizierin wußte sie nur zu gut, was es bedeutete, in Kriegszeiten gegen einen Vorgesetzten das Schwert zu ziehen. Sie selber hätte an Marcians Stelle nicht anders entschieden.

Wieder erhob der Inquisitor seine Stimme. »Seit zehnmal hundert Götterläufen regieren Rauls Erben das Neue Kaiserreich, das sich aus der Asche der Kriege gegen die Dämonenanbeter von Bosparan erhoben hat. Nie hat jemand dieses Gesetz in Frage gestellt, doch ausdrücklich heißt es im CODEX RAULIUS, altes Recht sei gutes Recht, womit gemeint ist, daß ein älterer Schiedsspruch immer schwerer wiegt als ein Urteil jüngeren Datums, falls die Urteilsfindung in einem Gerichtsfall nicht ganz eindeutig ist.«

Marcian ließ seine Worte auf die Menge wirken und dankte im stillen Praios dafür, daß er während seiner Ausbildung als Inquisitor so ausführlich in der Rechtsprechung unterwiesen worden war. Bislang hatte ihm dieses Wissen kaum Nutzen gebracht, abgesehen von einigen Fällen, in denen er der Vollstreckung der gefürchteten ›INQUISITORISCHEN HALSGERICHTSORDNUNG‹ beiwohnen mußte, die aus den Zeiten der Priesterkaiser stammte und nur noch sehr selten zur Anwendung kam.

Auf dem Platz der Sonne war es vollkommen still. Alle erwarteten gebannt die neue Wendung, die die Urteilsverkündung zu nehmen schien.

»Am heutigen Morgen habe ich den Vater des Delinquenten Gernot Brohm aufgesucht, um ihm kundzutun, welches Urteil seinen Sohn erwartet. Da der Magistratsherr ein gebildeter Mann ist, wußte er, was ich ihm zu sagen hatte, doch wies er mich auf die Abschrift eines alten Gesetzesbandes aus der Zeit noch vor Bosparans Fall hin. Diese Sammlung wird das ›IUS DIVI HORATHIS‹ genannt. Angeblich geht das Gesetzbuch noch auf den Gründer des alten Kaiserreiches zurück. Zu Zeiten der Herrscher von Bosparan war es die meist angewandte Rechtssammlung, doch da sich erwies, daß viele der Urteilssprüche, die ein Kaiser gesetzt hatte, der sich in ketzerischem Ansinnen auch als Gott verehren ließ, ungerecht waren, hat uns unser Kaiser Raul ein neues Gesetz gegeben.«

Auf ein Zeichen Marcians trat der Magistrat Brohm vor und überreichte dem Kommandanten eine Schriftrolle. Der Inquisitor hielt die Pergamentrolle für einen Moment hoch über den Kopf, so daß alle auf dem Platz sie sehen konnten. Dann entrollte er das Schriftstück und las laut vor:

»Ziehet ein Soldat das Schwert oder ein ander Mordinstrument in empörerischer Absicht gegen seinen Vorgesetzten, so ist er des Todes, wenn dies in Friedenszeiten geschehet. Doch mag auch der Fall eintreten, daß die Noth so groß ist, daß kein Krieger zu entbehren ist, item sein Tath todeswürdig sei. So mag der kluge Heerführer dann den Empörer nach dem IUS BELLORUM strafen, itzt er ihn von den anderen Absondere, auf das er nicht mehr das Gift aufrührischer Gedanken unter den braven Soldaten verbreiten könne. Ein endgültig Urteil soll erst dann gesprochen sein, wenn die Waffen wieder Schweigen und die Noth gebannet ist. Hat der Empörer in dieser Zeit bewiesen, daß er seine Taten aufrichtig bedaure und auch

sonst Muth im Kampf für die rechte Sache gezeiget, so mag dann die Todesstrafe ausgesetzt und ein geringeres Urteil vollstreckt werden.«

Wieder schwieg der Inquisitor einen Moment und blickte in die Runde.

»Dieses Recht ist für das Reich nicht verbindlich«, fuhr Marcian dann mit lauter Stimme fort. »Und doch erlaubt die Regelung, nach der altes Recht gutes Recht ist, in Sonderfällen seine Anwendung. Doch brauche ich für ein mildes Urteil die Zustimmung aller. Ist nur einer unter euch, der sich gegen diesen Richterspruch empört, so sind die Delinquenten des Todes. Seid ihr aber für die Anwendung des Gesetzes aus Horas' Zeiten, so werde ich alle Rebellen auf die Bastion am Fluß verbannen und alle Soldaten abziehen, die dort bisher ihren Dienst tun. So ist es den Aufrührern nicht mehr möglich, ihre verräterischen Ideen zu verbreiten, und doch mögen sie, falls es zu einem Angriff kommt, noch immer mit der Waffe in der Hand dieser Stadt dienen.«

Als Marcian geendet hatte, fanden die Bürger und Soldaten auf dem Platz in kleinen Gruppen zusammen und debattierten. Offensichtlich waren nicht alle einverstanden, daß Marcian ein so mildes Urteil fällen wollte. Vielleicht waren auch manche enttäuscht, weil sie sich um das Spektakel der Hinrichtung betrogen fühlten. So richtete Marcian noch einmal sein Wort an die Versammelten:

»Wie ich sehe, seid ihr durchaus nicht einig über mein Urteil. Vergeßt nicht, daß ich es euch anheimstelle, wie entschieden wird.«

Der Inquisitor nahm den dünnen Holzstab vom Tisch an seine Seite.

»Ist da auch nur einer unter euch, der mit diesem Urteil keinen Frieden finden mag, so soll er diesen Stab aufheben und vor aller Augen zerbrechen. Mit dieser Tat hat er über das Leben der Angeklagten entschieden, und es wird so sein, als habe er höchstselbst das Richtschwert geführt. Wer immer also in diesen blutigen Zeiten ein Unrecht mit Blut aufgehoben sehen will, der möge nun vortreten und den Stab über die Angeklagten brechen.«

Mit diesen Worten schleuderte der Inquisitor den Holzstab vor sich in den Schlamm des Platzes.

Die Menge verstummte.

Keiner wagte sich vor, den Stab aufzuheben.

Marcian wußte wohl, daß er es mit diesem Urteil vielen nicht recht machen würde, doch zumindest konnte er nun jeden seiner Kritiker fragen, warum er den Stab nicht aufgehoben habe.

Der Inquisitor ließ sich viel Zeit, bis er sich endlich aus seinem Stuhl erhob.

»Wie ich sehe, ist es euer Wille, daß die Aufrührer von ihren Kameraden getrennt werden. So höret nun, was ich zu verkünden habe: Noch in dieser Nacht werden alle Soldaten, die bislang ihren Dienst in der Bastion am Fluß versehen haben, von diesem Posten abgezogen. An ihrer Stelle sollen nun die Rebellen dort Dienst tun, wo sie jeder aus der Stadt bei ihren Taten beobachten kann, ohne daß sie dort Gelegenheit haben, Unfrieden zu stiften.«

Rialla trat in ihren Ketten vor und richtete ihr Wort an den Kommandanten. »Ich bereue nicht, daß ich mich dagegen aufgelehnt habe, daß Ihr unsere Pferde habt schlachten lassen, doch tut es mir leid, gegen Euch das Schwert gezogen zu haben. Ich hoffe, daß mein Schicksal mir erlaubt, diese Tat zu sühnen.«

»Das werden die Zwölfgötter bestimmen«, sagte Marcian leise und fuhr dann mit erhobener Stimme fort. »Nehmt den Gefangenen die Ketten ab. Sie mögen in ihren Quartieren packen, was immer sie für die Zeit der Verbannung glauben zu brauchen. Sobald das Praios-Gestirn versunken ist, sollen sie sich am Hafen einfinden, um von dort zur Bastion geschifft zu werden. – Wer nicht bis Einbruch der Dunkelheit im Hafen erschienen ist und sich damit erneut meinem Willen widersetzt, hat sein Leben verwirkt!«

Der Inqusitor raffte seinen Umhang und trat auf den Platz. In der schweigenden Menge bildete sich eine Gasse, so daß er ungehindert zur Garnison gehen konnte. Marcian fühlte sich erleichtert. Er war der Überzeugung, ein gerechtes Urteil gefällt zu haben.

Nun mußte er nach Cindira sehen und die Sorge, daß ihr Fieber sich verschlechtert haben könnte, beflügelte seine Schritte.

»Sie verlegen Truppen in das Bollwerk am Fluß?« Sharraz Garthai schaute den Boten ungläubig an. Er hatte sich an diesem Abend sehr früh in sein Zelt zurückgezogen, um sich dort mit seinen Sklavinnen zu vergnügen. »Bist du auch sicher?«

»Ja, Herr. Ich selbst habe gesehen, wie mehrere kleine Boote den Fluß überquert haben und Krieger durch eine kleine Pforte in das mächtige Steinhaus gelassen wurden.«

Der junge Krieger, der die Nachricht überbrachte, zitterte. Er wußte, was es bedeuten konnte, Sharraz Garthai ungerechtfertigt bei seinen Vergnügungen zu stören. Doch er hatte keine Wahl gehabt. Die anderen Krieger hatten ihn gezwungen zu gehen, weil er der Schwächste war und es nicht viel zählte, falls Sharraz ihn im Zorn erschlagen würde.

»Ruf die Häuptlinge und Schamanen zusammen und hol mir auch den Menschen und den Zwerg. Ich will mich mit ihnen beraten, was das zu bedeuten hat. Los, mach dich davon!«

Ohne ein Wort zu verlieren, verschwand der Bote in der Dunkelheit.

Noch während die Häuptlinge und die anderen Orks, deren Rat gehört werden mußte, sich wenig später berieten, traf ein zweiter Bote ein. Diesmal hieß es, daß noch viel mehr Krieger die vorgeschobene Stellung am Fluß verlassen häten, als dort an Verstärkungen eingetroffen waren.

Diese Nachricht löste große Verblüffung aus. Hatte man zunächst vermutet, daß die Greifenfurter einen Angriff vorbereiteten, weil auf der anderen Seite des Flusses die Stellungen der Orks am schwächsten waren, so konnte jetzt niemand mehr einen Sinn in diesem törichten Unterfangen sehen.

Schließlich verkündete ein Schamane laut: »Vielleicht haben die Geister ihrer Ahnen sie gewarnt, daß bald viele kampfeslüsterne Krieger, die der große Sadrak Whassoi aus den Winterlagern im Osten abgezogen hat, unsere Truppen verstärken werden. Mag sein, daß sie glauben, nun jedes Schwert in der Stadt zu brauchen.«

»Und warum sind dann nicht gleich alle gegangen? Das ist doch Unsinn, nur wenige Kämpfer zurückzulassen, die wir dann um so leichter besiegen können!« Ein Kriegshäuptling hatte zornig seine Stimme erhoben.

Da stand Sharraz Garthai auf. »Ich glaube, sie wollen uns eine Falle stellen. Vielleicht haben sie bemerkt, was für Arbeiten wir hinter den Erdhügeln betreiben. Sie wollen, daß wir glauben, uns drohe die Gefahr, daß sie das andere Flußufer zurückerobern. Sie wollen uns von unserem eigentlichen Vorhaben ablenken!«

»Aber warum haben sie die Truppen dann geschwächt, statt sie zu verstärken?« mischte sich Gamba ein.

»Nun, Geisterrufer, das liegt doch auf der Hand. Sie wollen uns täuschen. Was sagt die Zahl der Krieger schon über ihre Kampfkraft aus? Zehn Oger wiegen viel mehr als selbst zehn Krieger meiner Leibwache.«

Einige Krieger murmelten unwillig, doch keiner wagte, Sharraz offen zu widersprechen.

»Habt ihr vielleicht die schrecklichen Krieger mit den schwarzen Umhängen vergessen? Es war finster, als die neuen Soldaten in das große Steinhaus am Fluß kamen. Niemand konnte erkennen, wer sie waren, und die Geister unserer Ahnen haben uns verraten, daß sich diese besonderen Krieger vor dem Licht des Himmels schützen müssen.«

Alle schwiegen.

»Vielleicht wissen sie, daß wir bald unsere Truppen verstärken, und versuchen jetzt, uns einen vernichtenden Schlag zu versetzen. Und wo sonst sollen sie damit anfangen als an der Stelle, wo die wenigsten und schlechtesten unserer Krieger stehen?«

»Und was willst du tun, um sie aufzuhalten?« fragte Kolon. »Wir wissen doch schon, daß unsere Kämpfer die Geisterkrieger mit den schwarzen Umhängen nicht aufhalten können.«

»Krieger können das wirklich nicht! Aber vielleicht können es die Maschinen, die Steine mit der Kraft von Riesen schleudern. Vielleicht vermag es aber auch der menschliche Geisterrufer, das Licht des Himmels auf die mächtigen Krieger zu lenken.«

»Was soll das heißen?« Gamba war aufgesprungen.

»Das soll heißen, daß der Zwerg und der Mensch, die Sadrak Whassoi so sehr schätzt, nun beweisen können, was sie wert sind. Ihr beide werdet noch in dieser Nacht auf das andere Ufer gehen. Euch werden jene Krieger begleiten, die als erste fortgelaufen sind, als die Geister unser Lager angegriffen haben. Sie sollen mit euch sterben oder ihre Ehre wieder herstellen. Außerdem sollen noch heute nacht alle Maschinen, die Kolon gebaut hat, auf die andere Seite des Flusses geschafft werden. Vielleicht haben sie einen Nutzen, wo die Kraft des Schwertarmes nicht ausreicht.«

»Aber die Tunnel ...«, wandte Kolon ein.

»Die Tunnel werden unter der Aufsicht meiner Schamanen weitergebaut. Du hast mir erst gestern erzählt, daß es wohl kaum mehr als zehn Tage dauern wird, bis sich die Sklaven bis unter den Hügel gegraben haben. Das werden wir auch ohne dich schaffen.«

»Wie ihr befehlt, aber ihr Häuptlinge und Schamanen, erinnert euch meines Widerspruchs. Die Kunst, Gänge in den Leib Sumus zu graben, ist nur wenigen gegeben, und wenn ihr den Unmut der toten Mutter erweckt, weil ihr Fehler macht, so vergeßt nicht, wer mich aus den Tunneln vertrieben hat.«

»Jammere nicht wie ein Wurm, zeige lieber, daß du auch zu kämpfen verstehst.« Sharraz Garthai blickte verächtlich auf den Zwergen herab.

Kolon hielt seinem Blick eine Weile stand, doch sagte er nichts. Sollte dieser hirnlose Barbar doch sehen, wie weit er mit seinen Schamanen kam.

Zusammen mit Gamba verließ Kolon das Zelt.

11

Einmal so viele Arbeitskräfte und soviel Material zur Verfügung zu haben, wie er sich nur wünschte! Das war schon immer der Traum von Meister Leonardo gewesen.

Der bärtige alte Mechanikus stand an den Kais von Ferdok und ließ seinen Blick über den Hafen schweifen. Zunächst war er verärgert gewesen, als Fürst Cuanu Ui Bennain, kaum daß er die Regierungsgewalt in Albernia von der Verräterin Isora zurückgewonnen hatte, ihm befahl, sich beim Prinzen in Ferdok zu melden und dabei auch noch darauf hinzuweisen, es läge bereits ein Flußschiff zu seiner Abreise bereit, doch das hier machte den Ärger der einwöchigen, strapaziösen Flußfahrt wieder gut.

Einige kaiserliche Offiziere empfingen ihn im Hafen und brachten den alten Gelehrten in ein großes Bootshaus nahe den Trockendocks. Dort wartete Admiral Sanin, um Meister Leonardo mit den neuen Aufgaben vertraut zu machen.

Der Kommandant der kaiserlichen Flotte aus dem Meer der Sieben Winde hatte bereits detaillierte Pläne ausgearbeitet. Nach seinen Vorstellungen sollte in spätestens sechs Wochen eine Flotte von fünfzig Flußschiffen und Lastkähnen bereit sein, um nach Greifenfurt durchzustoßen und den Belagerten neue Vorräte sowie frische Truppen zu bringen. Aus diesem Grund sollten die meisten Schiffe so umgebaut werden, daß sie in der Lage waren, ein Maximum an Nutzlasten zu tragen.

Dabei waren allerdings erhebliche Probleme zu erwarten. Auf dem Weg nach Greifenfurt würde man gegen die Strömung ankämpfen müssen. In Friedenszeiten wurden die Schiffe den Fluß hinauf getreidelt. Doch jetzt war damit zu rechnen, daß die Pferdegespanne am Ufer von den Orks angegriffen wurden.

Die Schiffe nur durch Ruderer den Fluß hinaufzubringen mochte sich als schwierig bis unmöglich erweisen. Und der Wind wehte zu selten in nördlicher Richtung, als daß man darauf hätte hoffen können, kraft der Segel bis Greifenfurt zu kommen. Ein weiteres Problem stellte die Bewaffnung der Flußschiffe dar. Nach den Berichten von Oberst von Blautann mußte spätestens in der Nähe der Stadt mit einem Beschuß der Flotte durch die Orks gerechnet werden.

Als Admiral Sanin endlich schwieg, war sich Leonardo nicht mehr sicher, ob es klug war, sich auf diesen Auftrag eingelassen zu haben. Der Mechanikus räusperte sich, ließ seinen Blick durch das große Bootshaus schweifen und fragte schließlich zögernd: »Sehr verehrter Admiral, versteht mich nicht falsch, nichts liegt mir ferner, als Eure strategischen Fähigkeiten in Frage zu stellen, doch allein die letzte Aufgabe, die Ihr gestellt habt, erscheint mir undurchführbar. Sollen die Boote nicht stark belastet werden, müssen sie zu ihrer Verteidigung leichte Geschütze tragen. Besonders geeignet wären da Hornissen. Doch Ihr selbst als erfahrener Seekrieger müßtet wissen, wie aufwendig es ist, diese Geräte mit ihrer feinen Mechanik herzustellen. In sechs Wochen könnte ich nicht einmal für jedes zweite der fünfzig Schiffe eine Hornisse fertigen lassen. Was Ihr verlangt, können Menschen nicht vollbringen.«

»Um die Geschütze macht Euch keine Sorgen. Bereits jetzt bewegt sich eine Maultierkarawane von Harben aus durch das Windhaggebirge, um sich bei Elenvina einzuschiffen und zu uns zu stoßen. Sie bringen sämtliche leichten Geschütze der in Harben stationierten Kriegsflotte. Wir müssen sie hier nur noch zusammenbauen. Von Euch, verehrter Mechanikus, erwarte ich Ideen. Dinge, die man bisher auf Dere noch nicht gesehen hat. Scheut Euch nicht, Eure kühnsten Phantasien umzusetzen. Fürst Cuanu hat mir einige der Pläne geschickt, die ihr vor langer Zeit einmal für die Flußflotte Havenas gemacht habt, und erzählte mir, mit was für ausgefallenen Ideen Ihr für Aufregung in seiner Stadt gesorgt habt. Baut etwas, das für unser Unternehmen von Nutzen sein könnte.«

Leonardo brummelte etwas in seinen Bart. Leute wie Sanin kannte er nur zu gut. Der Admiral hätte wahrscheinlich am liebsten über Nacht fliegende Schiffe gebaut. Nun ja, er würde versuchen, was möglich war. Zumindest brauchte er sich über Material, Unkosten und Arbeiter keine Sorgen zu machen.

Fast tat es Arthag schon leid, daß er sich von Nyrilla hatte überreden lassen, mit ihr zu kommen. Auch ihm hatte es nicht geschmeckt, wie die Dinge in Ferdok liefen, doch mit einigem Abstand betrachtet, hatten die Offiziere vermutlich recht. Ein Durchbruch auf dem Fluß mußte sorgfältig vorbereitet sein, sonst würde er zu einem Fiasko. Aber ebenso wichtig war es, daß man in der Stadt erfuhr, daß Hilfe kommen würde.

Das allein war jedoch der Grund ihres fast fluchtartigen Aufbruchs gewesen. Nyrilla hatte ihn davon überzeugt, daß Marcian und seine Offiziere alles über die Vergangenheit der Stadt erfahren mußten. Vielleicht gelang es ihnen, vor den Orks zu finden, was die Schwarzpelze unter dem Platz der Sonne suchten.

Ein Schauder lief Arthag über den Rücken, als er daran dachte, was er auf den Runensäulen von Xorlosch gelesen hatte. Eine Waffe, die Wunden schlug, die niemals mehr verheilten. Und das Schlachtenglück sollte sie auch noch beeinflussen. Ob Menschen allein mit solch einer Bedrohung fertig werden konnten? Hoffentlich würde es König Tschubax gelingen, die Zwerge zu einen. Vielleicht mußte man auch wieder ein Bündnis mit den Elfen eingehen?

Geistesabwesend drehte der Zwerg den Spieß über dem Feuer. Seit drei Tagen saßen sie schon in dieser feuchten, kalten Erdhöhle fest. Dabei waren sie nur noch zwei Wegstunden von Greifenfurt entfernt. Er spähte zum Ausgang. Vor Stunden hatte Nyrilla ihm die beiden Rotpüschel gebracht. Wo die Elfe wohl steckte?

Sie hatte gesagt, daß sie noch einmal die Linien der Orks ausspähen wolle. Ob ihr etwas passiert war?

Ohne Nyrilla wäre er niemals bis hier gekommen, überlegte Arthag. Sie war es gewesen, die immer wieder das Nahen von Orkpatrouillen geahnt hatte, noch lange bevor die Schwarzpelze in Sicht waren. Gut, daß sie die Ehreneskorte in Ferdok zurückgelassen hatten. Zu neunt wäre es ihnen niemals gelungen, durch die Linien der Orks zu schlüpfen!

Wieder drehte Arthag den Spieß. Zischend tropfte Fett in die Flammen. Wenn die Elfe nicht bald kam, wäre ihr Abendessen angebrannt.

Wieder dachte der Zwerg an die letzten Tage zurück. Zunächst waren sie ganz gut vorwärtsgekommen. Auf einem großen Pferd war er zusammen mit Nyrilla den Fluß entlang nach Norden geritten. Doch dann waren sie schließlich gezwungen, einen weiten Bogen nach Westen zu schlagen. Der Schwarze Marschall zog südlich von Greifenfurt seine Truppen zusammen. Wie stark die Kräfte der Schwarzröcke waren, hatten sie nicht herausfinden können, doch nach allem, was Nyrilla ausgespäht hatte, mußten sie eher mit Tausenden von Gegnern rechnen.

Vielleicht würden es nicht einmal die Schiffe schaffen, durch die verstärkte Frontlinie der Orks zu brechen.

Arthag spuckte ins Feuer. Die kaiserlichen Offiziere in Ferdok dachten, sie könnten Sadrak Whassoi ein Schnippchen schlagen, dabei war es wieder einmal der Marschall der Orks, der in Wirklichkeit die Fäden in der Hand hielt.

Wußte er, was in Ferdok geschah? Oder hatte er seine Truppen hier versammelt, um Greifenfurt im Sturm zu nehmen? Dann war es um so wichtiger, daß sie bis Greifenfurt durchkamen und es schafften, das zu stehlen, was die Orks dort suchten.

Arthag rief sich ins Gedächtnis zurück, was er über den Torturm gelesen hatte, der den Eingang zu den unterirdischen Kultstätten versiegelte. Es kamen nur zwei Türme in der Stadt in Frage. Doch was würden sie hinter dem vermauerten Eingang finden? Von denen, die hinabgestiegen waren, um den Eingang zu versiegeln und das Übel einzukerkern, war niemand zurückgekehrt. Ob der Talisman des Tairach seinem Träger das ewige Leben schenkte? Ob diese Kreatur wohl immer noch lebte? Vielleicht war es besser, nicht in die Gewölbe unter der Stadt einzudringen?

Nyrilla kam durch den Eingang der niedrigen Erdhöhle und schreckte ihn aus den Gedanken.

»Und …?« Arthag blickte sie erwartungsvoll an.

»Es wird schwierig. Ich habe mich bis nahe an die Stadt durchgeschlagen, aber ich fürchte, wir werden nicht durchkommen.«

»Was ist passiert?«

»Die Orks haben sich vor der Bastion am Fluß eingegraben. Sie scheinen alle ihre Böcke und Rotzen dorthin geschafft zu haben. Ich fürchte, wir werden an dieser Stelle nicht in die Stadt gelangen. Auch sonst ist der Belagerungsring zu dicht. Verzeih mir, wenn ich das sage, aber sie gebärden sich wie die Zwerge. Überall sind Wälle aufgeworfen, und die Erde ist zerwühlt. Alle Obstgärten im Umkreis von einer Meile sind abgeholzt. Das Land sieht aus, als hätten dort Dämonen gehaust.«

Arthag nahm den Braten vom Feuer und teilte das Fleisch mit seinem breiten Messer. Schweigend reichte er der Elfe ihren Braten.

»Es wird uns nichts übrigbleiben, als hier abzuwarten und zu hoffen, daß die Schwarzpelze nicht über unser Versteck stolpern. Vielleicht ist es sogar besser, tagsüber die Höhle zu verlassen und durch die Hügel zu streifen.«

Die Elfe kaute auf beiden Backen, während sie sprach. Doch irgendwie schaffte sie es, daß ihr der Saft des Bratens nicht übers Kinn lief.

Arthag wischte ärgerlich durch seinen fetttriefenden Bart. Er hatte auch noch nie gesehen, wie Nyrilla sich wusch, und trotzdem sah sie immer so aus, als sei sie gerade einem Bad entstiegen. Elfengeheimnisse, dachte er bei sich. Putzt sich wahrscheinlich heimlich wie ein kleines Kätzchen.

»Und was nun?« fragte Arthag und warf einen Knochen ins Feuer.

Nyrilla zuckte mit den Schultern. »Wir werden abwarten müssen. Ich glaube nicht, daß sich die Schanze am Fluß noch lange halten wird. Vielleicht können wir uns während der Siegesfeier durch die Linien der Orks schleichen. So wie der Turm aussieht, kann das nicht mehr lange dauern.«

Trotz des Feuers wurde dem Zwerg kalt. Sollte er umkehren? Der Untergang der Bastion erschien ihm wie ein Omen. Würden erst einmal all die Orks, die sich im Süden sammelten, vor der Stadt eintreffen, war es um Greifenfurt geschehen. Um die Schwarzpelze aufzuhalten, bräuchte man schon ein ganzes Heer und nicht eine Handvoll Bürger, die kaum wußten, wie man ein Schwert hielt.

Arthag starrte vor sich in die Flammen. Die Elfe hatte sich in ihren Umhang gerollt und schien zu schlafen. Nyrilla hatte die Ruhe weg. Oder konnte sie sich einfach nicht vorstellen, daß sie womöglich schon in den nächsten Tagen sterben würde?

Arthag schlich aus der Höhle und überprüfte, ob der dichte Busch am Eingang des Erdlochs den Feuerschein verdeckte. Dann legte der Zwerg den Kopf in den Nacken und starrte zum Sternenhimmel hinauf. Ob er den nächsten Winter noch erleben würde? Es sah so aus, als würde in diesem Jahr schon früh der erste Schnee kommen. Der Atem stand Arthag in kleinen Wölkchen vor dem Mund.

Wenn er jetzt einfach ginge, würde er den Winter überleben! In ein paar Tagesmärschen hätte er das heimatliche Amboßgebirge erreicht. War es feige, sich vor dem sicheren Tod zu fürchten? Wer konnte ihm schon verübeln, wenn er nicht zur Stadt zurückkehrte, die allen, die dort blieben, zum Grab werden würde?

Er konnte ja auch gehen, um unter seinen Brüdern im Amboß Krieger für den Kampf gegen die Orks zu werben. Arthag kauerte sich ins Gras und grübelte, welche Eigenschaften einen mutigen Mann ausmachten.

Zerwas segelte mit weit ausgebreiteten Flügeln über das Meer der Sieben Winde und ließ sich vom stetigen Wind nach Westen tragen. Als Ritter Roger hatte er Anschluß an das kaiserliche Offizierscorps in Ferdok gefunden. Selbst dem Prinzen war er schon nahe gekommen. Seine neue Tarnung war ideal!

Ohne eigenes Kommando konnte er sich leicht aus der

Stadt entfernen, ohne daß man ihn all zu sehr vermißte. So hatte er Gelegenheit, in dieser Nacht nach Hylailos zu fliegen und sich in Rethis, der größten Stadt auf dieser Insel, nach einem geeigneten Mann umzusehen.

Der Vampir legte die Flügel an und ließ sich zum Vergnügen auf die silbrige See zustürzen. Es war wunderbar, den eisigen Wind auf den Flügeln zu spüren. So mußte sich ein Adler fühlen, der im Sturzflug auf seine Beute hinabstieß.

Unter ihm glimmten die Positionslichter eines kleinen Fischerbootes. Zerwas stieß einen Schrei aus und hielt auf das zerbrechliche Gefährt zu. Dunkle Gestalten bewegten sich an Deck und deuteten zum Himmel.

Der Vampir fing den Sturzflug mit weit ausgebreiteten Flügeln ab. Das kleine Boot erzitterte, als er sich auf der Rah des einzigen Mastes niederließ. Die Fischer hatten sich in ihrer Angst bis in den hintersten Winkel des hochbordigen Hecks zurückgezogen. Einer von ihnen hatte einen Säbel gezückt und bedrohte ihn mit zitternder Hand.

»Kommt ihr aus Rethis?« Zerwas war in die Gedanken des Säbelschwingers eingedrungen. »Los antworte, oder ich reiß dich in Stücke!«

»Bitte tut uns nichts!« Der Mann hatte seine Waffe sinken lassen und war auf die Knie gegangen. »Wir sind nur arme Fischer.«

»Mich interessiert nicht, was ihr seid, sondern woher ihr kommt.« Zerwas bestürmte mit solcher Macht den Verstand des Fischers, daß der Mann sich mit beiden Händen an den Kopf griff und vor Schmerz laut aufstöhnte.

»Ja, wir sind aus Rethis«, wimmerte der Fischer.

»Gut. Ich gebe dir jetzt Gelegenheit, dich für die Schrekken zu rächen, die ich euch bereitet habe. Ein mißglücktes alchimistisches Experiment hat mich in diese Sphäre gerissen und meinen Zorn entfacht. Ich kann nur dann zurückkehren, wenn ich töte.«

Der Mann zuckte zusammen und brach in lautes Schluchzen aus. »Er will uns töten«, schrie er mit vor Angst schriller Stimme.

Auch die anderen Fischer warfen sich zu Boden und begannen, um ihr Leben zu betteln.

»Ich werde euch am Leben lassen, wenn ihr mir verratet, wo ich den besten Alchimisten von Rethis finde. Er muß mich gerufen haben, und er soll dafür büßen.«

»Das ist Promos. Er wohnt in einem Haus auf einer hohen Klippe unweit der Stadt. Geht den alten Giftmischer bestrafen und verschont uns!«

»So sei es und seid stolz, daß ihr es wart, die Unglück über das Haus des Promos gebracht habt, ihr Hasenherzen!«

Mit einem Schrei stieß sich der Vampir von der Rah ab, drehte noch zwei Runden um das Boot, wo die Fischer noch immer wimmernd auf ihren Bäuchen lagen. Es war doch immer wieder ein Vergnügen, sich an der Angst und der Leichtgläubigkeit der Menschen zu weiden! Schließlich wandte er sich nach Westen, um den Alchimisten Promos aufzusuchen.

Als Zerwas das Haus auf der Klippe gefunden hatte, blieben nur noch wenige Stunden bis zur Morgendämmerung. Durch ein Giebelfenster fiel gelbliches Licht. Sonst war ringsherum alles dunkel.

Vorsichtig ließ der Vampir sich auf dem Dach nieder, dessen Schindeln unter seinem Gewicht leise knirschten. Dann beugte er sich vor, um durch das Fenster zu schauen. In der Dachkammer stand ein gebeugter alter Mann vor einem Tisch voller Tiegel, gläserner Phiolen und merkwürdig geformter Tonkrüge.

Kein Zweifel, hier war Zerwas richtig! Doch bevor er losschlug, mußе er wissen, ob noch andere in diesem Haus lebten. Zerwas konzentrierte sich und ließ Bilder der anderen Räume vor seinem inneren Auge entstehen. Alles war verwaist, bis auf die Kammer auf der anderen Seite des Daches. Ein junges Mädchen lag dort in einem Bett und schlief.

Ein Opfer? Zerwas war überrascht. Das Mädchen mochte höchstens zwanzig Sommer gesehen haben. Sollte der alte Mann dunkle Praktiken betreiben, bei denen das Blut von

Jungfrauen zum Focus für finstre Mächte wurde? Zerwas drang in die Träume des Mädchens ein und wußte bald, daß er sich getäuscht hatte.

Dann wandte er sich wieder dem alten Mann zu. Der Alchimist schob einen Schmelztiegel in den Ofen, der in einer Ecke der kleinen Kammer stand. Die Gelegenheit war günstig!

Der Vampir faßte nach dem Griff des großen Schwertes, das er mit Ledergurten auf seinen Rücken gebunden hatte. Dann murmelte er einige Worte der Macht und wies ruckartig mit ausgestreckter Hand in Richtung des Ofens.

Funken stoben aus dem Tiegel, und ein dicker, blaugrauer Rauch quoll in die Dachkammer.

»Hesinde hilf!« entfuhr es dem erschreckten Alten. »Was, im Namen der Götter, geht hier vor?«

Zerwas schwang sich vom Dach. Klirrend zerbrach das Giebelfenster, und mit einem Satz landete der Vampir mitten in der Kammer.

»Bei Praios ...«, keuchte der Alchimist, als er die furchteinflößende Gestalt im Rauch erkannte. Hastig wandte er sich zur Tür, doch schon hatte ihn Zerwas gepackt und preßte ihm die Kehle zu.

»Du hast mich gerufen, Wurm!« Der Vampir spürte wie Promos erbebte, als er in dessen Gedanken eindrang. »Und du hast keinen Zirkel geschlagen, dich zu schützen ...«

»Verzeiht ... Mir war nicht bewußt, daß ich Euch störe. – Schon hundertmal habe ich diese Tinktur ins Feuer geschoben, und nie ist mir solch ein Fehler unterlaufen. Bitte vergebt mir!« stammelte der alte Alchimist.

»Treib keinen Scherz mit mir, Mann!« Zerwas drückte noch ein wenig fester zu, lockerte den Griff aber sofort wieder. Schließlich brauchte er den Alchimisten noch.

»Du wirst von nun an mein Sklave sein.« Promos erzitterte, als Zerwas ihm diesen Gedanken schickte. »Vorbei sind die Zeiten, wo du im Morgengrauen Tau von den Wiesen sammeltest und den Geheimnissen des Orichalcum und des Grünen Löwen nachgespürt hast. Du wirst mir das

Feuer, das im Wasser brennt, schenken, dann darfst du weiterleben.«

Der Alchimist erblaßte. »Das hylailsche Feuer?« wisperte er leise.

»Ja, das will ich von dir!« Zerwas weidete sich an den Schreckensphantasien des alten Mannes. »Du wirst es den Orks schenken. Das soll die Strafe dafür sein, daß du mich gerufen hast.«

»Aber ...« Doch dann brach der Alte wieder ab. Sein Körper versteifte sich. »Nein!« sagte er mit lauter fester Stimme. »Töte mich, aber diesen Dienst werde ich dir nicht erweisen.«

Zerwas entblößte seine Fangzähne. »Nicht du wirst sterben. Wenn du dich verweigerst, wird deine Tochter dafür büßen.« Tief wühlte der Vampir in den Gedanken des Alchimisten. »Denk nicht daran, dich zu entleiben, denn auch dann wird deine Tochter büßen!«

Zerwas ließ den alten Mann los, der benommen gegen den Tisch taumelte.

»Warum ...«

»Hader nicht mit deinem Schicksal, Promos. Dafür ist es nun zu spät. Ich bin hier, weil du Alchimist bist. Man hat mir gesagt, du seiest ein Meister deines Faches. Von dem Tag an, an dem du beschlossen hast zu werden, was du bist, war es dein Schicksal, mich einst zu treffen. Füge dich, und vielleicht schenke ich dir dafür, was du schon so lange suchst!«

»Befiehl, und ich werde gehorchen ...«

Zerwas konnte spüren, wie der innere Widerstand des Mannes zerbrach. Er begann, sich in das scheinbar Unvermeidliche zu ergeben.

»Ich werde in dieser Nacht deine Tochter mit mir nehmen ...«

»Nein!« Mit schrillem Schrei fiel ihm Promos ins Wort. »Verschone sie. Sie ist unschuldig!«

»Du würdest mir doch nicht treu dienen, wenn du sie hier in Sicherheit wüßtest!« höhnte Zerwas. »Nein, Promos, die Bedingungen für unseren Handel stelle ich! Noch in dieser Nacht schaffe ich dein Kind nach Khezzara an den Hof des

Ashim Riak Assai. Dort wird sie den Schwarzpelzen als Sklavin dienen, bis du dein Werk getan hast. Erst dann sollst du sie wiedersehen. Und wehe ihr, du versuchst mich zu narren. Ich brauche dir wohl nicht zu schildern, was mit der Kleinen passiert, wenn sie nicht mehr unter meinem Schutze steht.«

»Nein ...«, stöhnte der alte Mann.

Zerwas riß einen kleinen Tuchbeutel von dem ledernen Brustgurt, der sein Schwert hielt. »Hier hast du Gold für deine Reise! Mach dich morgen früh auf den Weg nach Neetha. Dort werde ich dich in drei Nächten holen.«

»Aber wo soll ich dort hin? Wie wollt Ihr mich finden?«

»So wie ich dich auch schon heute gefunden habe«, höhnte Zerwas. »Es gibt keinen Platz auf Dere, wo ich dich nicht finden würde, alter Mann.«

Natürlich war das blanker Unsinn, doch Promos sollte glauben, er wäre allmächtig. Das war es Zerwas wert, ihn im Zweifelsfall ein paar Stunden in Neetha zu suchen. Viele Orte gab es dort schließlich nicht, wo ein reisender Alchimist absteigen konnte.

»Folge mir nicht, wenn ich nun zu deiner Tochter gehe! Es wäre schlecht für dein Seelenheil, wenn du mitansehen würdest, was ich mit ihr tun muß, damit sie die Reise nach Khezzara gut übersteht!«

»Bitte verschont mein Kind«, jammerte der Alte. »Ich werde tun, was immer Ihr verlangt. Aber laßt sie in Frieden.«

»Erzürne mich nicht.« Der Vampir hatte einen drohenden Schritt auf den Alchimisten zu gemacht. Der alte Mann hob schützend seine Arme.

»Bitte ...«

Zerwas war es leid, sich das Gejammer anzuhören. Mit einem kraftvollen Sprung setzte er durch das zerbrochene Fenster, entfaltete seine Flügel und flog in weitem Bogen zur Rückseite des Hauses. Auch hier gab es ein großes Giebelfenster.

Vorsichtig landete der Vampir auf dem Sims und drückte das zweiflügelige Fenster auf. Dann lauschte er. Der Atem des Mädchens ging ruhig. Vom Lärm im Zimmer ihres Vaters war sie nicht gestört worden.

Gleich einer Aureola aus Gold bettete ihr Haar das von der Sonne bronzen getönte Gesicht.

Zerwas lief das Wasser im Munde zusammen. Konnte ein Verdurstender mehr leiden als er? Was für ein vollkommenes Ende wäre es, das Possenspiel, das er in dieser Nacht betrieben hatte, mit einem Festmahl zu beenden. Wer konnte ihn schon daran hindern? Doch was war, wenn der Alte Lebenszeichen von seiner Tochter verlangte, bevor er die Arbeit bei den Schwarzpelzen aufnahm? Wie sollte er die tausend kleinen Geheimnisse erahnen, die Vater und Tochter miteinander teilten und nach denen Promos fragen mochte?

Nein! Er würde dieses Festmahl verschieben müssen, sondern nur ein wenig von der blonden Schönheit naschen. So viel von ihrem Blute kosten, daß er sicher sein konnte, daß sie den Tag und die nächste Nacht nicht erwachen würde. Es war besser für sie, während des langen Fluges zu dem Versteck, das zu ihrem Kerker werden würde, nicht bei Bewußtsein zu sein.

Die Höhle tief unter Greifenfurt, die ihm schon so oft als Unterschlupf gedient hatte, war ideal, um das Mädchen aufzunehmen. Sie den Orks zu überlassen, daran hatte Zerwas nicht einen Augenblick gedacht. Zu gut wußte er, was dort mit ihr geschehen würde. Sie sollte ihre Unschuld behalten, auch wenn die Einsamkeit in dem finsteren Versteck vielleicht ihren Verstand verschlingen würde.

Zerwas schmunzelte. Sie vor den Orks zu bewahren war keineswegs eine moralische, sondern in erster Linie eine kulinarische Entscheidung. Das Blut von Jungfrauen hatte einen ganz eigenen, schwer zu beschreibenden Geschmack. Ganz so, als würde das unschuldige Verlangen nach der Erfüllung erster Liebe, in dem kostbaren Lebenssaft eingefangen, der jede Faser des fiebernden Leibes durchpulste.

Leise schlich der Vampir an das Bett und beugte sich über das schlafende Mädchen.

14

Dem dumpfen Schlag folgte ein leichtes Zittern, ganz so, als wäre die Burgmauer für einen Augenblick lebendig geworden. Marcian schaute besorgt zu der Bastion am Fluß, die gegenüber der Garnison auf dem anderen Ufer der Breite lag. Eine Woche lang dauerte nun schon der Beschuß, und von den fast drei Schritt dicken Mauern des mächtigen Turms waren nicht mehr als Ruinen geblieben. Über die Hälfte der Verteidiger war bereits tot, und von denen, die noch lebten, hatte jeder Wunden davongetragen.

Das Drama mitansehen zu müssen war eine Tortur. Als hätten sich die Orks verschworen, zu Marcians Henkern zu werden, wo er Gnade walten lassen wollte. Noch in derselben Nacht, in der er den Rebellen die Wacht im Turm auferlegt hatte, waren alle Geschütze der Schwarzpelze auf die andere Seite des Flusses verlegt worden. Beinahe ununterbrochen hämmerten die steinernen Geschosse gegen die Mauern. Manchmal reichte ein Fehlschuß auch bis über den Fluß und traf die Garnison.

Zornig hieb der Inquisitor mit der Faust auf die Zinne. Es gab fast nichts, was sie für die Männer und Frauen im Turm noch tun konnten. Ihnen blieb nur, zu den Göttern zu beten, daß sie dem Kampf ein schnelles Ende bereiteten. Doch mochte der Widerstand der Rebellen noch eine Weile dauern. Erst heute morgen hatten sie um einen Pfeilschaft gewickelt eine Botschaft geschickt, in der Rialla versicherte, sie würden bis zum letzten Atemzug fechten, und solange auch nur einer von ihnen noch sein Schwert heben könnte, würde kein Schwarzpelz seinen Fuß auf die Mauern setzen.

»Was denkt Ihr, Kommandant?«

Marcian drehte sich zu dem Jungen neben ihm um. Der kleine Blondschopf diente ihm seit einigen Wochen als Bote. Marrad war der Sohn Darrags des Schmieds. Auch wenn er erst sieben Sommer alt war, so stand er, zumindest was den Mut anging, seinem Vater in nichts nach. Oder war es der

Leichtsinn der Jugend, der den Kleinen die Gefahr mißachten ließ?

Tagsüber wich er fast nie von Marcians Seite. Marrad war mit ihm in den Lazaretten gewesen, und obwohl hier die Gefahr bestand, durch ein verirrtes Geschoß getroffen zu werden, war er mitgekommen und lugte über die Zinnen.

Der Inquisitor ging in die Hocke, packte Marrad bei den Schultern und blickte ihn ernst an.

»Merk dir gut, was du da drüben siehst. Dort sterben Helden, über die einst die Barden singen werden. Ich denke, daß wir alle uns ein Beispiel an den Rebellen nehmen sollten. Den Fehler, den sie einmal gemacht haben, hat längst jeder einzelne mit Blut bezahlt. Ich wünschte, ich könnte ihnen das noch sagen, doch ist es unwahrscheinlich, daß sie eine Nachricht um einen Pfeil gewickelt je finden würden. Wer sich bei dem Trommelfeuer der Orks dort drüben auch nur für einen Moment auf den Zinnen blicken läßt, hat sein Leben verwirkt.«

Zweimal hatten sie versucht, des Nachts neue Truppen und Vorräte über den Fluß zur Bastion zu bringen. Doch die Orks bemerkten die Kähne zu früh und versenkten sie, noch bevor die Boote die kleine Anlegestelle an der Rückseite des Turmes erreichen konnten. Es hieß, sinnlos Vorräte und Krieger zu opfern, würde man nach diesen Erfahrungen noch einen Versuch wagen.

Die Westseite des Turmes lag schon in Trümmern. Marcian war überzeugt, daß die Orks bald zum Sturm ansetzen würden. Der Inquisitor wandte sich von der Szene ab, schritt über das Dach des Palastes und stieg durch eine Bodenluke in das Innere des großen Wohngebäudes.

Hatte mit diesem Angriff der Untergang der Stadt begonnen? Was würde die Orks davon abhalten, als nächstes ihre sämtlichen Geschütze vor dem Andergaster Tor aufzubauen und es in Trümmer zu schießen?

Er durfte diesen Gedanken nicht nachhängen! Die Bastion wurde zerstört und bestürmt, weil sie isoliert von der Stadt lag und die Greifenfurter den Truppen auf der anderen Seite des Flusses keine Hilfe bringen konnen. Die Stadt würde wesentlich mehr Widerstand leisten können, überlegte der Inquisitor, während er die Treppen herabstieg, um in den Rittersaal zu gelangen.

Aber jeder dritte seiner Krieger lag krank in seinem Quartier. Die Gilbe grassierte noch immer in der Stadt. Auf halbe Ration gesetzt und ohne Heilkräuter starben viele an dem Fieber. Lancoprians magische Kräfte hatten zuletzt nicht einmal gereicht, ihn selber vor dem gefährlichen Fieber zu schützen. Bis vor ein paar Tagen hatte er den Kranken kraft seiner Magie noch Erleichterung verschaffen können und sicherlich so manchem das Leben gerettet. Die Gilbe war zwar eine ernste Krankheit, doch nichts, woran man hätte sterben müssen, wäre nur wenigstens ausreichend zu essen vorhanden. Marcian konnte es sich leider nicht leisten, volle Rationen auszugeben.

Der Inquisitor blickte die Treppe hinauf. Marrad war verschwunden. Auch sein Vater, der Schmied, lag über einer Woche mit dem Fieber danieder. Darrag hatte den Tod seiner Frau nie verwunden; er war immer schweigsamer geworden, und der Inquisitor hatte den Eindruck, als sei Darrags Wille zum Leben erloschen. Erst heute morgen hatte er ihn im Lazarett der Garnison noch besucht. Doch der Schmied lag nicht mehr in seinem Bett. Auf Befehl von Gordonius war er ins Sterbezimmer gebracht worden.

Darrag war kaum noch wiederzuerkennen gewesen. Die Krankheit hatte seinen kräftigen Körper ausgezehrt. Die Wangen waren eingefallen, und am Morgen hatten seine blassen Lippen begonnen, sich gelblich zu verfärben.

Tod und Vernichtung überall! Wenigstens schien die seltsame Krankheit derer, die Gordonius in den Peraine-Tempel hatte schaffen lassen, gebannt zu sein. Bei fast allen waren die schrecklichen Eiterbeulen wieder abgeheilt, daher hatte der Therbunit sie nach Hause gehen lassen. Es schien, als hätte die Göttin selbst eingegriffen, so schnell waren die scheußlichen Wunden wieder verschwunden. So erzählte man zumindest in der Stadt.

Der Inquisitor lächelte bitter. Wie schnell der Pöbel seine Meinung änderte. Noch vor einer Woche hatten sie den Tempel anstecken wollen, und jetzt redete alles vom Wunder der Göttin.

Marcian war vor der hohen Flügeltür zum Rittersaal angelangt. Eine Weile zögerte er einzutreten. Dann ging er weiter. Sollten sie dort ohne ihn beraten. Er wollte allein sein!

Die Sonne war versunken, und ein steifer Wind aus Nordwest trieb unermüdlich kleine Wellen in das Hafenbecken, wo sie sich an den Kaianlagen und Bootsrümpfen brachen. Kalt war es an diesem Abend, das Wasser war eisig.

Marrad zögerte immer noch. Sollte er es tun? Der Kommandant hatte immer wieder gesagt, wieviel ihm daran lag, daß die Rebellen erfuhren, daß er ihnen vergeben hatte. Zu oft hatte er das gesagt! Marrad war sich sicher, daß Marcian wollte, was er nun tat.

Vorsichtig streckte er den Fuß ins Wasser und fuhr schaudernd wieder zurück. Seine Kleider hatte er schon zu einem Bündel geschnürt und im Rumpf eines Bootes versteckt.

Er war klein genug, um zwischen den dicken Stäben des Gatters, das die Hafeneinfahrt versperrte, hindurchzuschlüpfen. Einem ausgewachsenen Mann war dieser Weg versperrt.

So gesehen, war Marrad also der einzige, der für diese Aufgabe in Frage kam. Sein Herz klopfte schneller. Was zögerte er noch? War er nicht der Bote Marcians? Der Junge faßte allen Mut zusammen. Dann sprang er kopfüber vom Kai.

Das Eintauchen ins eisige Wasser war wie ein Schock. Einen Moment dachte Marrad, er sei gelähmt und die Flußgeister hätten ihm alle Kraft genommen. Er stellte sich vor, wie er langsam auf den Grund des Hafenbeckens sinken würde, um dort zu sterben. Doch dann dachte er wieder an seine Aufgabe, und das gab ihm Kraft.

So gut ihn seine dünnen Arme trugen, schwamm er quer durch den Hafen auf das große Gitter zu. Schon jetzt spürte er, wie sehr die Kälte an seinen Kräften zehrte. Er war nicht so stark und ausdauernd wie die anderen Jungen in seinem

Alter, und er wußte, daß sich sein Vater seinetwegen schämte. Der Sohn des Schmiedes ein Schwächling! Aber er würde jetzt allen beweisen, was in ihm steckte.

Allein Marcian wußte, was er wert war. Der Kommandant hatte ihm einen roten Umhang machen lassen und ihn zu seinem persönlichen Boten ernannt. Mit Stolz dachte der Junge an den Nachmittag, an dem Marcian mit seiner Frau die Straße heruntergekommen war und ihm zugeschaut hatte, wie er sich heldenhaft einer Übermacht erwehrte. Ja, der Kommandant wußte, was in ihm steckte. Er wußte es besser als sein eigener Vater!

Marrad mußte schlucken, als er daran dachte, wie sein Vater zitternd vor Fieber in dem schmutzigen Krankenbett im Sterbezimmer lag. Darrag hatte ihn nicht gesehen, obwohl er den ganzen Nachmittag bis kurz vor Sonnenuntergang bei ihm geblieben war. Statt dessen murmelte er immer wieder den Namen ihrer Mutter.

Aber sie war tot! Warum dachte er nicht an die Lebenden? Warum nicht an ihn und seine Schwester?

Marrad hatte das Gitter erreicht und klammerte sich an die mächtigen Stäbe, um für einen Augenblick zu verschnaufen. Wieder dachte er, daß er es in dieser Nacht allen zeigen würde! Keiner hatte es geschafft, bis zur Bastion am anderen Flußufer durchzukommen, seit die Orks den Turm beschossen. Aber er konnte es! Er würde ein Held sein, wie Marcian oder wie Zerwas, der von seinem todesmutigen Ausfall gegen die Orks nicht mehr zurückgekommen war.

Sein Vater hatte sich einen ganzen Tag betrunken, als der Henker gestorben war und geschimpft, nun sei auch noch sein einziger Freund tot. Abends war Vater dann nicht einmal mehr in der Lage gewesen, die Leiter zu seiner Schlafkammer emporzusteigen. Marrad erinnerte sich noch ganz genau, wie er dann mit seiner Schwester Jorinde Kissen und Decken heruntergebracht hatte, um Vater auf dem Boden ein Lager zu bereiten.

Marrad erschauderte. Was würde er jetzt für ein warmes Bett geben. Er kniff die Augen zusammen und blinzelte über den Fluß. Kein Licht brannte in der Bastion. Draußen auf dem dunklen Wasser schienen die Wellen höher zu sein als im Hafen.

Er mußte jetzt los! Mußte hinüberschwimmen, bevor die Kälte ihm alle Kraft geraubt hatte. Wenn er das schaffte, wäre er ein Held, und dann würde sich Vater auch mehr um ihn kümmern.

Mit einem Seufzer stieß sich Marrad vom Gitter ab und schwamm gegen die Strömung an.

In sehr heißen Sommern war das Wasser hier so flach, daß man zur anderen Seite des Ufers waten konnte, doch der Regen der letzten Wochen hatte die Breite anschwellen lassen. Sie führte viel mehr Wasser als sonst zu dieser Jahreszeit.

Mühsam kämpfte Marrad gegen die Strömung an. Jetzt könnte er die Kräfte seines Vaters brauchen. Er mußte ein Uferstück weit nördlich der Bastion anpeilen. Würde er versuchen, in grader Linie auf den Turm zuzuschwimmen, würde er weiter südlich bei den Stellungen der Orks angetrieben werden. Die Wellen schlugen Marrad ins Gesicht; prustend spuckte er Wasser. Gestern früh hatte er zwei alte Frauen erzählen hören, der schwarze Marschall sei mit seinem Heer nicht weit nördlich von der Stadt und hätte allen seinen Kriegern befohlen, in die Fluten der Breite zu pinkeln, damit das Wasser vergiftet wurde. Ob das der Wahrheit entsprach? Immerhin war der Wasserspiegel nicht gesunken, obwohl es in den letzten Tagen viel weniger geregnet hatte.

Marrad konnte jetzt schon die kleine, steinerne Treppe sehen, die an der Rückseite der Bastion zum Fluß hinabführte. Noch ein paar Stöße, und er hätte es geschafft. Er biß die Zähne zusammen. Schließlich erreichte er das andere Ufer und klammerte sich an einen Eisenring seitlich der Treppe, an dem sonst Boote vertäut wurden. Er brauchte eine ganze Weile, genügend Kraft zu sammeln, um sich aus dem Wasser zu ziehen.

Vorsichtig kroch er im Dunkeln die Stufen hinauf. Eigentlich dürften ihn die Orks hier, auf der vom Land abgewandten Seite des Turmes, nicht sehen. Leise klopfte er an die kleine Ausfallpforte am Ende der Treppe. Nichts rührte sich.

Sollten die Schwarzröcke die Bastion vielleicht gar schon gestürmt und alle niedergemacht haben?

Marrad zögerte. Dann klopfte er noch einmal, diesmal etwas lauter.

Nach einer Ewigkeit hörte er schließlich, wie sich Schritte näherten. Mit leisen Knirschen wurde ein Guckfenster in der Tür geöffnet.

»Wer dort?« flüsterte eine Frauenstimme.

»Marrad, der Bote Marcians!« Marrad versuchte, seine Stimme etwas tiefer klingen zu lassen, doch der Versuch mißlang.

»Zeig dich!« erklang es hinter der Tür.

Marrad richtete sich auf. Dann war das Geräusch eines Riegels zu hören, der zurückgeschoben wurde. Die Tür öffnete sich, und Rialla schaute ihn mehr ärgerlich als überrascht an.

Marrad huschte durch das Tor, das Rialla eiligst wieder hinter ihm verschloß.

»Welche Botschaft ist so wichtig, daß Marcian dich dafür in den Tod schickt?«

Marrad wiederholte, was der Kommandant am Mittag auf der Mauer gesagt hatte.

Rialla blickte ihn ernst an. »Und um das zu sagen, hat dich Marcian geschickt?« Die Bannerträgerin legte den Kopf schief und musterte ihn eindringlich.

Marrad fühlte sich zunehmend unwohler. Er war doch unter Helden, und die Helden in den Liedern der Troubadore verhielten sich ganz anders. Einen Moment überlegte er, ob er das Rialla nicht sagen sollte, doch dann entschied er sich anders und erzählte der großen, blonden Kriegerin verlegen, daß er nicht ausdrücklich den Befehl hatte, diese Botschaft zu überbringen.

Rialla lächelte ihn an. »So ist das also ...« Dann klopfte sie ihm auf die Schulter. »Komm jetzt erst mal mit nach oben, da bekommst du eine Decke und kannst dich am Feuer aufwärmen. Dann sollst du den anderen erzählen, warum du hier bist. Wenn du schon dein Leben riskierst, Marrad, dann sollen auch alle hören, was du uns zu sagen hast!«

Das Geräusch splitternden Steins weckte Rialla am nächsten Morgen. Die Orks hatten wieder begonnen, den Turm zu beschießen.

Diejenigen, die nicht zur Wache eingeteilt waren, hatten es sich ringsherum bequem gemacht und dösten oder schliefen. Hier war es warm, denn im Zwischengeschoß gab es einen großen Kamin, auf dem das Essen für die Besatzung zubereitet wurde. Durch das Feuer wurde die Kälte aus dem Gemäuer vertrieben.

Die Kriegerin gähnte und reckte sich. Dicht neben ihr lag der kleine, blonde Junge, der letzte Nacht durch den Fluß geschwommen war, um zu berichten, daß Marcian ihnen die Rebellion vergeben hatte.

Sie mußte lächeln. Was der Kleine gemacht hatte, war aberwitzig, aber mutig. Aus ihm wäre sicher ein guter Krieger geworden. Marrad schlief noch immer, er war so erschöpft, daß ihn nicht einmal das dumpfe Dröhnen aufschreckte, das beim Aufschlag der Steinkugeln auf die Mauer durch den ganzen Turm lief.

Rialla griff nach Helm und Schild. Es war an der Zeit, daß sie in den zerstörten oberen Turmgeschossen nach dem Rechten sah.

Vorsichtig hinter den Rundschild geduckt, schlich sie die Treppe hinauf. Dadurch, daß ein Teil der Westwand zerstört war, konnten die Bogenschützen der Orks direkt in den Turm schießen. Selbst einige Abschnitte der Wendeltreppe boten jetzt keine Deckung mehr. Im ersten Geschoß war alles in Ordnung. Die Wachen hatten sich hinter die Trümmer der eingestürzten Wand gekauert und beobachteten aufmerksam die Stellungen der Schwarzpelze.

Wieder sauste eine der mächtigen Steinkugeln heran und zersplitterte krachend an der Turmwand. Besorgt blickte Rialla zur Decke. Ein Dutzend fingerdicker Risse zog sich durch das Gewölbe. Bald würde das ganze marode Gemäuer in sich zusammenfallen.

Na ja, was sollte es? Dann hatte die Sache wenigstens ein Ende. Durch den ersten Mauereinbruch waren alle vier Geschütze im Turm zerstört worden. Sie konnten sich gegen den Beschuß der Orks nun nicht einmal mehr zur Wehr setzen. Je schneller das hier vorbei war, desto besser.

Die Bannerträgerin schlich ins nächste Geschoß. Ein Pfeil verfehlte nur knapp ihren Hals und schlug in die Wand. Zum Glück trauten die gegnerischen Bogenschützen sich meistens nicht nahe genug heran, um genau zielen zu können, dachte die Kriegerin und setzte ihren Weg fort.

Der Boden im obersten Geschoß des Turmes waren sogar nur noch wenige Fuß breit stehengeblieben.

Rialla fluchte, als sie wieder an die Katastrophe von vor drei Tagen dachte. Hier hatte sie ihre meisten Kämpfer verloren. Nicht durch die Schwerter der Orks, sondern an den herabstürzenden Gesteinsmassen waren die Verteidiger gestorben. Ein elender Tod für einen Krieger! Rialla mußte diese trüben Gedanken vertreiben. Sie war Offizierin. Sie mußte den anderen ein Vorbild sein, ihnen Mut machen.

»Was machen unsere Freunde?« rief sie leise zu den dreien, die zwischen den Trümmern kauerten.

»Ich glaube, die haben heute morgen Zielwasser von ihren Schamanen zu trinken bekommen!« Die schwarzhaarige Olda drehte sich zu ihr herum. »Vorhin haben sie Ordbert erwischt.«

Rialla blickte zu dem kräftigen Mann, der an einen Felsblock lehnte. Von der Treppe her sah es ganz so aus, als würde er immer noch aufmerksam zu den Orks hinüberspähen.

»War ein sauberer Schuß«, flüsterte Olda, fast so, als würde sie mit sich selbst reden. »War halt ein Glückspilz, der Stallmeister. Gestern hat er mich noch beim Würfeln ruiniert, und heute kriegt er einen Blattschuß. Hat nicht einmal geschrien. Ist einfach zur Seite gekippt, als wäre er eingeschlafen.«

Rialla schlich hinter dem Schild gekauert zu der Schwarzhaarigen. »Kommt ihr auch zu zweit klar?«

Die Frau blickte die Bannerträgerin völlig entgeistert an. »Machst du Witze? Ordbert hat in der ganzen Zeit, die ich zusammen mit ihm auf Wache stand, nicht einmal einen Schwarzrock getroffen. Er mag ja ein guter Reiter gewesen sein, ein guter Bogenschütze war er nicht. – Natürlich kommen wir ohne ihn aus. Es fehlt nur jemand zum Reden.« Die Frau deutete zum anderen Ende der zerstörten Turmkammer. »Elena schießt zwar bedeutend besser als Ordbert, dafür redet sie nicht mehr als ein Fisch. – Was macht eigentlich unser Kleiner?«

»Schläft«, murmelte Rialla einsilbig.

»Hat ja Nerven wie ein alter Söldner.«

Die Bannerträgerin schwieg. Seit sie von der Stadt abgeschnitten worden waren, hatte sie sich damit abgefunden, in diesem Turm zu sterben. Jetzt lebte sie nur noch für den Augenblick.

Da sie sterben würde, hatte Rialla keine schmachvolle Zukunft mehr zu befürchten. Sie war von adeligem Stand und bekleidete den zweithöchsten Offiziersrang in ihrem Regiment. Aber mit der Rebellion gegen Marcian hatte sie gegen alle Traditionen verstoßen. Sie hatte sogar ihre Waffe gegen den Inquisitor gezogen. Damit war auf Generationen der Name ihrer Familie entehrt.

Gedankenverloren blickte sie zu den Erdwällen der Orks hinüber. Zwanzig oder mehr Geschütze hatten die Schwarzröcke dort aufgefahren. Dazwischen versammelten sich Krieger. Ganz offensichtlich stand ein Sturmangriff bevor. Sie mußte handeln.

»Alle auf die Posten!« Rialla schrie so laut, daß es jeder in der Bastion hören konnte. Zählte sie die Leichtverwundeten mit, hatte sie noch ein knappes Dutzend Kämpfer. Weiter unten waren Schritte auf der Steintreppe zu hören. Die Kämpfer gingen in Stellung.

Gut, dann mochte jetzt der letzte Akt des Dramas beginnen. Die Kürassiere, die mit ihr nach hier verbannt worden waren, würden bleiben, weil es Ehrensache war, auch einen verlorenen Posten nicht aufzugeben. Bei den Bürgern standen die Dinge anders. Hätten sie Sinn in einer Flucht gesehen, dann wäre sicher schon längst keiner von ihnen mehr hier. Rialla war sich vollkommen sicher, daß Gernot Brohm und seine Gefährten nur deshalb blieben, weil sie genau wußten, daß eine Flucht den sofortigen Tod in einem Hagel von Pfeilen bedeutete, wohingegen diejenigen, die in der Ruine ausharrten, vielleicht noch ein paar Stunden oder sogar einen ganzen Tag leben würden. Vielleicht kam ja doch noch im allerletzten Moment die Rettung?

Mittlerweile hatten sich ungefähr hundert Orks hinter den Erdwällen bereitgemacht. Rialla konnte sogar den verräterischen Zwerg erkennen, der auf der anderen Seite das Kommando führte. Wenn sie den Kerl mit zu Boron nehmen könnte, dann hätte ihr Tod in dieser verfluchten Bastion wenigstens einen Sinn gehabt.

Jetzt hob der Zwerg den Arm. Seine Streitaxt blitzte silbrig in der Morgensonne, und während die Orks in einer dunklen Welle über die Erdschanze hinwegstürmten, feuerten alle zwanzig Geschütze gleichzeitig auf den Turm.

Rialla warf sich flach auf den Boden.

Krachend schlugen die Felsbrocken auf die Mauer. Steinsplitter erfüllten die Luft. Von unten konnte sie einen Mann aufschreien hören.

Wo der Kleine jetzt wohl steckte? Verrückt! Wahrscheinlich würde sie in diesem Chaos aus Staub und einstürzenden Mauerstücken nicht einmal mehr die nächste Stunde überleben.

Vorsichtig blickte die Bannerträgerin über die Trümmer, hinter denen sie in Deckung lag. Die Schwarzpelze hatten schon den halben Weg zur Schanze geschafft. Einige von ihnen trugen lange Leitern. Die fünf Schritt, die sie an Höhenvorteil hatten, würden ihnen so auch nicht mehr viel nutzen. Die Bresche in der Mauer reichte zwar nur bis über das Zwischengeschoß, doch war sie breit genug, daß man dort drei oder vier Leitern nebeneinander anlegen konnte.

Es wurde Zeit, daß sie sich ein Stockwerk weiter nach unten zurückzog. Dort, wo der Angriff zu erwarten war, zählte sie jetzt mehr. Sie drehte sich zu Olda um.

»Sobald die Orks heran sind, werft Felsbrocken auf sie herab.«

Die Kriegerin nickte ihr stumm zu, und Rialla kroch vorsichtig zur Wendeltreppe zurück. Knapp einen Schritt neben ihr zerbarst ein Katapultgeschoß an der Wand. Scharfkantige Gesteinssplitter zischten durch die Luft.

Obwohl die Bannerträgerin sofort den Schild hochriß, trafen sie einige Splitter ins Gesicht. Blut tropfte von ihrer rechten Augenbraue.

»Vorsicht!« brüllte die Schwarzhaarige. »Du wirst doch nicht vor mir zu Boron gehen wollen?«

Statt einer Antwort lachte Rialla. Jetzt war ohnehin alles gleichgültig. Den Tod fürchtete sie nicht.

Die Orks hatten eine zweite Salve abgeschossen. Mit ohrenbetäubendem Lärm schlugen die Felsbrocken so dicht nacheinander ein, daß man die einzelnen Aufschläge nicht mehr unterscheiden konnte.

Unter den Lärm splitternder Steine mischte sich ein tiefes, bedrohliches Knirschen, das die Bannerträgerin nur zu gut kannte.

Panisch hastete sie die Treppe hinab. So wollte sie nicht sterben! Unten angekommen, blickte sie zur Decke. Die Risse dort wurden langsam größer. Der vordere Teil begann sich abwärts zu senken.

Rialla machte einen Hechtsprung nach vorne und schlug hart zwischen den Trümmern auf. Im Reflex riß sie ihren Schild hoch über den Kopf.

Männer und Frauen schrien durcheinander.

»Alles ganz nach vorne zur Bresche!« Rialla versuchte mit lauter Stimme, den Tumult zu übertönen, achtete aber nicht mehr darauf, ob ihrem Befehl Folge geleistet wurde, sondern versuchte halb kriechend, halb rutschend unter der überhängenden Decke wegzukommen.

Dann schlugen mit infernalischem Getöse Felsbrocken hinter ihr auf. Eine Woge von Staub hüllte sie ein, füllte ihr Augen, Mund und Nase, während sie hustend weiterkroch.

Langsam verzog sich der aufgewirbelte Staub. Gleichzeitig hörte sie, wie die Leitern an die Mauern gelehnt wurden.

»Alles auf die Beine!« Rialla reagierte nicht mehr bewußt. Ein Leben lang war sie zum Töten und Kommandieren ausgebildet worden, so daß sie jetzt, ohne nachzudenken, die richtigen Entscheidungen treffen konnte.

Hinter ihr taumelten einige staubbedeckte Gestalten auf die Bresche zu, während Rialla schon am Mauerrand stand und den Fuß auf die erste Leiter gesetzt hatte, um sie zurückzustoßen.

»Alle Kürassiere und Offiziere zu mir, die anderen verteilen sich an der Mauer und werfen Steine herab.« Die Kriegerin rief die Befehle, ohne sich auch nur umzudrehen.

Nun war ohnehin alles bedeutungslos geworden. Entweder es gab noch genug Krieger, um die Bresche zu verteidigen oder nicht. Die Bannerträgerin zog das Schwert. Rechts und links neben ihr standen noch zwei Leitern an den Mauern. Schon kletterten die ersten Orks hinauf. Es war zu spät, diese Leitern noch umzustoßen. Sie ragten nur wenige Hand breit über den Rand der Mauer, so daß man sie ohne Hebel nicht mehr umstürzen konnte, sobald die Orks begonnen hatten, hochzuklettern.

Flüchtig erkannte die Kriegerin, daß sich doch noch zwei Kämpen eingefunden hatten, um mit ihr die Bresche zu verteidigen. So gut wie ohne Deckung standen sie zwischen den Trümmern der Turmmauer.

Die Schilde zum Schutz hoch über die Köpfe erhoben, kamen die ersten Schwarzpelze die Sturmleitern hinauf. Der Moment, in dem sie von der Leiter in die Bresche klettern mußten, war für die Angreifer am gefährlichsten. Die Kriegerin machte einen Schritt zurück. Pfeile zischten an ihr vorbei oder bohrten sich zitternd in ihren Schild. Bogenschützen versuchten, sie durch massiven Beschuß von der Mauer zu vertreiben.

Sie durfte nicht an die Pfeile denken. Konnte es Rondras Wille sein, daß sie einen so ehrlosen Tod fand?

Der erste Ork versuchte, von der Leiter auf die Mauer zu klettern. Rialla warf sich, den Schild vor die Brust verschränkt, nach vorne. Ihr Gegner riß ebenfalls den Schild hoch, so daß sie krachend aufeinanderprallten. Noch immer hatte der Ork nicht sein Gleichgewicht auf der breiten Mauerkante gefunden.

Rialla bedrängte ihn weiter, setzte ihren Fuß hinter seine Ferse und holte gleichzeitig mit ihrem Schwert aus, um seitlich am Schild des Gegners vorbeizuschlagen und den Schwarzpelz in seiner ungedeckten Flanke zu treffen.

Der Ork versuchte verzweifelt, dem Schwert auszuweichen, taumelte einen Augenblick und stürzte dann schreiend von der Mauer.

Da hast du ein Opfer, Tairach, dachte Rialla triumphierend. Neben ihr ertönte der helle Klang von Schwertern, Gernot Brohm und Ritter Armand, einer der beiden Offiziere, die sich mit ihr gegen Marcian gestellt hatten, hielten rechts und links von ihr die Stellung.

Der Ork hatte zwei seiner Gefährten mit sich in die Tiefe gerissen, so daß die Kriegerin einen Augenblick Zeit hatte, um nach hinten zu blicken. Die Trümmer der eingestürzten Deckenhälfte hatten den Abstieg zu den unteren Etagen blockiert. Es gab also vorerst keinen Weg zurück mehr. Die beiden Frauen, die sie oben zurückgelassen hatte, mußten tot sein. Also fochten nur noch sechs oder sieben Getreue mit ihr, um den Ansturm der Orks zurückzuschlagen.

Ein Pfeil durchschlug ihren Schild und prallte wirkungslos am Küraß ab. Rialla lachte laut auf. »Laßt uns mit unseren Schwertern eine Saga von wahrem Heldenmut schreiben! Die Götter blicken auf uns. Erweist euch als würdig.«

Zu ihren Füßen erklommen neue Orks todesmutig die Leiter. Die Bannerträgerin ließ ihr Schwert über dem Kopf kreisen. »Für den Prinzen! Tod und Verderben den verlausten Schwarzpelzen!« schrie sie aus vollem Halse, und die übrigen stimmten in ihren Schlachtruf ein. »Für den Prinzen!«

Ein Ork mit einer breiten Narbe über dem Gesicht war nun am oberen Ende der Leiter angekommen. Doch statt den Versuch zu machen, auf die Mauer zu steigen, holte er mit seiner Streitaxt zu einem Schlag nach ihren Füßen aus.

Die Kriegerin machte einen Satz nach hinten. Der Hieb verfehlte sie knapp, doch der Ork nutzte die Gelegenheit, um auf die Mauer zu klettern. Er war ein großer Kerl mit fingerlangen Hauern, die ihm aus dem Unterkiefer wuchsen. Lippen und Gesicht schmückten dunkle Tätowierungen. Wahrscheinlich ein Häuptling, dachte die Rialla, während sie seinen Angriff abwartete.

Er trug einen mit Eisenplättchen verstärkten Lederpanzer und schützte sich zusätzlich mit einem großen, rot bemalten Rundschild. Ein eiserner Helm krönte sein Haupt. Die Axt des Kriegers war so gewaltig, daß die meisten Menschen sie vermutlich nur zweihändig hätten führen können.

Breitbeinig stand er auf der Mauer und wartete ihren Angriff ab. Rialla mußte ihn schnell zurückschlagen, damit nicht noch mehr Orks auf die Mauer gelangten. Die Kriegerin machte einen Ausfall. Dicht wie Hagelschlag prasselten ihre Schwerthiebe auf ihn ein. Doch der Ork war ein gewandter Kämpfer und parierte ihre Hiebe geschickt. Rialla ihrerseits fing mit ihrem eisenbeschlagenen Schild die schweren Schläge des Orkhäuptlings auf. Es war ein höchst ungleicher Kampf. Schon splitterte der Rand von Riallas Schild unter den wuchtigen Attacken ihres Gegners. Seine Waffe war schwerer und hatte mehr Durchschlagskraft.

Die Bannerträgerin schlug eine Reihe von Finten, um einen Schwachpunkt in der Deckung des Orks zu finden. Doch der Schwarzpelz stand wie ein Fels auf der Mauer und wich nicht um einen Zoll zurück.

Rialla fluchte. Es schien schier unmöglich, die Deckung dieses Orkhäuptlings zu durchbrechen. Ein Veteran der kaiserlichen Garde hätte kaum geschickter mit dem Schild parieren können als dieser Barbar.

Sie mußte etwas anderes versuchen. Vorsichtig wich Rialla vor dem nächsten Hieb ein Stück zurück. Sie würde alles auf eine Karte setzen.

Der Ork stieß einen gellenden Schlachtruf aus und setzte ihr mit erhobener Axt nach.

Das war der Augenblick, auf den die Bannerträgerin gewartet hatte. Behende sprang sie vor und führte das Schwert in weitem Bogen seitlich nach oben. Zu spät begriff der Ork ihre Absicht, und Rialla zersplitterte mit ihrem Hieb den hölzernen Schaft der Streitaxt.

Schlag auf Schlag drosch sie nun auf ihn ein und hielt den Orkhäuptling mit ihren pausenlosen Attacken so in Atem, daß er keine Gelegenheit fand, eine neue Waffe zu ziehen. Weiter zurückweichen konnte der Krieger nicht, sonst wäre er wie sein Vorgänger durch die Bresche in die Tiefe gestürzt.

Der große Rundschild, mit dem er bislang so meisterhaft ihre Angriffe abgewehrt hatte, soll ihm jetzt zum Verhängnis werden, dachte die Bannerträgerin.

Rialla hob den Arm, so als wolle sie mit einem mächtigen Hieb nach seinem Kopf zielen. Der Ork riß den Schild hoch. Im selben Augenblick änderte die Kriegerin ihre Angriffsrichtung und schlug in weitem Bogen unter dem Schildrand des Hünen hinweg, so daß ihr Schwert dem Ork in den ungeschützten Unterleib fuhr. Ruckartig riß Rialla die blutige Klinge zurück.

Der Häuptling brüllte wie ein verwundeter Stier, preßte die freie Hand auf die Wunde und taumelte einen Schritt zurück. Mit dem linken Fuß trat er ins Leere. Verzweifelt riß er beide Arme hoch und versuchte schwankend die Balance auf der Mauerkante zu halten.

»Stirb!« zischte die Kriegerin und ließ ihr breites Schwert vorzucken. Doch noch bevor sie traf, warf sich der Orkhäuptling mit einem gellenden Schrei nach hinten.

Die anderen Krieger, die beobachtet hatten, wie der mächtige Häuptling gestorben war, wichen entsetzt von den Leitern und der Mauer zurück. Vergeblich brüllte Kolon Befehle, um sie wieder vorwärtszutreiben. Nachdem sich die ersten Schwarzpelze zur Flucht gewandt hatten, gab es kein Halten mehr. Nur die Bogenschützen, die sich in Reichweite der Axt des fluchenden Zwergs befanden, blieben auf ihren Posten.

»Sieg! Sieg!« Wie besessen brüllte Rialla immer wieder dieses eine Wort. Rondra war ihr gnädig.

Rund um die Gruppe in der Bresche schlugen erneut Pfeile ein, und während Rialla und der junge Brohm noch immer wie trunken vor Freude waren, fuhr sich Ritter Armand mit gurgelndem Schrei nach der Kehle.

Eines der Geschosse hatte sein Ziel gefunden.

Die Freudenrufe verstummten.

Einen Moment stand der Ritter noch taumelnd in der Bresche, dann stürzte er vom Turm.

»Alles in Deckung!« schrie Rialla entsetzt.

Selbst als sie hinter der zertrümmerten Turmmauer kauerte, konnte Rialla es noch nicht fassen. Wo war die Gerechtigkeit der Götter? Warum mußte das im Augenblick ihres Sieges geschehen?

Die Orks hatten aus der sicheren Deckung ihrer Erdwälle heraus erneut das Feuer mit ihren schweren Rotzen eröffnet. Stein um Stein prallte gegen die rissigen Mauern des Turms. Im Turm waren sie nach diesem Kampf nur noch zu dritt. Sie, Gernot Brohm und eine blonde Bürgerstochter waren die letzten, die noch ein Schwert führen konnten. Und irgendwo unten mußte noch Marcians Bote sein, falls ihn die Felsbrocken, die die Treppe verschütteten, nicht erschlagen hatten.

Wie launisch das Glück war, hatten sie ja erst gerade erlebt, als Armand im Augenblick des Sieges der Tod ereilte. Dem Schicksal ein Schnippchen zu schlagen, das wäre ein noch größerer Triumph als ihr Erfolg über die Orks, der nicht mehr als eine kurze Gnadenfrist bringen mochte.

»Wir sollten schauen, ob wir die Treppe wieder freiräumen können.« Rialla hatte laut gedacht. Doch die beiden anderen reagierten nicht. Die Bürgerstochter starrte apathisch zu den Stellungen der Orks, und Gernot war damit beschäftigt, sich mit einem Stoffetzen den blutenden Arm zu verbinden.

Ohne ein weiteres Wort kroch Rialla zu der verschütteten Treppe hinüber.

Zuerst räumte die Kriegerin loses Geröll und kleine Steinbrocken beiseite. Dann nahm sie den Schaft eines zerbrochenen Speers als Hebel, um größere Trümmerstücke aus dem Weg zu schaffen. Sie hatte schon eine ganze Weile gearbeitet, als schließlich Gernot herüberkam, um ihr zu helfen.

Noch immer schossen die Orks auf den Turm. Große Felsbrocken donnerten gegen die Mauern, doch das Schicksal schien den dreien einen anderen Tod bestimmt zu haben.

Als sie endlich die Treppe so weit freigeräumt hatten, daß der Weg nach unten nicht mehr länger versperrt war, schritt Rialla als erste hinab. Eine weite Bahn von Licht fiel hinter ihr durch die Öffnung. Am Fuß der Treppe sah die Kriegerin Marrad zwischen herabgestürzten Steinen liegen. Ein Felsbrocken hatte ihm die Schulter zertrümmert. Der Junge war bewußtlos.

Die Kriegerin nahm ihn auf den Arm und trug ihn die Treppe hinauf, zu ihren letzten beiden Gefährten.

»Wir werden ihn dem Blutgott abtrotzen«, murmelte sie zwischen zusammengepreßten Lippen. Dann rief sie Gernot und die Bürgerstochter Ludara zu sich.

»Ich will, daß der Junge gerettet wird! Ich habe drei Ästchen vom Kamin unten mitgebracht. Wer von uns das kürzeste zieht, soll mit Marrad durch den Fluß schwimmen, um ihn in Sicherheit zu bringen. Eine Aufgabe, die vielleicht mehr Mut erfordert, als hier zu bleiben und zu sterben, denn wer jetzt geht, wird immer als Feigling verschrien sein. Doch vielleicht ist das Überleben dieses Opfer ja wert? Nun zieht!«

In Ludaras Gesicht zeigte sich zum ersten Mal seit dem Kampf wieder eine Regung. Es schien, als habe sie neue Hoffnung geschöpft.

Rialla starrte auf das Ästchen, das in ihrer Hand zurückgeblieben war. Es war das längste von allen. Rondra war ihr gnädig! Sie hätte auch nicht erwartet, daß die Kriegsgöttin sie zur schändlichen Flucht verdammen würde. Dann kamen die beiden anderen heran, um ihre Hölzer zu vergleichen. Der Patriziersohn hatte das kürzeste gezogen.

Ludara seufzte und wandte sich ab. Wie vorher starrte sie wieder völlig apathisch zu der Stellung der Orks hinüber.

Rialla und Gernot blickten sich einen Augenbliick an. Dann ging der Patrizersohn zu Ludara und drückte ihr sein Holz in die Hand. Überrascht blickte sie ihn aus großen blauen Augen an. »Warum ...?«

»Vielleicht, weil ich dem Schicksal meinen Willen aufzwingen möchte? Ich bin ein freier Mann und lasse kein Holzstöckchen über mein Leben befinden. Geh jetzt!«

Ludara umklammerte das Holz wie ein kostbares Kleinod.

»Kannst du schwimmen?« wollte Rialla wissen.

»Wie ein Fisch im Wasser!« Die Bürgerstochter strahlte sie voll neuer Hoffnung an.

»Gut, dann nimmst du den Jungen und bringst ihn zum anderen Ufer. Schwimm zur Hafenmauer. Die Wachen sollen dir dort ein Seil herunterlassen. Ich selber werde so weit wie möglich in den Ruinen hinaufsteigen und dir mit meinem Bogen Deckung vor den Pfeilen der Orks geben.«

Schweigend stiegen sie die Treppen hinab, während Gernot zurückblieb, um die Orks zu beobachten.

Rialla nahm ein glühendes Holzscheit aus dem Feuer im Kamin. Inzwischen hatte Ludara ihre Kleider abgestreift und damit begonnen, ihre Muskeln zu massieren. Als sie damit fertig war, nahm die Bürgerstochter Marrad auf den Arm. Der Junge stöhnte leise. Seine Schulter war blutverklebt, und der Knochen des gebrochenen Schlüsselbeins ragte klaffend aus der Wunde. Rialla trat zu den beiden und drängte zur Eile.

»Bleib in Deckung des Turmes, bis du meinen Schlachtruf hörst!« befahl die Kriegerin, während sie die Treppe zur Ausfallpforte hinabstiegen. »Ich habe noch etwas zu erledigen.«

Sie schaute zu, wie die blonde Frau mit dem Knaben in die eisigen Fluten watete. Einen langen Augenblick starrte sie fast sehnsüchtig auf die zwei herab, dann hob sie nach Art der Krieger die Hand zum Gruße und wandte sich ohne ein weiteres Wort um.

Nachdem sie die kleine Tür hinter den beiden wieder verriegelt hatte, eilte Rialla in den Keller. Dort zerrte sie alle Vorräte auf einen Haufen und schüttete ein kleines Faß Lampenöl darüber aus. »Sie werden hier nur geborstene Steine und rauchende Trümmer finden«, murmelte sie grimmig und setzte die Vorräte in Brand. Dann lief sie die Treppe hinauf und legte Feuer an die Betten, in denen ihre Krieger geruht hatten. Ebenso verfuhr sie im Zwischengeschoß. Alles, was ihr von Wert erschien, zertrümmerte sie und warf es in den Kamin. Allein ihren Bogen und einen Köcher voller Pfeile nahm sie mit nach oben.

Als sie wieder zwischen den Trümmern erschien, in

denen Gernot wachte, quoll eine dicke Rauchfahne hinter ihr aus dem Schacht der Wendeltreppe.

»Was ist geschehen?« Der Patriziersohn starrte sie mit weit aufgerissenen Augen an.

»Ich habe die Orks um ihre Beute gebracht«, antwortete sie kalt. »Ihr einziger Siegespreis sollen unsere Leichen sein.« Mit diesen Worten kletterte sie die geborstene Mauer empor, um zum höchsten Punkt der Turmruine zu gelangen. Pfeile zischten an ihr vorbei. Rund um den Turm lagen die Bogenschützen der Orks im hohen Gras verborgen. Doch Rialla vertraute darauf, daß es ihr nicht bestimmt sei, auf diese Art zu sterben.

Als sie schließlich den höchsten Punkt erreicht hatte, stieß sie ihren Kampfruf aus: »Für Rondra!«

Im selben Moment konnte sie sehen, wie sich die Bürgerstochter abstieß, um durch den Strom zu schwimmen. Wie eine Fahne aus Licht glänzte ihr langes blondes Haar im Wasser.

Ein gutes Ziel, dachte Rialla und beobachtete aufmerksam das hohe Gras um den Turm. Noch hatten die Bogenschützen der Orks allein sie im Visier. Dicht neben ihrem Kopf schlug ein Pfeil krachend ins Gemäuer.

Geduldig suchte Rialla das wogende Gras mit ihren Blikken ab. Die Schwarzpelze benutzten Schutzwände aus geflochtenen Gräsern, um sich dahinter zu verstecken; es war daher nicht leicht, sie auszumachen. Kaum hatten sie einen Schuß abgegeben, verschwanden sie wieder hinter ihrer Deckung.

Da ertönte ein Horn vom Fluß her. Ludara war entdeckt worden. Etliche Orks hasteten zum Ufer, und Rialla nutzte die Gelegenheit, ihren Köcher leer zu schießen. Doch vergebens. Die Orks schienen so zahlreich wie Sandkörner in der Wüste. Für jeden, den sie verletzte oder tötete, schienen sofort zwei neue zur Stelle zu sein.

Unruhig blickte sie zum Fluß. Noch war die Bürgerstochter nicht getroffen worden. Sie hatte die Hafenmauer erreicht, von der aus nun eine Abteilung von Lysandras

Bogenschützen das Feuer der Orks erwiderte. Seile wurden für die Schwimmer herabgelassen.

Ludara knüpfte eine Schlinge und zog sie dem Jungen unter den Achseln hindurch. Dann wurde Marrad hochgezogen. Pfeile prasselten gegen die Mauer. Der Knabe hat Glück, dachte Rialla bei sich. Die Götter sind auf seiner Seite.

Dann kletterte auch die Bürgerstochter an einem Seil empor. Noch dichter wurde der Pfeilhagel der Orks, und schließlich hörte sie Ludaras Schrei. Zwei Pfeilschäfte ragten aus ihrem Rücken. Sie ließ das Seil los und stürzte in den Fluß.

Rialla blieb wie versteinert sitzen.

Warum? Hatten die Götter wirklich beschlossen, daß keiner der Rebellen überleben sollte?

Von unten erklang die Stimme Gernot Brohms und riß sie aus ihren Gedanken. Mittlerweile schossen die Orks sogar schon mit Katapulten. Surrend zischte ein Felsbrocken über sie hinweg. Ein zweiter traf krachend das Mauerstück, hinter dem sie kauerte. Die Steine unter ihren Füßen erzitterten, und Gernot rief ihr fluchend zu, sie solle gefälligst herunterkommen und ihr Leben nicht verschenken.

Doch noch immer starrte die Kriegerin in die braunen Fluten der Breite. Sie hoffte, den goldenen Haarschopf Ludaras wieder zwischen den Fluten auftauchen zu sehen. Vergebens! Die Flußgeister schienen den toten Leib in ihre kühlen Arme umfangen zu haben.

Schließlich ließ Rialla alle Hoffnung fahren und stieg von ihrem unsicheren Ausguck herunter. Ihr Schild war mittlerweile gespickt von den Pfeilen der Schwarzröcke. Aus der Stellung der Orks erklang wieder das dumpfe Grollen der Kriegspauken, und während des gefahrvollen Abstiegs konnte die Kriegerin sehen, wie sich die Schwarzpelze zu einem neuen Sturmangriff sammelten.

Noch immer quoll dunkler Rauch aus dem Inneren des Turmes; Rialla konnte durch die Sohlen ihrer Stiefel spüren, daß das Feuer den Steinboden unter ihren Füßen erhitzte.

»Wenn wir den Abend noch erleben, mußt du mir verraten, durch welchen wundersamen Zauber man Pfeilen entgeht«, empfing Gernot die Bannerträgerin.

Sie grinste ihn breit an. »Zuerst lassen wir aber die Orks noch ein wenig nach der Melodie unserer Schwerter tanzen. Bist du bereit, vor die Götter zu treten?«

Der Patriziersohn war leichenblaß. »Nicht bevor ich noch ein paar Schwarzpelze zu Tairach geschickt habe.«

Rialla schlug ihm auf die Schulter. »Du wärst ein guter Kürassier geworden. Zuerst habe ich nicht viel von dir gehalten, aber in den letzten Tagen hast du wirklich Mut gezeigt.«

Der junge Mann lächelte gequält. Er war über und über mit Staub bedeckt, und sein Verband, dunkel von geronnenem Blut, flatterte lose um seinen Schildarm. »Ich habe Angst«, gestand er leise.

»Ich auch«, entgegnete Rialla, »doch eigentlich besteht dazu kein Anlaß. Angst ist etwas für die, die noch eine Zukunft haben. Deine einzige Sorge sollte jetzt sein, daß die Orks dich nicht lebend erwischen.«

Die Leitern der Schwarzpelze krachten mit dumpfem Ton gegen die Mauern, und die Kriegerin faßte ihr Schwert fester. Schulter an Schulter standen Rialla und Gernot in der Bresche, die wie eine tiefe Wunde in der Westflanke des Turmes klaffte.

Als die ersten Orks die beiden bestürmten, riß der dunkle Wolkenhimmel auf. Ein breiter Lichtstrahl hüllte den Turm in einen goldenen Schimmer.

»Siehst du, Patrizier, das ist die Straße, auf der wir zu den Göttern gehen.«

Rialla hieb mit ihrem Schwert auf den Schild des Orks vor ihr. Doch die Bresche in der Mauer war zu breit, als daß zwei allein sie hätten verteidigen können, und schon bald waren sie von den Kriegern des Sharraz Garthai umringt.

13

Im Abenddämmer konnten Nyrilla und Arthag beobachten, wie die Orks auf Stangen die Köpfe der toten Verteidiger in ihr Hauptlager trugen. Auch wurden viele Böcke und Rotzen wieder vom Westufer der Breite abgezogen.

Wo sie wohl als nächstes zuschlagen werden? fragte sich Arthag. Den ganzen Tag über hatte er gemeinsam mit der Elfe von einer fernen Hügelkette aus den Untergang des Turmes beobachtet.

Jetzt würden sie nicht mehr lange warten müssen. Wenn Trommelschlag und Gesänge erst eimal von der Siegesfeier der Orks kündeten, würden sie ohne Gefahr durch den Fluß schwimmen können, um dann mit einem Seil über die Mauer in die Stadt zu gelangen.

So wie die Dinge standen, mußten sie vielleicht auch noch ein paar Stunden warten. Doch das war ihm nur recht, dachte Arthag. Lieber im kalten, feuchten Gras liegen, als schon wieder einen Fluß durchschwimmen. Schaudernd erinnerte er sich an das letzte Mal.

Arthag behielt recht. Ohne Schwierigkeiten konnten er und Nyrilla während der Siegesfeier durch die Linien der Orks schleichen. Erst den Wachen der Stadt, die aufmerksam über die Mauern patrouillierten, fielen sie auf.

Als sie über die Zinnen geholt waren, wurden sie unverzüglich zur Garnison eskortiert, wo Marcian wie an jedem Abend mit seinen Offizieren versammelt war. Arthag schilderte, was er in Xorlosch über die Vergangenheit Greifenfurts erfahren hatte. Am Ende seines Berichts herrschte drückendes Schweigen. Man konnte an den Gesichtern der Männer und Frauen ihre Verzweiflung ablesen. Ein göttlicher Talisman des Tairach tief unter der Stadt und Hunderte, vielleicht sogar Tausende von Orks nur wenig mehr als einen Tagesmarsch südlich – das waren in der Tat schlechte Nachrichten.

Marcian fand als erster seine Stimme wieder. »Himgi, hole ein paar deiner Männer. Sie sollen schwere Hämmer mitbringen. Wir werden uns diesen Torturm noch heute nacht ansehen! Ihr anderen nehmt euch Fackeln von den Wänden und folgt mir.«

Marcian führte die Männer durch die Straßen der Stadt zum Henkersturm. Arthag schritt an seiner Seite.

Dort angekommen, musterte der Zwerg einige Stellen, wo durch die Treffer von Katapulten die Putzschichten abgebröckelt waren und das nackte Gemäuer bloßlag. Dann verkündete er so laut, daß es jeder in der Runde hören konnte: »Dieser Turm ist zwar von kundigen Arbeitern errichtet, aber ein Werk von Zwergen ist er nicht! Laßt uns zur ›Fuchshöhle‹ gehen!«

Der Fackelzug setzte sich in Bewegung. Am Fuß des Hügels vorbei, auf dem rund um den Platz der Sonne die Häuser der Patrizier lagen, waren es kaum mehr als hundert Schritt, bis zu dem Bordell, das der Magier Lancorian betrieb. Arthag hatte den blonden Zauberer nicht bei der Offiziersversammlung gesehen. Das konnte nur bedeuten, daß er im Lazarett lag. Nun, dann würde es jetzt auch keinen Ärger geben!

Die Brände, die während des Sturms auf die Stadt ausgebrochen waren, hatten die Mauern des Turms geschwärzt. Rund um das steil aufragende Gemäuer standen noch immer die Ruinen halb ausgebrannter Viehpferche und eines Stalles. Der Turm selber hatte keinen Schaden genommen.

Mittlerweile war Himgi mit einigen Zwergen zu dem Trupp gestoßen. Seine bärtigen Gefährten hatten wuchtige Vorschlaghämmer geschultert.

»Hier«, kommandierte Arthag und wies auf eine Stelle dicht beim Eingang. Krachend schlugen die Hämmer gegen das Gestein.

Schon als der Fackelzug den Turm erreicht hatte, waren die Lustknaben und Freudenmädchen des Etablissements neugierig herausgekommen. Ein Reigen schillernder Paradiesvögel, denn obwohl immer weniger Kunden die ›Fuchshöhle‹ besuchten, legten die Bewohner des Bordells allabendlich ihre Masken der Lust und Verführung an, so als befände sich die Stadt im Frieden.

Da waren die glutäugige, tätowierte Cara, die gleich lebendigen Armreifen sich windende Vipern zum Schmuck trug; der große, blonde Gunnar, der von sich selbst behauptete, aus Thorwal zu kommen, und mit Vorliebe schwarzes, mit Nieten beschlagenes Leder trug; die rätselhafte Mata, die mal als Mann, mal als Frau die ausgefallensten Wünsche ihrer Kunden erfüllte, und Moira, die vollbusige, blonde Schönheit, die es sich leisten konnte, auf exotische Requisiten zu verzichten, um ihren Liebhabern die Sinne zu verwirren. Sie alle und noch einige andere zogen aus dem Turm und sahen dem merkwürdigen Treiben mit ernsten Gesichtern zu. Doch niemand wagte es, sein Wort zu erheben.

Wieder und wieder schlugen die Hämmer gegen die Wand, bis ein großes Stück des Putzes herausgebrochen war.

»Haltet die Fackeln näher«, rief Arthag, als die Sappeure mit ihren Hämmern zurücktraten.

Argwöhnisch musterte der Zwerg die bloßgelegte Mauer, um schließlich zu verkünden: »Hier gibt es zwar Nachbesserungen, die weniger vollkommen ausgeführt sind, doch dieser Turm stammt mit Sicherheit von Handwerkern meines Volkes. Das ist allein schon daran zu erkennen, daß die Steine sauberer behauen sind und ein besserer Mörtel verwendet wurde als bei dem anderen Turm.«

Auch Himgi stimmte ihm brummend zu.

Nun richteten sich alle Blicke erwartungsvoll auf Marcian.

»Nun gut«, sagte der Inquisitor leise, um dann lauter fortzufahren. »Im Namen des Prinzen beschlagnahme ich dieses Gebäude. Wer auch immer hier wohnt, hat bis Sonnenaufgang Zeit, seine Habe zu packen. Danach darf die ›Fuchshöhle‹ nur noch mit meiner Genehmigung betreten werden.«

Die Huren schrien empört auf. Einige nannten Marcian lautstark einen Tyrannen. Andere bückten sich, um die Soldaten mit dem Schlamm der Straße zu bewerfen.

»Himgi, räum mit deinen Leuten den Platz, und sorge dafür, daß meine Befehle durchgeführt werden. Verhafte jeden, der Widerstand gegen meine Verfügung leistet.«

Marcian sprach nicht laut, doch schon bei seinen ersten Worten war es ruhig geworden. Die Bürger, die aus bloßer Neugier gekommen waren, zogen sich leise in die Sicherheit ihrer vier Wände zurück. Einige ältere Männer und Frauen hörte man sogar murmeln, daß es gut sei, daß dieser Sündenpfuhl nun endlich trockengelegt wurde.

Den meisten jedoch stand die Angst in den Gesichtern. Jene Zwerge waren es gewesen, die mit ihren schimmernden Äxten die Rebellion in der Garnison niedergeschlagen hatten.

Zu gut war den Bürgern noch in Erinnerung, welches Schicksal den Aufrührern widerfahren war, die der Kommandant in den Turm verbannt hatte. Und schon seit Tagen machte das Gerücht die Runde, Marcian habe gewußt, daß die Orks die Schanze am Fluß stürmen wollten. Ja, man munkelte, er habe nie die Absicht gehabt, Gnade walten zu lassen, und es lediglich den Belagerern überantwortet, sein Todesurteil zu vollstrecken.

Schließlich fügten sich auch die Bewohner der ›Fuchshöhle‹ in ihr Schicksal. Murrend zogen sie sich in den Turm zurück und packten unter der Aufsicht von Himgis Soldaten ihre aufreizenden Kleider, den billigen Schmuck, die Parfüms und die Schminke, die bis dahin ihr Leben gewesen waren.

Fast keiner von ihnen wußte, wohin er gehen sollte, denn trotz ihrer vielen intimen Bekanntschaften, die sie unter den Bürgern hatten, waren sie geächtet. Kaum jemand würde ihnen seine Tür öffnen. Von dieser Nacht an waren sie nicht nur ausgestoßen, sondern heimatlos.

Cindira hatte die ganze Zeit über neben Marcian gestanden. Einige der Huren, mit denen sie noch bis vor wenigen Wochen unter einem Dach gewohnt hatte, waren zu ihr getreten, hatten sie eine Verräterin genannt und ihr ins Gesicht gespuckt. Unter Tränen bat Cindira ihren Geliebten, sein Urteil zurückzunehmen, doch der Inquisitor hörte nicht auf sie.

Seine Kälte und sein grausames Handeln entsetzten sie, so daß sie schließlich nichts mehr zu sagen wagte und mit ihm zusah, wie langsam die Lichter im Turm verloschen. Erst als auch die letzte Hure Lancorians Bordell verlassen hatte und sie gemeinsam durch die dunklen Straßen zur Garnison zurückgingen, wagte Cindira zu flüstern: »In dieser Nacht hast du einen Freund verloren.«

Doch auch jetzt sagte Marcian nichts; er tat, als höre er sie nicht, und ging mit starrem Blick und unbewegter Miene weiter, so als weilten seine Sinne nicht mehr in dieser Welt. Ja, als folge er einer Vision, die nur er allein erblickte und die dennoch der ganzen Stadt zum Schicksal werden mochte.

Zerwas zog weite Kreise über dem Hauptlager der Orks. Der Alchimist, der schon lange ohnmächtig geworden war, schien immer schwerer in seinen Armen zu werden. In der vorangegangenen Nacht hatte der Vampir Sharraz Garthai besucht und mit dem General der Schwarzpelze einen Pakt geschlossen. Er würde ihm helfen, doch dafür sollte bei der Eroberung der Stadt kein Pardon gegeben werden. Alle Männer im wehrfähigen Alter mußten sterben, alle anderen würden in die Sklaverei geführt werden, und falls es gelang, Marcian lebend zu fangen, sollte der Kommandant ihm überlassen werden. Dafür hatte der Vampir dem Orkgeneral nicht nur seine Unterstützung angeboten, sondern auch die Hilfe eines Alchimisten, der Sharraz eine Wunderwaffe verschaffen sollte, die das Schicksal der Stadt besiegeln würde.

Im Lager der Orks war alles ruhig. Die Lagerfeuer begannen in der ersten Morgendämmerung zu erlöschen. Unbemerkt konnte Zerwas hinter dem prächtigen Zelt des Sharraz Garthai landen. Den bewußtlosen Promos legte er sich über die Schulter. Vorher starrte er ihm einen Augenblick lang ins Gesicht. Armer alter Mann. Das Schicksal meinte es nicht gut mit ihm.

Dann schob Zerwas vorsichtig die Lederplanen am Eingang auseinander und stieg über die Wächter hinweg, die dort schliefen. Überall waren noch die Spuren des großen Festes zu sehen, das man in der Nacht gefeiert hatte. Erschöpfte Zecher lagen schnarchend am Boden, und einige Hunde, die sich um Bratenreste balgten, zogen mit eingezogenen Schwänzen das Weite, als sie den Vampir witterten.

Zerwas setzte den alten Promos neben die lange Feuergrube in der Mitte des Zeltes, über der an einem rußgeschwärzten Spieß das Gerippe eines Ochsen hing.

Der Greis war steifgefroren. Die Nachtluft draußen war so eisig gewesen, daß sich während ihres Fluges Rauhreif in seinem Bart gebildet hatte. Apathisch kauerte der Greis auf dem Schemel am Feuer. Fast mochte man meinen, es wäre kein Leben mehr in ihm.

»Füge dich in dein Schicksal, oder deine Tochter Marina wird deine Unvernunft bereuen«, flüsterte ihm Zerwas ins Ohr.

Die Lippen des alten Mannes erbebten. »Bitte ...«, flüsterte er mit tonloser Stimme. »Bitte verschone mein Kind.«

»Erfülle deinen Auftrag und ich werde Marina *nicht zu Boron schicken*«, wisperte der Vampir ihm ins Ohr.

»Ja, ich werde tun, was das Schicksal mir auferlegt hat.« Dem Alchimisten rannen Tränen über die Wangen. Immer noch blickte er in die verlöschende Glut des Feuers.

Zerwas wandte sich ab und ging quer durch das Zelt. Auf der anderen Seite fand er inmitten eines Berges von Kissen und Fellen Sharraz Garthai. Eine rothaarige Sklavin mit einer Haut so weiß wie Stutenmilch lag an seiner Seite. Mit gebrochenen, gelben Augen starrte sie zur Zeltdecke. Ein Kranz dunkelblauer Würgemale lief um ihren Hals.

Zerwas tastete nach ihrer Hand. Noch war die Wärme des Lebens nicht völlig aus ihrem Körper gewichen. Es konnte nicht viel Zeit vergangen sein, seit der General sie seinen Göttern geopfert hatte.

Der Vampir leckte sich über die Lippen. Die Anstrengungen der letzten Tage hatten ihn erschöpft. Er hatte Durst. Doch noch mußte er seine Gier nach Blut unterdrücken.

Vorsichtig griff er nach Sharraz Garthai und schüttelte ihn sanft.

Stöhnend richtete sich der General auf. Als er aber den Vampir erblickte, war er sofort hellwach. Ein unterdrückter Schrei entwand sich seiner Kehle.

Zerwas preßte ihm seine klauenbewehrte Hand auf den Mund.

»Sei still!« hallte seine Stimme im Hirn des Orks. »Neben dem Feuer sitzt das Geschenk, das ich dir versprochen habe. Achte gut auf den Mann, beschaffe ihm alles, was er sich von dir wünscht, und er wird dir einen Sieg schenken, von dem die Menschen noch in hundert Wintern mit banger Ehrfurcht reden werden. Die Götter selbst werden deinen Namen kennen, Sharraz, wenn du tust, was er dir sagt. Und du kannst dir der Gunst des Sadrak Whassoi für jetzt und alle Zeiten gewiß sein, wenn du den Alten behandelst wie einen Fürsten. Doch verberge ihn vor den Blicken der Menschen und des Zwerges. Vielleicht würden sie ihm etwas antun.«

Sharraz nickte stumm. Dann erhob er sich schwerfällig und ging zu der Feuergrube inmitten des Zeltes.

Promos erschauerte, als er zum ersten Mal seinen neuen Herrn sah.

»Komm«, flüsterte der Ork mit rauher Stimme und packte den alten Mann am Arm, um ihn aus dem Zelt zu zerren.

Zerwas sah ihnen lange nach. Der Orkgeneral würde dem Alchimisten ein eigenes Zelt geben und es Tag und Nacht bewachen lassen. Schon morgen mochten Boten in das ferne Khezzara aufbrechen, um in den hohen Hallen, in denen die Beute dieses Krieges verwahrt wurde, nach seltsamen Geräten Ausschau zu halten. Andere würden versuchen, gelben Schwefel und schwarzes Pech zu beschaffen und all die unheiligen Ingredienzen, die nötig waren, um das zu erschaffen, wofür die Alchimisten von Hylailos berühmt waren.

Zerwas lächelte. Die Greifenfurter mochten denken, das Ende Deres wäre gekommen, wenn seine Rache Gestalt annahm. Bis dahin würde er über Promos und Sharraz wachen, denn sie sollten seine Henker sein. Sie sollten in Marcians Seele ein Feuer entfachen, das den Inquisitor innerlich verzehren würde. Er sollte dasselbe fühlen, wie es Zerwas gefühlt hatte, als Sartassa sterbend in seinen Armen lag: die ohnmächtige Verzweiflung, trotz aller Macht unfähig zu sein, das zu retten, was er liebte.

Vorsichtig stieg der Vampir über die schlafenden Orks. Die Erinnerung an Sartassa hatte ihm die Freude an seiner Rache genommen.

Neben dem Ausgang des Zeltes hatte Sharraz Garthai auf hölzernen Gestellen die Rüstungen erschlagener Gegner ausgestellt. Auch zwei auf Speere aufgespießte Köpfe waren dort zu sehen. Der Vampir erkannte das von dunklen Lokken gerahmte Haupt Gernot Brohms. Vorsichtig löste er es von der Speerspitze und betrachtete es.

Der Junge hätte Händler werden sollen und nicht Krieger. Wo war er den Orks wohl in die Hände gefallen?

Zerwas erinnerte sich, wie er vor Monaten im Hause der Brohms zu Gast gewesen war und gemeinsam mit Gernot und seinem dicken, alten Vater Glombo an einer Tafel gesessen hatte. Der alte Brohm besaß eine große Bibliothek und war in der Geschichte der Stadt bewandert. Seine Urahnin war vor langen Jahrhunderten einmal Zerwas' Geliebte gewesen und hatte dafür auf dem Scheiterhaufen gebrannt.

Ob der Alte wohl gewußt hatte, mit wem er im letzten Winter an einer Tafel saß? Kaum! Dennoch waren später die beiden Magier, Odalbert und Riedmar, im Dienste Marcians bei dem Patrizier ein und aus gegangen. Zerwas war sich sicher, daß der alte Mann ihnen das Geheimnis um den Henker verraten hatte, den der Großinquisitor Ahriman vor dreihundert Jahren unter dem Altarstein des Praiostempels einmauern ließ.

Dafür sollte der dicke Glombo Brohm nun büßen. Er wäre der erste, der die Rache für den Verrat zu spüren bekäme.

Zerwas zerrte noch einen goldbestickten, schwarzen Umhang von einem Ständer, auf dem die zerschlagene Rüstung eines Ritters hing, dann trat er aus dem Zelt. Die Morgendämmerung tauchte den Horizont in Rot und Gold, als er seine Flügel ausbreitete und in den Himmel aufstieg.

Ohne Mühe war der Vampir in das Patrizierhaus am Platz der Sonne eingedrungen. Kein Diener hatte ihn kommen hören, und mittlerweile stand er in einem kleinen, dunkel getäfelten Zimmer neben dem Bett des alten Patriziers. Der feiste Mann schnarchte leise.

Es war warm. Ein gekachelter Ofen vertrieb die Kälte des nahen Winters. Zerwas grinste spöttisch. Der fette, alte Mann mit der seidenen Schlafmütze auf seinem Kopf sah aus wie die Karikaturen von Kaufleuten in den Gazetten der Kaiserstadt Gareth. Ein selbstgefälliger alter Mann, der sein Leben lang andere übervorteilt hatte, um immer neue Reichtümer anzuhäufen.

Wieder dachte der Vampir an den Abend im vergangenen Winter, als er mit ihm zusammen gespeist hatte. Damals hatte sich Glombo jovial und freundlich gegeben, ging es doch um ein Geschäft. Der Patrizier hatte Zerwas die kostbaren Möbel und Teppiche beschafft, mit denen er sein Zimmer im alten Henkersturm einrichtete. Trotz der Besatzung der Orks war es Glombo gelungen, die Waren aus dem Süden Aventuriens heranzuschaffen. Allerdings hatte er dafür unverschämt viel Gold verlangt.

Schon damals war dem Vampir der Blick aufgefallen, mit dem der Alte an seinem hitzigen Sohn hing. Gernot hatte davon gesprochen, wie man die Orks aus der Stadt verjagen könnte, und sein Vater hatte den jungen Heißsporn für seine mutigen Worte bewundert, auch wenn er ihn später zornig zur Räson rief. In Gernot mochte er noch einmal die unerfüllten Träume seiner eigenen Jugend gesehen haben. All das, was er selber schon vor langem zugunsten des Geschäftes und der Macht aufgegeben hatte.

Nun, er sollte ihn noch einmal wiedersehen. Zerwas lächelte grimmig. Diesen Gefallen war er dem alten Brohm noch schuldig.

Vorsichtig wickelte er das blutige Haupt aus dem schwarzen Umhang. Dann setzte er den Kopf, in dessen Gesicht noch immer der Schrecken des Todes geschrieben stand, leise auf den Nachttisch neben dem prächtigen Bett. Sein Sohn wäre das erste, was der alte Mann an diesem Morgen sehen sollte. Und alle Illusionen, in denen Glombo sich ausmalen mochte, daß Gernot noch lebte und er ihn eines Tages gegen viel Gold bei den Orks auslösen könne, wären mit einem Schlag ausgeräumt.

Leise schlich Zerwas aus dem Zimmer. Der grausame Spaß hatte ihm Freude gemacht, doch war er jetzt müde und hungrig. Er würde zum Henkersturm fliegen, dort seine neue menschliche Gestalt annehmen und den Tag in seinem Versteck tief unter der Stadt bei der hübschen Tochter des Alchimisten verbringen.

Marcian hatte den ganzen Morgen mit Lancorian gestritten. Der Magier lag im Lazarett in der Garnison, und schon in der Nacht hatte er erfahren, daß der Kommandant die ›Fuchshöhle‹ geschlossen hatte. Lancorian hatte ihm die Freundschaft aufgekündigt, ihn einen Schurken und Verräter genannt. Dann ließ er sich auf einer Trage von zwei seiner ehemaligen Angestellten in das Purpurgewölbe bringen. Dort, in dem am tiefsten gelegenen Keller unter dem Turm hatte man hinter den purpurnen Wandbehängen eine Stelle gefunden, wo die sonst so massive Mauer hohl klang.

»Schlagt zuerst den Putz herunter«, kommandierte Marcian.

Himgis Zwerge legten die Spitzhacken und Brecheisen beiseite, die sie schon bereitgehalten hatten und machten sich dann mit Hammer und Meißel an die Arbeit.

Marcian blickte in die Runde. Ein halbes Dutzend Zwerge waren anwesend, Lysandra, die Amazone und Lancorian mit den beiden Trägern, die ihn hierher gebracht hatten. Cindira hatte sich geweigert, mit ihm zu kommen. Den Rest der Nacht hatte sie nicht mehr mit ihm gesprochen.

Doch Marcian hatte die ›Fuchshöhle‹ räumen lassen müssen. Wer mochte denn schon wissen, was sich hinter dieser Wand verbarg. Arthag hatte schlimme Dinge über das alte Saljeth zu berichten gewußt. Blutige Menschenopfer hatte man in den Höhlen dargebracht, die hinter dieser Mauer verborgen lagen. Und selbst einem vereinigten Heer von Menschen und Zwergen war es nicht gelungen, das Böse, das hier tief unter dem Hügel gehaust hatte, zu vernichten.

Ein Greif, so hatte Arthag berichtet, sei in diese Höhle geschritten und nicht mehr wiedergekommen. EIN GREIF! Diese mächtigen Wesen, halb Löwe, halb Adler, galten als die Boten des Lichtgottes Praios. Was mochten Sterbliche hier ausrichten, wo selbst Götterboten gescheitert waren? Doch vielleicht hatte schließlich Satinav, Herr der Zeit, den überwunden, der die schreckliche Keule des Tairach führte, von der in den Inschriften der heiligen Halle von Xorlosch die Rede gewesen war?

Ein Ruf ließ Marcian aus seinen Gedanken auffahren.

Die Zwerge hatten den Putz von der Wand geschlagen. Deutlich sah man nun ein vermauertes Tor. Eingefaßt von den grauen Steinen, die die Öffnung füllten, stand ein runenbedeckter Monolith aus bläulich schimmerndem Granit.

Ängstlich wichen die Zwerge von der Wand zurück.

»Solche Steine errichten unsere Geoden in ihren Kreisen der Macht«, flüsterte Arthag leise neben dem Inquisitor. »Siehst du die sich in den Schwanz beißende Schlange, die den Text einfaßt. Sie ist das Zeichen für das Element der Erde.«

»Was steht dort geschrieben?« Marcian war näher an den Monolithen getreten und betrachtete die Runen und Bildzeichen, die in den Fels gegraben waren.

»Das muß Angram sein, die geheime Schrift der alten Sippen von Xorlosch. Ich kann das nicht lesen.« Auch Hauptmann Himgi war ein wenig näher an den Stein herangetreten und strich sich durch den Bart. »Spürt ihr auch, wie die Augen zu brennen beginnen, wenn man den Stein länger betrachtet? Ein mächtiger Zauber muß auf ihm liegen!«

Arthag strich vorsichtig mit der Hand über den Monolithen.

»Du hast recht, Bruder. Diese Schrift habe ich auf den Schriftsäulen der heiligen Halle von Xorlosch gesehen ... Und seht dieses Zeichen ...« Der Finger des Zwergen wies auf eine große Hieroglyphe. »Ein Dämon, der in hocherhobenen Händen zwei blutende Herzen hält. Das Symbol für den Blutgott Tairach!«

»Räumt den Stein weg. Wir wollen sehen, was dahinter verborgen liegt. Ich will vor mir sehen, was so wertvoll ist, daß die Orks immer wieder diese Stadt angegriffen haben.« Marcian hatte einem von Himgis Sappeuren das Brecheisen aus der Hand gerissen.

»Bei allen Göttern, hört auf die beiden und laßt den Stein in der Wand.« Lancorian versuchte, sich auf der Trage aufzurichten. »Laßt sie wenigstens die Inschrift entziffern. Wer weiß, was durch den Zauber auf dem Stein gebannt wird. Seit dem Angriff auf das Orklager schuldest du mir einen Gefallen. Jetzt fordere ich ihn ein! Laßt die Finger von diesem Runenstein.«

»Ihr führt euch auf wie Kinder, die Angst haben, im Dunkeln am Brunnen Wasser zu holen.« Lysandra hatte sich an die Seite des Inquisitors gestellt. »Wir sollten diesem Zauber endlich ein Ende bereiten.«

Marcian war hin- und hergerissen. Auch er fand, daß es an der Zeit war, dem Geheimnis auf den Grund zu gehen. Doch hatte er Lancorian sein Wort gegeben. Zuviel hatte er dem Magier in den letzten Stunden schon angetan. Diese Bitte konnte er ihm nicht abschlagen.

»Ich danke dir für deinen Mut und deine Treue, Lysandra, doch ich werde Arthag die Zeit lassen, diese Inschrift zu übersetzen. Erst dann werde ich entscheiden, was zu tun ist.«

Erleichtert aufseufzend sank Lancorian auf seine Trage zurück.

»Bis ich mich entschieden habe, sollst du, Lysandra, mit einigen deiner Leute hier unten Wache halten. Mir scheint es so, als wären Himgi und seine Männer ungeeignet für diese Aufgabe. Wir alle konnten sehen, daß die Zwerge diesen Stein fürchten.«

»Aber Kommandant ...« Der Zwergenhauptmann war vorgetreten.

»Über meine Befehle wird nicht diskutiert. Räumt den Turm!«

Himgi tat Marcian leid. Seit er mit seinen Männern nach Greifenfurt gekommen war, hatte er immer auf den Zwerg zählen können. Doch für diese Aufgabe erschien ihm der Hauptmann ungeeignet.

»Was dich angeht, Lancorian, sag deinen Bediensteten, daß sie in das leerstehende Haus der Magier einziehen können. Die Villa ist schon seit Wochen verlassen; ich denke, dort wird Platz genug für alle sein. Sobald wir die Gewölbe hinter diesem vermauerten Tor untersucht haben und ich sicher sein kann, daß von dort keine Gefahr droht, wirst du den Turm zurückerhalten. Sollten dir dadurch geschäftliche Verluste entstehen, werde ich für den Schaden aufkommen.«

Der Magier nickte ihm zu, sagte aber nichts. Dann ließ er sich auf einen seiner Männer gestützt aus dem Gewölbe bringen.

Vielleicht würde Cindira jetzt wieder mit ihm reden. Marcian dachte an die schöne Kurtisane. Der Inquisitor blickte sich in dem Gewölbe mit seinen düsteren, purpurnen Wandbehängen um. Nur Lysandra und Arthag waren noch geblieben.

Mehr als ein halbes Jahr war vergangen, seit Cindira hier auf dem Boden gelegen hatte, nachdem ein Ork ihr seinen Dolch in den Rücken gestoßen hatte. Wieder sah er sie in einer Lache von Blut auf dem Boden liegen. Und er hatte nicht bleiben können, sondern mußte den Angriff auf die Garnison leiten. Ob sie ihm das wohl vergeben hatte? Nie hatte er gewagt, sie danach zu fragen. Er wollte den Dienst für die Inquisition aufgeben. Er war dort niemals beliebt gewesen. Ihm haftete der Makel an, kein Geweihter des Praios zu sein. Auch wenn der Baron Dexter Nemrod seine Dienste schätzte, kam Marcian in den letzten Wochen immer wieder der Gedanke, daß er Dinge tat, die ihm nicht bestimmt waren zu tun ...

Er wollte nie wieder über das Schicksal einer ganzen Stadt gebieten. Er würde seine Aufgabe hier noch erfüllen, und dann wollte er seine Dienste für den Baron aufgeben. Er besaß schon lange genug Geld, um sich irgendwo niederzulassen.

»Marcian ...?«

Lysandras Stimme schreckte ihn aus seinen Tagträumen.

»Ist dir nicht wohl? Du machst so ein betrübtes Gesicht ...«

»Danke, es ist schon gut. – Hole jetzt deine Leute und beziehe hier unten Wache. Paß auf, daß sie nicht zu abergläubisch sind. Der Stein sollte ihnen keine Angst machen.«

»Keine Sorge.« Lysandra grinste ihn breit an. »Meine Männer und Frauen würden es mit allen Dämonen der Niederhöllen aufnehmen. Vor einem Stein mit ein paar Schriftzeichen haben sie keine Angst.«

»Deshalb habe ich dir diese Aufgabe übertragen. Ich vertraue dir.«

»Und ich werde dich nicht enttäuschen.« Die große rothaarige Frau drehte sich um und eilte die Treppe hinauf.

Marcian blieb mit Arthag allein zurück. Der Zwerg stand vor dem Monolithen und preßte sich die Hände auf die Schläfen.

»Was ist los?« Der Inquisitor musterte besorgt Arthags angespanntes Gesicht.

»Es ist dieser Stein. Irgend etwas stimmt mit der Schrift nicht. Die Gelehrten in Xorlosch haben mich schon vor dem Angram gewarnt. Es heißt, daß man wahnsinnig wird, wenn man sich zu sehr damit beschäftigt und ... diese Schriftzeichen, sie sind irgendwie seltsam. Himgi hatte recht. Es fangen einem die Augen an zu tränen, und man bekommt Kopfschmerzen, wenn man zu lange hinschaut.«

»Wirst du sie denn entziffern können?«

»Ich glaube ... Die meisten der Zeichen kenne ich. Doch es braucht Zeit ...«

»Nimm dir Zeit. – Ich glaube, ich habe eben einen Fehler gemacht. Dieser Stein hat schon seit Jahrhunderten an dieser Stelle gestanden, auf ein paar Tage kommt es nun nicht mehr an. Es war nur ... Ich möchte diese Sache am liebsten schnell hinter mich bringen ...« Marcian biß sich auf die

Lippen. Was er dachte ging niemandem etwas an. Er war der Kommandant. Er durfte keine Schwäche zeigen!

Arthag hatte sich zu ihm umgedreht.

»Mach deine Sache gut, damit wir wissen, was uns da drinnen erwartet. Glaubst du, daß wir dort überhaupt noch auf etwas Lebendiges treffen werden?«

Der Zwerg zögerte einen Moment, bevor er antwortete. »Auf etwas Lebendiges vielleicht nicht, aber ... Dort auf dem Stein sind auch zauberkräftige Zeichen, die ich nicht recht verstehe. Ich glaube, sie sollen verhindern, daß etwas von dort durch das Erdreich dringt. Die Geoden, die diesen Stein setzten, haben einen Pakt mit dem Erdherrn geschlossen. Was immer in diesen Höhlen ist, kann sie nicht verlassen, es sei denn, man öffnet ihnen die Pforten ...«

»Was die Orks früher oder später tun werden«, fiel Marcian ihm ins Wort. »Was immer dort liegt. Es ist besser, wir bekommen es zuerst. Vielleicht kann man es ja vernichten.«

»Ich glaube nicht, daß meine Ahnen dann diesen Stein gesetzt hätten.«

»Du solltest die Zukunft nicht so schwarzsehen. Entschlüssele die Inschrift, und dann sehen wir weiter.«

Marcian drehte sich um. Ihn fröstelte es. Er wollte fort von diesem unheimlichen Ort. Zurück zu Cindira ... sich mit ihr versöhnen und mit ihr gemeinsam den Traum von dem Leben träumen, das sie beginnen würden, sobald Greifenfurt befreit war. Vielleicht dauerte es ja nur noch wenige Wochen. Er dachte an die Flotte, die der Prinz in Ferdok zusammenzog.

16

Zuerst hatte sich Marina zu Tode erschrocken, als er plötzlich in dem unterirdischen Gewölbe auftauchte, in dem sie gefangen war. Stunden mußte sie damit verbracht haben, nach einer Türe zu suchen, und dann stand plötzlich er da.

Zerwas schmunzelte. Er hatte den langen, goldbestickten Umhang aus dem Zelt des Orkgenerals um seine Schultern gelegt und menschliche Gestalt angenommen. Ritter Roger war ein hübscher Mann gewesen. Groß, mit fein geschnittenem Gesicht ... Zerwas hatte sich das Opfer, dessen Gestalt er in den nächsten Wochen und Monaten annehmen würde, sorgfältig ausgesucht.

»Habt keine Angst vor mir, Marina.« Der Vampir streckte seine Hand vor und machte einen Schritt auf das Mädchen zu. Bei dieser Bewegung glitt sein Umhang ein wenig beiseite. Das Mädchen mußte gesehen haben, daß er darunter, abgesehen vom ledernen Gurtzeug seines Schwertes, nackt war. Sie wich noch einige Schritte zurück, bis sie mit dem Rücken an einer Wand stand.

»Wer bist du?« Marina blickte ihn scheu und verängstigt an.

»Dein Vater Promos hat mich geschickt. Ihm ist ein großes Unglück widerfahren. Ein böser Dämon suchte ihn heim. Mich hat er damit beauftragt, dich hierher in Sicherheit zu bringen.«

»Aber wo bin ich hier, und wie bin ich hierher gekommen?«

Der Vampir schlug den Umhang beiseite und ging noch ein Stück auf sie zu. »Du bist hier in einer Höhle, tief unter der Erde. Nur wer den richtigen Ort und ein Zauberwort kennt, kann sie betreten. Hier wirst du vor jeder Verfolgung sicher sein. Ich habe dich hierher gebracht, während du schliefst, deshalb kannst du dich nicht erinnern.«

Der Vampir drehte sich um und löste die Gurte seines Schwertes. Dann stellte er den mächtigen Zweihänder in eine Ecke und ließ sich in einem hohen Lehnstuhl nieder.

Das Mädchen rührte sich nicht von der Stelle. Noch immer musterte Marina ihn mißtrauisch.

»Wie heißt Ihr, Fremder?«

»Manche Sterbliche nennen mich einen *Prinzen der Nacht*.«

»Sterbliche ...? Seid Ihr denn nicht sterblich?« Die Augen

des Mädchens weiteten sich vor Ehrfurcht. Oder war es Entsetzen?

»Ja. Sterbliche. Ich gehöre nicht zu deiner Art, mein Kind, doch bin ich auch kein Gott. Ich stehe zwischen den Welten ... und bin sehr einsam. Was nutzt einem ein Leben, das nach Jahrhunderten zählt, wenn es niemanden gibt, mit dem man es teilen kann.«

»Ihr seid ein Götterbote?« Marina war ein wenig auf ihn zugekommen.

»Vielleicht?« Zerwas lächelte melancholosch.

»Woher kennt mein Vater Euch?«

»Dein Vater Promos ist ein weiser Mann. Er kennt viele Dinge, von denen du nichts ahnst. Das ist dein Schicksal, zugleich aber auch dein Glück. So hat er jenen mächtigen Dämonen gerufen, der ihn von nun an verfolgt, aber auch mich, um dich zu beschützen.« Der Vampir schwieg einen Moment. Es war Marina anzusehen, daß sie Schwierigkeiten hatte zu begreifen, was er ihr erzählte, doch schien sie ihm zu glauben. »Weißt du, daß du für eine Sterbliche sehr schön bist?« Zerwas seufzte.

»Ihr scherzt ...« Das Mädchen blickte schüchtern zu Boden.

»Mitnichten. Wer sollte die Schönheit besser kennen als ein einsamer Wanderer durch die Jahrhunderte, dem sein ewiges Leben genug Zeit läßt, manchmal einen ganzen Tag lang nichts anderes zu tun, als die Vollkommenheit einer Rose zu bewundern. – Euch könnte ich tagelang bestaunen, schöne Marina.«

Eine Weile war es still. Dann räusperte sich die Tochter des Alchimisten und hauchte ganz leise, so daß man die Worte kaum verstehen konnte: »Auch Ihr seid schön, Fremder.«

»Du schmeichelst mir.« Der Vampir hatte den Kopf schief gelegt und lächelte. »Wie kann schön sein, was so alt ist wie ich? Wahre Schönheit ist immer mit Jugend und einem unverdorbenen Geist gepaart. Sieh mich an. Mein Körper ist nur eine trügerische Hülle. Die Schönheit meines Geistes habe ich schon vor Jahrhunderten verloren.«

»Das kann ich nicht glauben.«

»Und doch ist es so. Deine Vollkommenheit ist mir für immer verlorengegangen, es sei denn ...«

Zerwas blickte traurig. »Man sagt, die Liebe einer Jungfrau könnte der vom Atem der Ewigkeit gepeinigten Seele eines Unsterblichen Frieden geben.«

Wieder war es lange still, dann kam Marina vorsichtig näher und beugte sich herab, um dem Vampir scheu die Stirn zu küssen.

Entsetzt sprang Zerwas aus seinem Stuhl. »Keine Almosen! Verhöhnt mich nicht. Ich will Euer Mitleid nicht.«

Marina wich vor ihm zuürck. »Entschuldigt, wenn ich etwas Falsches getan habe. Ich wollte nur ... Wollte Euch ein wenig Eurer Einsamkeit nehmen. Ihr saht so traurig aus.«

»Ich brauche Deinen Trost nicht«, erwiderte Zerwas verbittert.

»Aber ich möchte Euch all Eure edlen Taten vergelten. Ihr habt mich und meinen Vater vor der Gefahr gerettet, auch wenn mir davor graust, vielleicht für lange Zeit in diesem Gewölbe bleiben zu müssen ... Meine Jugend hier weitab von allen anderen Menschen zu verlieren und nie auf eine erfüllte Liebe hoffen zu dürfen. Soll mein Leib denn verdorren, ohne jemals die Freuden der Liebe kennengelernt zu haben?« Marina schluchzte.

Zerwas nahm sie in den Arm und streichelte ihr sanft über ihr langes, blondes Haar.

Das Mädchen schmiegte sich an ihn. »Bitte, weist mich nicht zurück«, flüsterte sie flehend. »Meine Unschuld soll mein Geschenk für Eure noble Tat sein. – Bitte weist das einzige, womit ich Euch meine Dankbarkeit zeigen kann, nicht zurück.«

Zerwas ließ seinen Umhang von der Schulter gleiten und griff nach Marinas Hand. Behutsam zog er sie zu dem großen Bett, in dem er erst vor wenigen Wochen mit Sartaasa gelegen hatte. Doch was für einen Unterschied es zwischen den beiden gab. Die dunkelhaarige, in allen Spielen der Liebe erfahrene Halbelfe ... Und jetzt Marina, die in einem einsamen Haus am Meer unter der Obhut eines alten Mannes aufgewachsen war.

Zärtlich streifte der Vampir ihr Kleid ab und nahm sie wieder in den Arm. Marina zitterte.

»Du brauchst keine Angst vor den Wonnen der Liebe zu haben. Zuerst wirst du einen kleinen Schmerz spüren, doch danach erfährst du einen Sinnentaumel, der dich alles andere vergessen läßt ...«

Der Duft ihrer Haut raubte dem Vampir fast den Verstand. Noch immer schien der salzige Wind des Meeres in ihren Haaren gefangen.

Scheu erwiderte sie seinen ersten Kuß.

Erst streichelte er sie lange und ließ seine Hände über ihr Gesicht, ihre kleinen, runden Brüste fahren, um schließlich sanft zwischen ihre Schenkel zu gleiten.

Dann drang er in sie ein. Marina stöhnte auf, bäumte sich zurück, schaute ihn aus großen, angstgeweiteten Augen an.

»Gleich ist der Schmerz vorbei. Vertraue mir ...«

Der Duft des jungfräulichen Blutes raubte ihm schier den Verstand. Jahrhunderte waren vergangen, seit er das letztemal so etwas genossen hatte, und noch nie war es ihm freiwillig geschenkt worden. Dann beugte er sich vor und sah nur noch den vollendet geformten Hals des Mädchens ... Die zarten blauen Adern, durch die das Leben pulsierte.

Kurz nach der Abenddämmerung hatte Zerwas das unterirdische Versteck verlassen. Jetzt flog er in seiner Dämonengestalt nach Süden, gen Ferdok. Er hatte Marina alles genommen, was sie zu geben hatte. Ihre Unschuld und ihr Blut. Wenn sie erwachte, wäre sie ein Vampir.

Er malte sich ihren Schrecken aus, wenn sie feststellte, daß sie allein war. Und den unbeschreiblichen Hunger, der sie bald verzehren würde. Doch auch sie war jetzt unsterblich. Ihr Blutdurst mochte sie foltern, töten konnte er sie nicht! Vielleicht würde sie Monate, Jahre oder sogar Jahrzehnte in dem unterirdischen Versteck verbringen. Das hing ganz von ihrem Verstand ab.

Hunderte von Büchern lagen in dem Versteck unter der Stadt. Manche davon hatte Zerwas sogar selber verfaßt.

Langsam würde Marina bei ihrer Lektüre begreifen, was sie nun war; ein Wesen der Nacht.

Sie würde selber erfahren, was er ihr erst vor wenigen Stunden über eine Ewigkeit voller Einsamkeit erzählt hatte. Ihr würde klar werden, welche Bewandtnis es mit dem seltsamen Medaillon in der Wand hinter dem Bett hatte. In ewigem Zyklus wurde es strahlend hell und verdunkelte sich wieder. Ganz wie die Sonne, die es darstellte und die Marina nie wieder sehen würde. Es sei denn, sie wäre bereit, bei ihrem Anblick zu sterben.

Am schwierigsten für das Mädchen wäre es jedoch aus dem unterirdischen Gewölbe zu entkommen. Sie mußte dazu an der richtigen Stelle stehen, ein Zauberwort flüstern und ein magisches Zeichen schlagen. Dann würde sie kraft der Magie auf die oberste Stufe im verfallenen Henkersturm getragen.

Doch dieses Geheimnis zu ergründen mochte Jahre dauern! Erst sollte sie Hunger leiden, damit sie auch das letzte ablegte, was an ihr noch menschlich war. Zerwas frohlockte bei der Vorstellung, daß sie wie ein Raubtier, halb wahnsinnig vor Hunger, mordend durch die Straßen der Stadt ziehen würde.

Marina war sein Vermächtnis an Greifenfurt. Ein Schrekken, der eines fernen Tages seinen Weg aus dem dunklen Verlies finden mußte. Vermutlich waren die Belagerung und der Orkkrieg dann schon Geschichte.

Der erste, subtilere Teil seiner Rache war mit dieser Tat vollendet. Als nächstes galt es nun direktere Schritte einzuleiten. Doch dazu mußte er zurück nach Ferdok, um in der Rolle des Ritters Roger ins Gefolge des Prinzen zu gelangen.

Darrag war dem Totenvogel Golgari noch einmal entkommen. Doch der Schmied hatte keine Freude an diesem Sieg. Er saß auf einem kleinen Schemel vor dem Sterbezimmer, in dem er noch vor einigen Tagen selber gelegen hatte.

Meister Gordonius war dort drinnen, um noch einmal nach Darrags Sohn zu sehen.

Die Augen des Schmieds waren gerötet. Der große, starke Mann sah unheimlich aus. Sein Gesicht war unrasiert, und er stank nach billigem Fusel. Zwanzig Goldstücke, mehr als zwei gute Schwerter wert waren, hatte er ausgegeben, um von einem Schwarzhändler einige Flaschen Wein zu bekommen.

Früher hatte er nur selten getrunken, doch seit Misiras Tod fühlte er sich verloren. Zerwas, der ihm nach Misiras Tod beigestanden hatte, weilte nicht mehr unter den Lebenden. Von dem tollkühnen Angriff auf die Stellungen der Orks war er nicht mehr zurückgekehrt.

Auch seine anderen Freunde waren fast alle tot. Und nun lag sein Sohn im Sterben: Marrad, den er in seiner Verzweiflung wochenlang vernachlässigt hatte. O ihr Götter! Warum mußte der Junge sterben?

Dunkel erinnerte Darrag sich, daß sein Sohn häufig mit eingeschlagener Nase oder zerschundenen Händen nach Hause gekommen war. Nie hatte Darrag ihn gefragt, was passiert war. Er war ein schlechter Vater gewesen! In seinem Schmerz hatte er seine eigenen Kinder vergessen. Ob Misira ihm das jemals verzeihen würde?

Darrag weinte. Er gab sich keine Mühe mehr, seine Tränen zurückzuhalten. Dieser Krieg hatte sein Leben vernichtet. Nichts war mehr wie früher. Auch wenn es den Orks bislang nicht gelungen war, die Stadt zu erobern, so verwandelten sie Greifenfurt doch langsam in eine gespenstische Trümmerlandschaft. Alles, was er einmal geliebt hatte, war tot …

Nein! So durfte er nicht denken. Seine Ignoranz war schuld daran, daß Marrad jetzt im Sterbezimmer lag. Hätte er sich nur mehr um ihn gekümmert! Sicher hätte er ihm ausreden können, durch den Fluß zu schwimmen. Wenn sein Sohn jetzt starb, dann war es einzig und allein seine Schuld.

Die Tür zum Sterbezimmer öffnete sich. Meister Gordonius trat heraus. Der stämmige Therbunit blickte ihn lange an.

»Was ist? Wird er leben? Konntest du ihm helfen?«

Der Therbunit blickte zu Boden. Er räusperte sich, versuchte etwas zu antworten, doch seine Stimme versagte ihm.

»So rede doch, Mann! Was ist mit meinem Sohn?« Darrag war aufgesprungen; er hatte Gordonius bei den Schultern gepackt und schüttelte ihn.

Schließlich fand der Therbunit seine Stimme wieder. Leise flüsterte er: »Geh jetzt zu deinem Sohn. Darrag. Er braucht dich ... Ich habe getan, was in meiner Macht stand ... doch noch vor der Mittagsstunde wird ihn Boron in seine dunklen Hallen rufen.«

»Nein! Das darf nicht sein!« Darrag schrie gellend auf und schlug mit der Faust gegen die Wand. Schluchzend packte er wieder den Medicus. »Warum mein kleiner Junge?«

»Faß dich, Mann.« Gordonius blickte ihn streng an. »Es steht uns nicht zu, die Gerechtigkeit der Götter in Frage zu stellen. Hör jetzt auf zu weinen, oder willst du so vor deinen Sohn treten. Los, sei ein Mann, Darrag. – Auch wenn es dir in dieser Stunde nicht leichtfällt«, setzte Gordonius hinzu. »Komm zu mir, wenn es vorbei ist. Du wirst dann mit jemandem reden müssen.«

Gordonius wandte sich ab und ging vor Müdigkeit gebeugt die Treppe hinunter.

Die ganze Nacht hatte er um Marrads Leben gekämpft, dachte der Schied. Und jetzt würde bald die Sonne aufgehen. Darrag wischte sich die Tränen vom Gesicht und schritt durch die niedrige Tür in die kleine Kammer.

Verloren sah der schmächtige Körper seines Jungen in dem großen Bett aus. Obwohl das Fenster geöffnet war, roch es säuerlich in dem Zimmer. Marrads Augen waren von tiefen dunklen Rändern umgeben. Sein Gesicht wirkte so bleich wie die Opferkerzen im Praiostempel.

Jetzt schlug er die Augen auf. »Vater ...«

»Ja, mein Sohn, ich bin bei dir.« Sanft strich der Schmied mit seiner großen schwieligen Hand über Marrads blondes Haar.

»Vater, werde ich jetzt sterben?«

Darrag hatte einen Kloß im Hals. Was sollte er nur sagen? Die Wahrheit? Er hob den Kopf und blickte zum Fenster.

Hinter den Festungswällen färbte sich der Himmel rosa. Bald würde die rot glühende Scheibe des Praiosgestirns zu sehen sein.

»Vater …?«

Marrad starrte ihn mit großen fiebrigen Augen an. Das Reden schien ihm seine letzten Kräfte zu kosten. Am liebsten wäre Darrag davongelaufen. Nach Hause, zu seiner kleinen Tochter Jorinde, um die sich jetzt ihre alte Amme kümmerte.

Dann nahm der Schmied seinen ganzen Mut zusammen. »Ja, du wirst sterben«, flüsterte er leise.

»Gut«, seufzte der Knabe. »Gordonius hatte mir gesagt, mit meiner Schulter könne ich niemals mehr ein Schwert führen … Werde ich Mutter sehen?«

»Bestimmt wartet sie schon auf dich …« Leise begann der Schmied zu weinen.

Warum sein Sohn? Warum mußte das Kind sterben? Es hatte doch niemandem etwas getan. Nur das Schlüsselbein sei gebrochen, hatten ihm die Therbuniten gesagt, als man Marrad aus dem Fluß gezogen und ins Lazarett der Garnison gebracht hatte. In ein paar Wochen sei das alles überstanden. Doch dann hatte der Junge Fieber bekommen. Gordonius war ein großer Heiler, doch gegen den Wundbrand hatten auch seine Kräfte nichts mehr verrichten können.

Darrags letzte Hoffnung war Lancorian gewesen, aber der Magier war noch zu schwach, um zu helfen.

»Vater … bist du stolz … auf mich?« Marrads Stimme wurde immer schwächer.

»Ja, das bin ich. Du hast den Mut eines Kriegers bewiesen …« Der Schmied schluchzte. »Aber du hättest dafür nicht zur Bastion schwimmen brauchen. Ich bin immer stolz auf dich gewesen.«

Marrad rollte mit den Augen. »Nicht schwimmen …?« hauchte er schwach. »Du hast mich … doch verachtet. Hast mich für … einen Feigling gehalten … hast dich meinetwegen … geschämt …« Die Stimme des Jungen brach ab.

»Ich weiß, ich habe dir nicht genug Liebe gegeben. Bitte

verzeih mir. Stirb nicht! Ich werde alles wieder gutmachen. Hörst du?«

Marrad flüsterte etwas, doch seine Stimme war so leise, daß der Schmied es nicht mehr verstand. Darrag beugte sich über das Bett, brachte sein Ohr ganz nahe an den Mund des Jungen.

»Ein Vogel ... hörst du das Flügelschlagen?« hauchte Marrad.

»Bitte geh nicht!« schrie Darrag.

Einige Augenblicke spürte er noch den warmen Atem des Kindes an seiner Wange. Dann war Marrad tot.

Ein kalter Luftzug wehte vom Fenster her durch das Zimmer und ließ die hölzernen Läden klappern. Kurz glaubte auch der Schmied Flügelschlagen zu hören. Dann war es still.

Darrag blickte zum Fenster und faßte die leblose Hand seines Sohnes.

Wie eine Scheibe rotglühenden Eisens war die Sonne über der Festungsmauer emporgestiegen. Doch ihre Strahlen brachten keine Wärme mehr in das Zimmer.

Darrag küßte immer wieder die Hand seines toten Sohns, und schluchzend murmelte er: »Dein Sterben wird nicht ungesühnt bleiben, das verspreche ich dir!«

Himgi blickte vom Bergfried in den oberen Hof der Garnison. Der Scheiterhaufen dort unten war fast in sich zusammengesunken. Nur Darrag und sein kleines Töchterchen standen noch vor den matt glimmenden Holzscheiten. Marcian hatte befohlen, dem toten Jungen ein Begräbnis wie einem Helden zu bereiten. Ein großer Haufen harzgetränkter Hölzer war am Mittag fast drei Schritt hoch im Burghof aufgeschichtet worden. Alle Krieger der Garnison hatten den Befehl erhalten, sich bei Sonnenuntergang auf dem Hof und den umliegenden Mauern und Trümmern zu versammeln. Jeder von ihnen hatte einen Becher Wein bekommen, und als Darrag die Fackel in den Scheiterhaufen stieß, tranken sie auf das Wohl des toten Jungen.

Himgi schüttelte den Kopf. Eine Heldenfeier für ein Kind. Marrad hatte zwar ungewöhnlichen Mut bewiesen, doch dieses Begräbnis war ein wenig zu pompös.

Auch die seltsame Geste, mit der Marcian von dem Knaben Abschied genommen hatte, verstand der Zwerg nicht. Als der Körper des Jungen schon ganz hinter Flammen verschwunden war, hatte Marcian seinen roten Umhang von den Schultern genommen und ins Feuer geworfen.

Der Zwerg drehte sich um. Sein Bein schmerzte wieder in dieser Nacht. Es war elend kalt, auf dem höchsten Turm der Stadt. Hinkend schritt er über die Plattform, um auf der anderen Seite des Turms zum Fluß hinabzuschauen.

Wie ein Band aus Silber glänzte die Breite am Fuß des Bergfrieds. Ob sie wohl zufrieren würde? Dann waren sie verloren.

Wilde Kapriolen schlagend schwebten die ersten Schneeflocken aus dem Nachthimmel. Der Winter hatte begonnen, und von Marcian wußte Himgi, daß höchstens noch für sechs Wochen genug zu essen vorhanden war. Sechs Wochen! Bis dahin mußte sich ihr Schicksal entschieden haben. Vor Hunger sterben würde er jedenfalls nicht. Eher wollte er alleine das Lager der Orks bestürmen und im Pfeilhagel zugrunde gehen. Aber verhungern ... Nein!

Schon jetzt hatten seine Männer ganz ausgemergelte Gesichter. Und die Menschen seines Regiments klagten darüber, daß sie sich ganz schwach fühlten. Die Zwerge waren zu stolz, um eine Klage vorzubringen.

Himgi blickte wieder den Fluß hinab nach Süden. Gerade wollte der Zwerg gehen, da sah er ein mattes Leuchten über dem Fluß. Er kniff die Augen zusammen, um im Schneetreiben noch etwas zu erkennen.

Plötzlich stand eine gewaltige Flammenwand über dem Fluß. Dem Zwerg war, als würde er Hunderte von Todesschreien hören. Dunkle Holzstangen schienen zwischen den Flammen in die Höhe zu ragen, und über allem lag der Gestank von Blut und Tod. Himgi stockte der Atem.

Dann war das Schreckensbild wieder verschwunden.

Unter ihm lag in kaltem silbernen Licht der Fluß.